मॉरीशस लेखक रामदेव धुरंधर की जुबानी

(धुरंधर जी का साक्षात्कार)

मॉरीशस लेखक

रामदेव धुरंधर की जुबानी

डॉ. दीपक कुमार पाण्डेय

प्रलेक प्रकाशन प्राइवेट लिमिटेड

*in association with JVP Publication Pvt. Ltd.

ISBN : 978-93-90410-

पहला पेपरबैक संस्करण : 2021

प्रकाशक :

प्रलेक प्रकाशन प्राइवेट लिमिटेड

PRALEK PRAKASHAN PVT. LTD.

वितरक :

जेवीपी पब्लिकेशन प्राइवेट लिमिटेड

JVP PUBLICATION PVT.LTD.

602, आई-3, ग्लोबल सिटी

विरार (वेस्ट), मुम्बई, महाराष्ट्र-401303

दूरभाष : 9833402902 / 7021263557

Email : pralek.prakashan@gmail.com

Website : www.pralekprakashan.com

मॉरीशस लेखक रामदेव धुरंधर की जुबानी : डॉ. दीपक कुमार पाण्डेय

Mauritis lekhak ramdeo dhoorundhur ki jubani : *Interview* by Dr. Deepak Kumar Pandey

आवरण : जेवीपी पब्लिकेशन प्रा.लि.

पुस्तक सज्जा : जेवीपी पब्लिकेशन प्रा.लि.

सभी पूर्वजों और
शतायु पूजनीय दादी पार्वती देवी,
माँ और पिता
के
चरण कमलों में
सादर समर्पित

अपनी बात

वैश्विक स्तर पर हिंदी के सृजनात्मक लेखन की समृद्ध परंपरा विद्यमान है। आज भारत से बाहर साहित्य की सभी विधाओं में साहित्य की सर्जना हो रही है। मॉरीशस, ब्रिट्रेन, अमेरिका, कनाडा, आस्ट्रेलिया, अमेरिका, न्यूजीलैंड, फीजी, गुयाना, नीदरलैंड, नेपाल, चीन, जापान आदि लगभग विश्व के कोने-कोने में लिखी जा रही रचनाओं से हिंदी-साहित्य की श्रीवृद्धि हो रही है। विश्व में हिंदी के प्रचार-प्रसार की विश्व-यात्रा को जानने हेतु कुछ जरूरी तथ्यों पर विचार आवश्यक है, जैसे—

1. प्राचीनकाल से ही भारत का वैभव हमेशा विदेशियों को अपनी ओर आकर्षित करता रहा है। उस समय भारतीय-शिक्षा व्यवस्था समुन्नत थी और विश्व के कोने-कोने से लोग शिक्षा के उद्‌देश्य से भारत आते थे। वे शिक्षा के साथ भारतीय भाषा और संस्कृति को भी अपने साथ ले जाते थे। भारतवर्ष की समृद्धि के कारण भारत का व्यापार (आयात/निर्यात) विदेशों से रहा, इस उपक्रम में भी भारतीय भाषाएँ विश्व के अनेक देशों में प्रचार-प्रसार पाती रहीं।

2.19वीं शताब्दी में ब्रिटिश उपनिवेशवादी शासकों ने शर्तबंदी प्रथा के अंतर्गत भारतीय मजदूरों को विश्व के अनेक देशों में भेजा जिनमें मॉरीशस (1834), त्रिनिदाद एवं टोबैगो (1845), सूरीनाम (1873), फ़िजी (1870), गुयाना (1838), दक्षिण अफ्रीका (1860) आदि प्रमुख हैं। कालांतर में इन मजदूरों के लिए गिरमिटिया शब्द प्रचलित हो गया। अधिकांश भारतीय मजदूर मूलत: बिहार, पूर्वी उत्तरप्रदेश से थे, जबकि उनमें से कुछ कुछ का संबंध दक्षिण भारत एवं महाराष्ट्र से भी रहा। भारतीय मजदूर अपने साथ रामचरितमानस, हनुमान चालीसा, आल्हा, सत्यनारायण कथा, गीता, महाभारत के साथ-साथ अपनी भाषा-साहित्य और संस्कृति साथ ले गए और इनके बल पर विपरीत यातनायुक्त जीवन से संघर्ष करते रहे और इनको पुष्पित पल्लवित करते हुए संरक्षित कर अगली पीढ़ी को हस्तांतरित करते चले। इस गिरमिटिया-प्रथा ने जहां भारतीयों को विदेशों में प्रतिस्थापित किया वहीं भारतीय भाषा और संस्कृति को नवीन भावभूमि में प्रस्फुटित होने का अवसर दिया।

3. गिरमिटिया और अन्य देशों में सामाजिक, धार्मिक उत्थान एवं जन-कल्याण के उद्‌देश्य से समाज सेवक, धर्मोपदेशक और विचारक भारत से बाहर गए और

लोगों के सहयोग से उनके उत्थान के निमित्त कुछ संस्थाओं/संगठनों के माध्यम से भारतीय भाषा-संस्कृति के संरक्षण और संवर्धन में सराहनीय कार्य किए। अधिकांश देशों में सनातन धर्म सभा, आर्य सभा, कबीर संगठन जैसे भारतीय विचारधाराओं पर संचालित केंद्र सक्रिय हुए जो उन देशों के विकास में भारतीयों के योगदान से संबद्ध रहे।

4. समय के साथ साधन/शिक्षा/ज्ञान-विज्ञान के प्रसार का विकास हुआ और भारतीय शिक्षा/नौकरी/व्यवसाय आदि उपक्रमों के बहाने विदेशों की यात्रा करने लगे और उन सभी ने हिंदी-भाषा और भारतीय-संस्कृति के प्रचार-प्रसार में योगदान दिया और निरंतर इस दिशा में कार्य कर रहे हैं।

उपर्युक्त परिस्थितियों ने भारत से बाहर भारतीय भाषा-साहित्य और संस्कृति के संवर्धन में महत्वपूर्ण भूमिका निभाई है। वर्तमान परिदृश्य में हिंदी भाषा की वैश्विकता इसी बात से सिद्ध हो जाती है कि भारत से बाहर लगभग 250 से अधिक देशों में हिंदी का अध्ययन-अध्यापन प्रारंभिक स्तर से लेकर विश्वविद्यालयों में अनुसंधान स्तर तक हो रहा है। इसके साथ ही विश्व में भारत की सुदृढ़ होती परिस्थितियों ने भी लोगों के मन में हिंदी भाषा-ज्ञान के प्रति लोगों को जागरूक बनाया है।

सृजनात्मक लेखन का उद्देश्य मानवीय मूल्यों का प्रसार और जीवन की सार्थकता की पहचान करवाना होता है। वही लेखन सार्थक है जो समाज को दिशा दे। न्याय, समानता, भ्रातृत्व और अन्य मानवीय मूल्यों की बात करे। मानव मूल्य व्यक्ति की सामाजिक विरासत का एक अंग होते हैं इसलिए मूल्यों की व्यवस्था मानव अस्तित्व के विभिन्न स्तरों या आयामों में व्यक्ति के अनुकूलन की प्रक्रिया का मार्गदर्शन करती है। भारत से बाहर मॉरीशस में साहित्य की सभी विधाओं में हिंदी का सृजनात्मक साहित्य रचा गया है और इस दिशा में अनेक साहित्यकारों का योगदान अविस्मरणीय हैं। मॉरीशस में हिंदी साहित्यकारों की लंबी सूची है, जिनमें—अभिमन्यु अनत, रामदेव धुरंधर, सोमदत्त बखौरी, बीरसेन जागासिंह, भानुमती नागदान, प्रहलाद रामशरण, बृजेन्द्र भगत 'मधुकर', पं. लक्ष्मीनारायण चतुर्वेदी, प्रो. वासुदेव विष्णुदयाल, जयनारायण राय, जनार्दन कालीचरण, मुनीश्वर लाल चिंतामणि, इन्द्रदेव भोला इन्द्रनाथ, पूजानंद नेमा, ठाकुरदत्त पाण्डेय, कृष्णलाल बिहारी, दीपचंद बिहारी, लोचन विदेशी, जयदत्त जीउत, धनराज शंभू, हेमराज सुंदर, सुमति बुधन, राज हीरामन, वेणी माधव रामगुलाम, सूर्यदेव सीबोरत, बलबंत सिंह नौबतसिंह, बीबी साहिबा फर्ज़ली, रेशमी रामधनी, कल्पना लालजी, सत्यदेव टेंगर, महेश रामजियावन आदि उल्लेखनीय हैं।

पुस्तक तक पहुँचने के पीछे एक घटना ने प्रेरक की भूमिका निभाई। बात उन दिनों की है, जब जबलपुर विश्वविद्यालय से 'अभिमन्यु अनत के कथा साहित्य में निहित भारतीय चेतना' विषय पर शोध कार्य की प्रक्रिया प्रारंभ हुई और मैंने मॉरीशस

के हिंदी साहित्य और साहित्यकारों के बारे में गंभीर चिंतन-मनन आरम्भ किया। अध्ययन के दौरान मुझे ज्ञात हुआ कि मॉरीशस में हिंदी भाषा और साहित्य के उत्थान, संरक्षण एवं संवर्धन में अनेक सामाजिक, सांस्कृतिक एवं साहित्य सेवी संस्थानों ने अभूतपूर्व कार्य किए हैं इनमें बैठकाओं की विशेष भूमिका रही है। आर्यसभा, सनातन धर्म सभा, हिंदी प्रचारिणी सभा, महात्मा गांधी संस्थान, हिन्दू महासभा, आर्य परोपकारिणी सभा के प्रयासों ने ही हिंदी की सेवा में आने के लिए लोगों को प्रेरित एवं प्रोत्साहित किया, यहाँ की पत्र-पत्रिकाओं ने भी मॉरीशस में हिंदी के सृजनात्मक लेखन की समृद्धि में महत्वपूर्ण योगदान दिया इनमें—सनातन धर्मांक, हिन्दुस्तानी, आर्यवीर, दुर्गा, जनता, जमाना, वर्तमान, इन्द्रधनुष, आक्रोश, अभ्युदय, पंकज, बसंत, आर्योदय, जनवाणी आदि का विशेष महत्व है। मॉरीशस के हिंदी कथा-साहित्य से संबंधित सामग्री को संग्रहित करते हुए अभिमन्यु अनत के साहित्य के साथ ही अन्य रचनाकारों की रचनाओं को पढने का अवसर मिला। अध्ययन के इस क्रम में रामदेव धुरंधर के कथा साहित्य की अभिव्यक्ति कला और प्रखर रचनाशीलता ने मुझे अत्यधिक प्रभावित किया।

1998 में सरकारी सेवा में आने के कारण मुझे दिल्ली में प्रवासन का अवसर मिला। इस प्रवासन ने मुझे जहाँ मॉरीशस के हिंदी-साहित्य के अध्ययन हेतु व्यापक दृष्टि प्रदान की वहीँ मॉरीशस के लेखकों, जैसे : अभिमन्यु अनत, रामदेव धुरंधर, राज हीरामन, प्रहलाद रामशरण, यंतुदेव बुधु आदि से आत्मीय सहयोग, साहचर्य और संवाद का अवसर भी मिला। यह भी एक संयोग रहा कि मेरी सहधर्मिणी डॉ. नूतन पाण्डेय को मॉरीशस स्थित भारतीय उच्चायोग में राजनयिक पद पर प्रतिनियुक्ति मिली जिस वज़ह से अनेक बार मॉरीशस आना जाना हुआ। इन प्रवासों के समय मॉरीशस के साहित्यकारों, विशेषकर रामदेव धुरंधर जी का आत्मीय साहचर्य मिला, जिसने हिंदी के सच्चे साधक के मन की गहराइयों में उतरने और उसमें छिपे साहित्य के अमूल्य रत्नों को हिंदी जगत के समक्ष प्रस्तुत करने का सौभाग्य दिया। इस दौरान लेखक से उनके साहित्य और रचनाप्रक्रिया पर बातचीत होती रहीं। रामदेव धुरंधर जी की आत्मीयता और सरल व्यक्तित्व ने मुझे प्रभावित किया और इसका परिणाम यह हुआ कि हमारा यह संवाद निरंतर बना रहा। धुरंधर जी की साहित्य-साधना पर विभिन्न अवसरों पर हमारा जो संवाद हुआ, उसे हिंदी पाठकों के साथ साझा करना मैं अपना साहित्यिक धर्म समझता हूँ।

रामदेव धुरंधर ने मॉरीशस में हिंदी लेखन कर सृजनात्मक साहित्य-लेखन में विशिष्ट मुकाम बनाया है। धुरंधर जी ने उपन्यास, कहानी, नाटक, व्यंग्य, लघुकथा तथा एक नई विधा 'गद्य-क्षणिका' में रचनाएं लिखकर मॉरीशस के भारतीय प्रवासियों के सामाजिक, आर्थिक, सांस्कृतिक एवं राजनीतिक दशा एवं दिशा की जीवंत तस्वीर प्रस्तुत की है।

अब तक रामदेव धुरंधर जी के 6 उपन्यास (चेहरों का आदमी, छोटी मछली बड़ी मछली, बनते बिगड़ते रिश्ते, ढलते सूरज की रोशनी, विराट गली के बासिंदे, पथरीला सोना—छ: खंड में [कुल 3000 पन्ने और 600 के लगभग पात्र]); 5 कहानी संग्रह (विष–मंथन, जन्म की एक भूल, अंतर्मन, अंतर्धारा, रामदेव धुरंधर—संकलित कहानियाँ), 5 व्यंग्य संग्रह (कलज़ुगी करम धरम, बंदे आगे भी देख, चेहरों के झमेले, पापी स्वर्ग, कपड़ा जब उतरता है), 6 लघुकथा संग्रह (चेहरे मेरे तुम्हारे, यात्रा साथ-साथ, आते-जाते लोग, मैं और मेरी लघुकथाएँ, संग्रह–1, मैं और मेरी लघुकथाएँ, संग्रह–2), 2 क्षणिका संग्रह (क्षणिका एक प्रयोग—411 क्षणिकाएँ, छोटे-छोटे समंदर – 524 क्षणिकाएँ) प्रकाशित हो चुके हैं।

अपनी आत्माभिव्यक्ति में रामदेव धुरंधर ने स्वीकार किया है कि 'मैं अपने छोटे से देश में हिंदी लेखन के बड़े सपनों के साथ जीता रहा हूँ। लेखकीय सपने बड़े और लेखन यदि छोटा हो तो यह मुझे कुरेदने का सबब बन जाता है। मैं कवि होता तो छोटी कविता से शुरू करता और महाकाव्य के लिए उड़ान भरता। कहानीकार हुआ तो उपन्यास से मेरा आत्मीय रिश्ता कायम हो गया और मैंने पाया यथासंभव स्तरीय उपन्यास लिखने का प्रयास किया। मेरा लेखकीय परिचय इस रूप में बनता है—'गद्य-क्षणिका, गद्य क्षणिका से लघुकथा, लघुकथा से कहानी और कहानी से उपन्यास।' रामदेव धुरंधर ने जिस रूप में अपना परिचय दिया है, उसी क्रम में हम उनके साहित्य पर चर्चा करते हैं। 'गद्य-क्षणिका' के अंतर्गत अब तक 1500 क्षणिकाएं संग्रहों और फेसबुक में प्रकाशित हो चुकी हैं। हिंदी साहित्य में इस विधा को स्थापित करने का श्रेय धुरंधर जी को दिया जा सकता है। एक संग्रह के फ्लैप में रामदेव धुरंधर ने क्षणिकाओं की विशेषता को इन शब्दों में बताया है—"इन रचनाओं में लेखक ने कहानी के ही प्रतिमान से तराशने का प्रयास किया है। ये गद्य क्षणिकाएं महज शब्द नहीं, बल्कि भाव, दर्शन, ज्ञान-विज्ञान, मानवीय जिजीविषा, प्रेम सौन्दर्य तथा और भी तमाम संदर्भों की एक ख़ास जांच पड़ताल है। हर गद्य क्षणिका में जैसे पूरा जीवन हो, जिसे पढ़ने पर उसमें स्वयं को समाहित पा लें। इन क्षणिकाओं की एक अद्‌भुत विशेषता यह भी है कि लेखक ने जानबूझ कर कम शब्दों से काम लिया है, लेकिन यह भी उनकी जानी बूझी प्रज्ञा है कि गागर में सागर की मानो अजस्त्र धार फूट निकली हो।" वास्तव में ये रचनाएं यथार्थ के धरातल पर समाज के सभी क्षेत्रों के विषयों को बड़ी ही संजीदगी से प्रस्तुत करने की अद्‌भुत कला है जिसमें मानव कल्याण की भावना ही प्रतिपादित होती है।

गद्य क्षणिका से लघुकथा की बात की जाए तो रामदेव धुरंधर की अब तक 3000 से अधिक लघुकथाएं प्रकाशित हो चुकी हैं। लेखक की संवेदनाएं समाज के सरोकारों से जुड़कर छोटी-छोटी कहानियों के स्वरूप में पाठकों तक पहुँचती है तो पाठक का उससे जुड़ाव होने लगता है क्योंकि वह उसमें वर्णित कथ्य से अपने

परिवेश का सामंजस्य जोड़ने लगता है। डॉ. कमलकिशोर गोयनका ने 'लघुकथा का व्याकरण' में लिखा है– 'लघुकथा अपने सीमित आकार में अपने समय के सत्य का उदघाटन करती है, जीवन की रंग-बिरंगी छवियों को संवेदनात्मक आकार देकर पाठकों को मानवीय संस्कारों का स्पर्श देती है। लघुकथा अपने पाठक को मनुष्य के दु:ख-दर्द, उनकी त्रासदी तथा उसकी शक्ति से परिचित कराती है और उसकी संवेदनशीलता को जागृत रखती है।आज का मनुष्य संवेदनशील बना रहे, अपने स्वार्थ को त्यागकर, अपने आस-पास के वातावरण और समाज के दु:ख-दर्द को अपना ही माने ऐसी चेष्टा लघुकथा लेखन के मूल में निहित है।'(पृष्ठ-14) धुरंधर जी मानव जीवन के हर पहलू सही-गलत, अच्छा-बुरा, सुंदर-विरूप, विविध भाव-संवेदनाओं को अंत:स्तल से स्वीकारते हुए उन्हें अपनी लघुकथाओं में अभिव्यक्ति देते हैं। इनके विषय वैविध्य के साथ, सामाजिक सरोकारों को केंद्र में रखते हुए लिखते हैं—' अपनी लघु कथाओं के कथ्य में कहूंगा कि कहीं के गली-कूचे, कहीं के मन, कहीं के भाव, कहीं के स्वभाव, कहीं की संस्कृति, कहीं की विकृति, कहीं के सौंदर्य अथवा कहीं की विरूपता से जो ग्रहण करता हूँ वे ही मेरी लघुकथाओं के प्राण-बिंदु होते हैं। इस प्रकार देखें तो 'मैं और मेरी लघु कथाएँ 1 एवं 2 ' संग्रहों में 1414 लघुकथाएं हैं, जिनमें जीवन के विविध पक्षों का प्रमाणिक और जीवंत चित्रण करती हैं इसमें लेखक की संवेदनाएं काल्पनिकता की अपेक्षा यथार्थ पर आधारित हैं। इनमें सत्यप्रियता, संयमपूर्ण शब्द रचना, कथ्य की ओर देखने-परखने और वर्णन करने की तटस्थ प्रवृत्ति झलकती है। इन लघुकथाओं के कथ्य सामाजिक संबंधों, शोषण के विविध रूपों, समाज की विसंगतियों और उससे मुक्ति के उपायों से गहरे से जुड़े हुए हैं।

रामदेव धुरंधर अपनी रचना-प्रक्रिया का प्रारंभ कहानी लेखन से स्वीकार करते हैं। हिंदी कहने, सुनने, सुनाने की परम्परा भारतीय मजदूरों के मॉरीशस पहुँचने के साथ ही प्रारंभ हो गई थी। भारतीय मजदूर हाड़तोड़ मेहनत के बाद आपस में बैठकर इन कथा-कहानियों से मनोरंजन करते थे साथ ही अपना आक्रोश भी प्रदर्शित करते रहते थे। परंतु मॉरीशस के हिंदी कहानी के सृजनात्मक लेखन में 'सनातन धर्मांक' पत्रिका का विशेष महत्व स्वीकार किया जाता है और माना जाता है कि मॉरीशस की पहली हिंदी कहानी पंडित तापेश्वरनाथ चतुर्वेदी की 'इन्दो' सनातन धर्मांक में ही प्रकाशित हुई थी। मॉरीशस-हिंदी कहानी में रामदेव धुरंधर सशक्त कहानीकार हैं, इन्होने अपनी कहानियों में मॉरीशस की सामाजिक, सांस्कृतिक, राजनैतिक, आर्थिक परिस्थितियों और विसंगतियों को आधार बनाकर ये कहानियाँ लिखी हैं। इन कहानियों में सामाजिक वातावरण में मानवीयता को कलंकित करने वाले अनैतिक कार्यों का उदघाटन कर समाजोन्मुखी दिशा में कदम उठाए हैं। धुरंधर की कहानियों की मूल संवेदना कृषक मजदूरों के यातनामय जीवन-संघर्ष, शोषण की यथारूप प्रस्तुति, समाज में धर्म-भाषा के अंतर्विरोध, वर्ग-वैषम्य, औद्योगिकीकरण से उत्पन्न आर्थिक समस्याओं का

चित्रण, आर्थिक वैषम्य, स्वार्थलिप्सा, भ्रष्टाचार, सामाजिक-सांस्कृतिक संघर्ष की यथार्थ अभिव्यक्ति, पाश्चात्य एवं उपभोक्तावादी संस्कृति के दुष्परिणामों की यथार्थ अभिव्यक्ति हैं। इन कथानकों के भावबोध समाज को जागृत करने का संदेश देते हैं। धुरंधर जी के कहानी संग्रहों की कहानियों में पारिवारिक जीवन के द्वंद्व, जनसेवा में स्वार्थ और ग्रामीण और शहरी जीवन की विषमताओं को कथ्य में पिरोया है। प्रतिफल और विषमंथन कहानियों में परिवार में दाम्पत्य जीवन की शुचिता और पति-पत्नी के समर्पण को आवश्यक बताया है तो सामाजिक प्रहार कहानी राजनीति में समाज-सेवा के स्थान पर छल-प्रपंच और राजनीति के स्वार्थान्ध होने की पोल खोलती है। 'पुनर्वास' दो पीढ़ियों की मान्यताओं के टकराव की कहानी है। 'उस पगडंडी पर' आदर्शों और पारिवारिक सुरक्षा के बीच कशमकश की कहानी है। माँ परिवार चाहती है और पिता जीवनादर्शों से प्यार करता है, इस टकराव में चटनी बच्चे की बनती है। 'मोड़' कहानी में पारिवारिक संबंधों का इस्तेमाल स्वार्थ एव सुख-सुविधा में कैसे किया जाता है, भावबोध को व्यक्त करती है। 'बंद मुट्ठियों का खालीपन' में माँ-बेटी के घनिष्ठ रिश्तों की लाचारगी प्रस्तुत की गई है। 'आदमखोर' में संबंधों के बनावटीपन और नाटकीयता के नग्न रूप को अभिव्यक्ति दी है। 'अंधेरी सुरंग' में आधुनिकता एवं परंपरा के द्वंद्वों, फ्रेंच-हिंदी के मोह के कारण वैवाहिक बाधाओं को दूर करने के लिए संतुलन बनाने के कथ्य को दो परिवारों के माध्यम से चित्रित किया है। 'दिशाएँ', 'बंद किनारा' कहानी बाल-मनोविज्ञान से संबंधित हैं जिसमें पारिवारिक विघटन से बालक के मन-मस्तिष्क पर पड़ने वाले दुष्प्रभावों का मार्मिक विश्लेषण है। 'दुनिया को चराने वाले' कहानी में राजनेता और धर्मनेता का लालसा भरे गठजोड़ को अभिव्यक्त किया गया है। इस प्रकार रामदेव धुरंधर की कहानियाँ समाज में व्याप्त धार्मिक पाखंड, राजनीतिक छल व समाज के वर्गभेद के अन्तर्विरोधों, रिश्तों के खोखलेपन को बड़ी बारीकी से उद्घाटित करती हैं। रामदेव धुरंधर का मानना है कि हिंदी को हृदयंगम कर, हिंदी में अभिव्यक्ति का निर्णय कर उन्होंने भारतीयता को ही जिया है, पश्चिम की भाषा फ्रेंच के प्रभाव में रहते तो अपने लेखन से मॉरीशसीय समाज के संघर्षों को न्याय नहीं दे पाते। उनकी कहानियों की भाषा-शैली में हिंदी की मुख्यधारा के लेखन जैसी संप्रेषणीयता, गुणधर्मिता, सरलता, सहजता, रोचकता, बोधगम्यता और कथ्य के प्रस्तुतीकरण में भाषा का अद्भुत कौशल विद्यमान है।

रामदेव धुरंधर कहानी सृजन करते-करते उपन्यास विधा में पहुँचते हैं और उनकी संवेदनाएं विस्तार पाकर मॉरीशसीय समाज की यथार्थ अभिव्यक्ति में सफल हो जाती हैं। उनके उपन्यासों में मॉरीशस की सामाजिक, आर्थिक, राजनैतिक, सांस्कृतिक सभी स्थितियों/परिस्थितियों का चित्रण गंभीरतापूर्वक हुआ है, जिसमें अतीत, वर्तमान और भविष्य समाहित है। उपन्यास-लेखन से जुडी मेरी एक जिज्ञासा

का समाधान करते हुए धुरंधर जी अपने उपन्यास लेखन को चार-खंडों में वर्गीकृत करते हैं। "फिलहाल मैं उसी को अपना रचनात्मक सत्य मानता हूँ। पहला काल-खंड है—भारत से मजदूर मॉरीशस आए जो प्राणपण से संघर्षजीवी हुए। दूसरा काल-खंड है संघर्ष से होते हुए वे अपने अस्तित्व और अपने हक के लिए स्वप्नजीवी बन कर उभरे। स्वतंत्रता-प्राप्ति के साथ उनका यह स्वप्न साकार हुआ। तीसरा काल-खंड है जो बहुत ही विकट काल रहा, स्वतंत्रता प्राप्ति के साथ इस कोण से लोगों का मोह भंग जुड़ गया जिसके वे आकांक्षी थे वह तो बहुत दूर पड़ता चला जा रहा था। चौथा काल-खंड मेरे आज के जीवन से जुड़ा हुआ है जो मेरे जीवन के अवसान तक इसी तेवर से मेरी धमनियों में रचा-बसा रहेगा।"

'चेहरों का आदमी' से उपन्यास-लेखन की शुरुआत के बाद आपके पांच अन्य उपन्यास प्रकाशित हुए हैं। पर छह खंडो में प्रकाशित 'पथरीला सोना' आपके लेखन द्वारा हिंदी-साहित्य को भेंट की गई अनुपम निधि है और इस महत्वपूर्ण रचना के लिए हिंदी-जगत निश्चित ही आपका ऋणी रहेगा। लगभग 3000 पृष्ठों के व्यापक फलक में 600 पात्रों को समेटे अद्भुत कथ्य-संयोजन के माध्यम से रामदेव धुरंधर ने मॉरीशस के दस्तावेजी इतिहास को साहित्यिक रूप में अभिव्यक्त करने का प्रयास किया है, जिसमें उन्हें अभूतपूर्व सफलता मिली है। छ: खंडों वाले महाकाव्यात्मक उपन्यास 'पथरीला सोना' में किसान-मजदूरों के रूप में भारत से मॉरीशस गये अपने पूर्वजों की संघर्षमय जीवन यात्रा का कारुणिक चित्रण करते समय लेखक को जिन अनुभवों से गुजरना पड़ा उस संबंध में लेखक ने जयप्रकाश कर्दम जी के एक प्रश्न का उत्तर देते हुए कहा है—"मुझे कारुणिक चित्रण करना पड़ा क्योंकि वह इस के योग्य था। भारत से बहुत से मजदूर मॉरीशस लाये गए थे। दो तीन महीने के अंतराल में समुद्र में डगमगाते जहाज पहुँचता था और उस अनुपात से लोगों के मन में प्रश्न बना होता था ये हमें कहाँ लिए चले जा रहे हैं? जहाज के पूरे यात्री मॉरीशस कभी पहुँचते नहीं थे। बीमार हुए और उपचार असंभव हुआ तो जीवित प्राणी को समुद्र में फेंक दिया जाता था। महिलाएँ हुईं तो शोषण का दौर चलता था। मैंने जो लिखा बहुत खोज के बाद ही लिखा। मुझे विश्वास है निर्दयता का मैंने सही चित्रण किया और उसी अनुपात से करुणा के लिए मैंने शायद अपने हृदय का नम दरिया बिछा दिया है। पथरीला सोना लिखते वक्त मैं रोया भी हूँ और मेरी पत्नी इसकी गवाह रही है। बच्चों ने मेरी हालत देखने पर मुझ पर बंदिश तक डाली आगे लिखना बंद करूँ। मैं ऐसा मानता हूँ जो वर्षों पहले दिवंगत हो चुके थे उन की आत्मा का मैंने साक्षात्कार किया और उनसे कहा मैं आपको लेकर शब्दों का रेला बिछाना चाहता हूँ इसके लिए मेरी मदद तो करो। मुझे मदद मिली। भारत से वे अपने दुख भुलाने यहाँ आए थे, लेकिन दुख तो उनके दोहरे हुए। मेरे पूर्वज उन्हीं में से थे इसलिए भी उन सबके दुखों का कतरा-कतरा मेरे सीने पर बिछता गया और मैं लहूलुहान होता

चला गया। कौन इसे मेरी भावुकता कहने का दम कर सकता है। पथरीला सोना से मेरे ये ही पीड़ादायी अनुभव थे और मैं ऐसा भी कह सकता हूँ उस पीड़ा से आजीवन मेरी मुक्ति नहीं है।' वास्तव में 'पथरीला सोना' महाकाव्यात्मक उपन्यास है। पहले तीन खंडों में मॉरीशस में भारतीय मजदूरों के आगमन से लेकर सन 1912 तक की सामाजिक, आर्थिक, सांस्कृतिक, पारिवारिक पृष्ठभूमि को औपन्यासिक कलेवर में पात्रों और घटनाक्रम के माध्यम से पिरोया है तो बाद के तीन खण्डों में 1912 से 2009 तक की समयावधि की कथा को जीवंत किया है। इस तरह यह उपन्यास मॉरीशस के दो शती के इतिहास को अपने में समेटे हुए है। वास्तव में 'पथरीला सोना' को महाकाव्यात्मक उपन्यास की श्रेणी में रखा जा सकता है। हिंदी के वैश्विक मंच पर इस उपन्यास का सम्यक मूल्यांकन होना सभी शेष है।

'चेहरों का आदमी' उपन्यास में राजनीति में व्याप्त स्वार्थपरकता के विविध रूप चित्रित हुए हैं साथ ही समाज में वर्गगत भेदभाव की अभिव्यक्ति हुई है। नेता राउत, सामान्य व्यक्ति रामफल, राजशेखर, नीलम, रूमा, देवकली जैसे पात्रों के साथ कथानक को बहुत ही रोचक बनाकर प्रस्तुत किया है। 'छोटी मछली बड़ी मछली' उपन्यास में भी शिक्षित युवा पीढी के आदर्श राजनीति के दलदल में कमजोर होकर ढहते दीखते हैं। रूढ़िवादी परिवार की लड़की विनोदा इंग्लैंड से वकालत की उच्च शिक्षा के बाद देश लौटकर अपनी महत्वाकांक्षाओं को पूरा करने के उद्देश्य से राजनीति में हिस्सा लेती है। तब उसे वास्तविकता मालूम चलती है कि राजनीति में प्रत्यक्ष भाग लेने के बजाए बोलबाला अप्रत्यक्ष शक्तियों का होता है और ये अप्रत्यक्ष शक्तियाँ ही समाज में भ्रष्टाचार, षड्यंत्र और समाज के सभी अनाचार की जड़ होती हैं। लेखक ने विनोदा, नरेन्द्र, शीतल, हरिदेव सरजू आदि पात्रों के माध्यम से औपन्यासिक परिवेश को विस्तार दिया है। 'पूछो इस माटी से' उपन्यास में मॉरीशस देश का इतिहास समाहित है। देश पर फ्रांसीसी उपनिवेशवादियों का शासन, उनके द्वारा भारतीय मजदूरों को दास बनाकर लाना और फिर ब्रिटेन का मॉरीशस पर आधिपत्य होना, भारतीयों के शोषण की विभीषिका, भारतीय मजदूरों के नारकीय जीवन तथा भारतीय पहरेदारों द्वारा भारतीयों पर किए गए अत्याचारों का जीवंत चित्रण किया गया है। 'ढलते सूरज की रोशनी' व्यक्तिगत संबंधों की अतल गहराइयों पर आधारित उपन्यास है, जो न सिर्फ व्यक्तिगत संबंधों का प्रतिबिंबन करता है, बल्कि उन व्यक्तिगत संबंधों के मार्फत समाज में संवेदना और स्वार्थ की बैसाखी पर बनते, परिपक्व होते और टूटते और फिर से बनते संबंधों की सजग कहानी भी कहता है। आपसी संबंधों के धरातल पर बुना गया यह उपन्यास अपनी संवेदना को व्यापकता देता है। उपन्यास एक छोर पर जहाँ उपन्यास के नायक प्रबोध के जीवन का आईना प्रदर्शित करता है, वहीं दूसरे छोर पर उससे अंतर्गुम्फित कथाएं-अंतर्कथाएं हैं, जिनके माध्यम से उपन्यासकार देश के समकालीन समाज का बिम्ब और उसके यथार्थ

परिवेश को मूल्यांकित करता चलता है। 'विराट गली के बासिंदे' रामदेव धुरंधर का व्यंग्यात्मक उपन्यास है। उपन्यासकार ने इसमें किसानों, ग्रामीण कामगारों और भूमिहीन मजदूरों को काफी करीब से देखा है और अपने इस अनुभव को एक सैलून में चलने वाले संवादों के माध्यम से बेहद दिलचस्प अंदाज में अभिव्यक्त किया है। लेखक ने इस व्यंग्य उपन्यास में ग्रामीण जीवन की त्रासदी, किसानों और मजदूरों की व्यथा, बेरोजगारी, बढ़ता भ्रष्टाचार जैसी समाज में फैली विसंगतियों और विद्रूपताओं जैसी भीषण समसामयिक समस्याओं को कथा में कुशलतापूर्वक उजागर किया है। यह टोटका-टोटकी गांव की कथा है, जिसका केंद्र बिन्दु बासू चिरैया का सैलून है। इस उपन्यास को पढ़कर लगता है कि यह तो हमारे आसपास की कथा है। इस कृति में गाँव का सजीव चित्रण है। गाँव के सभी निठल्ले लोग सैलून में ही अपना समय व्यतीत करते हैं। दुखवा भारी, सुभाषचन खौआ, अपाडू चूहा जैसे कामचोर, निठल्ले सैलून में बैठकर पूरे समाचार पत्र को चाट डालते हैं और इधर-उधर की बातें करके अपना समय व्यतीत करते हैं। पुस्तक में बासू की सैलून से जुड़े कई हादसे हैं, जो गुदगुदाते हैं।

मॉरीशस के हिंदी लेखक रामदेव धुरंधर हिंदी-साहित्य की समृद्धि में अपना अभूतपूर्व योगदान दे रहे हैं। अपने साहित्य सृजन की रचना प्रक्रिया से जुड़े कई अनछुए, रोचक और जाने-अनजाने पहलुओं पर खुले मन से संवाद करने के लिए मैं धुरंधर जी का ऋणी हूँ और उनके इस अमूल्य सहयोग के लिए हृदयतल की गहराइयों से आभार व्यक्त करता हूँ। इस पुस्तक के लिए हिंदी के प्रख्यात व्यंग्यकार डॉ.प्रेम जनमेजय का आशीर्वचन और प्रोत्साहन मिला, मैं उनका भी हृदय से आभारी हूँ। सहधर्मिणी नूतन के सहयोग के कारण इस संवाद ने पुस्तकाकार रूप लिया है, उनका भी बहुत-बहुत आभार। इस पुस्तक को प्रलेख प्रकाशन ने अपनी प्रकाशन योजना में शामिल किया, इसके लिए में प्रकाशक श्री जीतेंद्र पात्रो का आभार व्यक्त करता हूँ।

मुझे पूर्ण विश्वास है कि यह पुस्तक रामदेव धुरंधर की गंभीर साहित्य-साधना से जुड़े अनेक तथ्यों और लेखक के अंतर्मन को जानने-समझने में उपयोगी सिद्ध होगी। आपके समक्ष यह पुस्तक प्रस्तुत करते हुए मुझे संतोष और असीम आनंद का अनुभव हो रहा है।

शुभकामनाओं सहित,

डॉ. दीपक पाण्डेय

संवाद शैली में रामदेव धुरंधर पर एक खुली किताब

हर लेखक महत्वाकांक्षी होता है—कोई कम और कोई अधिक। लेखकीय महत्वाकांक्षा, लेखक को उर्जा भी देती है और अवसाद भी। जब लेखक की महत्वाकांक्षाएं उसकी अपनी क्षमता से अधिक की अपेक्षा का जाल बुनती हैं तो वह उसके जी का जंजाल

बन जाती हैं। लेखकीय महत्वाकांक्षा के चलते ही वह साहित्य की दुनिया में निंरतर अपना कद बढ़ाने के लिए प्रयत्नशील भी रहता है। कुछ लेखन शक्ति मात्र से अपना कद बढ़ाते हैं, कुछ संगठन शक्ति से और कुछ अपने पद की शक्ति से। साहित्य में अपने को 'बड़ा' करने के अनेक उपादान हैं। आप बड़ा साहित्यकार बनने की प्रक्रिया में हैं इसके भी कुछ लक्षण है।जब अनेक बार आपकी रचनाएं लौटाने वाला बड़ी पत्रिका का संपादक आपकी रचना मांगे तो समझ लें कि आपमें बड़े साहित्यकार के लक्षण प्रकट होने लगे हैं। कोई आपके बिना प्रयत्न के आपकी पुस्तक पर बढ़िया आलोचनात्मक लिख दे और उस लिखे के कारण आपके कुछ सहयात्रियों की छाती पर सांप लोटें तो समझे कि आप बड़े हो रहे हैं। जब आपके कोई अज्ञात आपसे साक्षात्कार के लिए संपर्क करे तो समझ लें कि साहित्य आपको एक बड़े रचनाकार के रूप में देख रहा है।

अधिकांश लेखकों में जैसे ही इस बड़प्पन के लक्षण दिखने लगते हैं उनकी महत्वकांक्षा का सूचंकांक बढ़ने लगता है और सामने वाला उन्हें बौना लगने लगता है। अधिकांश में ऐसा ही होता है, सबमें में नही। प्रेमचंद की तरह जो एक सामाजिक सरोकारों के लिए लिखते हैं उनके लिए लेखन प्राथमिकता होता है। ऐसे लेखकों के संबंध में मुझे जार्ज ऑर्नवेल का एक कथन याद आ रहा है। अपनी लेखकीय आवश्यकता और उद्देश्य के संबंध में उन्होंने कहा था—मैं जब कोई पुस्तक लिखने के लिए बैठता हूं तो मैं अपने से यह नहीं कहता हूं कि मैं कोई कलात्मक कृति रचने जा रहा हूं। मैं इसलिए लिखता हूं कि कुछ झूठ हैं जिनका मुझे पर्दाफाश करना है। और मेरी प्राथमिक चिंता रहती है कि मेरी बात पर लोग ध्यान दें, उसकी सुनवाई हो। "मुझे ऐसे ही लेखक लगते हैं हिंदी साहित्य के मॉरीशसवासी साहित्यकार रामदेव धुरंधर। लेखन के संबंध में उनका कहना है—आज अपने जीवन को सोद्‌देश्य मानने मे मेरे लिए लेखन संजीवनी के समान है तो इसकी पहली नींव मैं वहां मानता हूं जहां मेरे पिता ने मेरे लिए स्याही वाली बढ़िया कलम खरीदकर दी थी। इसी में मेरे जीवन का अटूट संबंध है कि उन पुस्तकों को पढ़कर मुझे ज्ञान-सा आने लगा कि पुस्तकों जैसा मैं भी कुछ लिख सकता हूं।... लेखन को कोई महान काम न मानें तो भी इतना माना जा सकता है कि महानता के निर्माण में लेखन का सहयोग रहता है। इसी बात पर लेखन की चर्चा अह्म होती है। बाकी बाहरी प्रेरणा और अंतर्प्रेरणा दोनों उसके तट हैं, लेखन इसी के बीच प्रवाहमान होता है और संभवतः लेखन के अपने नाम और पहचान से वह ब्रह्मांड तक को नाप लेता है।...मेरी अपनी रचनाओं की पगडंडी तो फिर भी मेरी अपनी है। इस कारण मेरे गणित से एक ही है कि मैं अपने देश की जमीन से जुड़ा हुआ लेखक होना चाहता था।" अपनी लेखकीय जमीन की चर्चा करते हुए रामदेव धुरंधर कहते हैं—मैंने अपने बचपन में गांव के लोगों के साथ अपना जीवन जीया और कालांतर में जब मेरा लेखकीय जीवन मेरा लेखन हुआ तो

स्वाभाविक होता कि मेरा अतीत मुझसे कहता, भरपूर लिखो। बल्कि स्वयं मुझे लगा था कि मेरे अतीत ने मेरे लेखन का पिटारा मुझे थमा दिया। ऐसा न हुआ होता तो आज मैं कहने की स्थिति में नहीं होता कि मेरे लेखन का सफर मेरे अतीत से शुरू होकर मेरे वर्तमान में पहुँचा है। मेरे अतीत और मेरे वर्तमान इन दोनों में मेरा बचपन, जवानी और वृद्धावस्था समाहित हैं। उम्र के हिसाब से मेरे जीवन के जिस पड़ाव से मेरे लेखन से है मेरा देश उसमें विशेष रूप से हावी है।...मैंने उसी के चित्रण में अपने को तपाया है।''

रामदेव धुरंधर की लेखकीय जमीन और दृष्टि के बारे में मैं इसलिए कह पाया कि मैंने 'प्रवासी लेखक रामदेव धुरंधर से सवांद' को आद्योपांत पढ़ा। इसे आद्योपांत इसलिए पढ़ पाया कि प्रवासी साहित्य और जीवन की नब्ज को पहचानने वाले दीपक पांडेय ने इस पुस्तक की भूमिका लिखने के लिए पांडुलिपि मुझे दी। जब दीपक ने मुझसे फोन पर अपनी इस योजना को संक्षेप में बताया और भूमिका लिखने का आग्रह किया तो मैंने तीन कारणों से हां कह दी। एक कारण तो स्वयं दीपक था जिसके प्रेम भरे आग्रह को टाल नहीं सकता था। दूसरे यह मेरे प्रिय दोस्त और पंसदीदा लेखक रामदेव धुरंधर पर आधारित कृति थी, और तीसरे इस काम को मैंने 'दो शब्द' लिखने जैसा सरल कार्य माना था। मुझे मालूम नहीं था कि यह सरल-सा लगने वाला कार्य इतना कठिन होगा। जमीन से जुड़े और विसंगतियों के रेगिस्तान की धूप में तपकर किसी श्रमिक के शरीर-सी तांबाई आभा से संपन्न रामदेव धुरंधर को आप जितना जानेंगें उतना ही और जानने की इच्छा होगी। रामदेव धुरंधर एक ऐसे इंसान और लेखक हैं जिनसे मिलने के बाद और जिनके लिखे को पढ़ने के बाद उन्हें और जानने की प्यास जगती है। इस प्यास को बहुत अच्छे से तृप्ति देने का काम दीपक पांडेय ने किया है। साक्षात्कार का सबसे बड़ा गुण होता है कि वह सामने वाले के अंदर-बाहर को अपने प्रश्नों से ऐसा घेरे कि उसका अप्रत्यक्ष तो प्रत्यक्ष हो ही उसके अनेक अबूझ भी बूझे जा सकें। यह तभी हो सकता है जब आप उसे अंदर-बाहर से जानते हों। लेखक को न केवल पूरा पढ़ना होता है, उसमें छिपे लेखक को भी पूरा समझने का प्रयत्न करना पड़ता है। दीपक पांडेय जैसे व्यक्ति के लिए यह एक बड़ी चुनौती होती है। एक, लेखक का वरिष्ठ होना अनेक संकोच उत्पन्न करता है। दूसरे गुणवत्तापूर्ण प्रस्तुति की आपकी सोच की बाध्यता भी कठिनाई उपस्थित करती है। दीपक ने अत्यधिक कुशलता से इन चुनौतियों का सामना किया है और यह इसी कुशलता का परिश्रम है कि इस पुस्तक में रामदेव धुरंधर एक खुली किताब के रूप में सामने आ गए हैं। इसी खुली किताब में—आप उनके बचपन से लेकर वृद्धावस्था तक के संघर्ष, विभिन्न लेखकीय पगडंडियां, उनका अपना मॉरीशस और भारत, उनके सहयात्री, जीवन मूल्य, अस्मिता को बचाने की चुनौतियां आदि आदि अनादि है।

इस किताब के बारे में बहुत संक्षिप्त में मैंने कह दिया पर अपने हिस्से के रामदेव धुरंधर के बारे में कुछ न कहूं तो अधूरा-सा लगेगा। एक व्यंग्यकार दूसरे व्यंग्यकार के बारे में कुछ नहीं कहेगा, थोड़ी बहुत प्रशंसा नहीं करेगा तो ज्ञानीजन अन्यार्थ ग्रहण करेंगे। वैसे ज्ञानीजन इसका भी अन्यार्थ रचेंगें कि प्रेम जनमेजय ने किस मकसद से रामदेव धुरंधर पर लिखा, और भी कि दीपक पांडेय ने इनसे ही क्यों लिखवाया।

रामदेव धुरंधर से मैं अपने आवास पश्चिम विहार और उनके देश मॉरीशस में भी मिला हूं। उनसे मिले बिना मैंने उन्हें गंभीरता से पढ़ा है—विशेषरूप से उनका व्यंग्य साहित्य। उनसे जब मिला तो जाना कि इतनी किताबें लिखने वाला व्यक्ति किसी चूहा दौड़ में नहीं है। वे मुझसे एक मित्र की तरह मिले किसी विक्रेता की तरह नहीं। उन्होंने कभी मुझसे कुछ छापने का जबरन आग्रह नहीं किया अपितु मैंने फेसबुक पर जब उनका लिखा, 'व्यंग्य यात्रा' के अनुरूप कुछ भी संपादकीय मन को भाने वाला पढ़ा तो उनसे बिना पूछे छाप दिया। पिछले विश्व हिंदी सम्मेलन में मॉरीशस गया तो पता चला कि मॉरीशस की व्यवस्था से नाराज वहां के अनेक लेखक नहीं सम्मिलित हो रहे हैं।मॉरीशस जा रहा हूं तो मैं मानकर चल रहा था कि कम से कम रामदेव धुरंधर और राज हीरामन से मुलाकात होगी ही। पर जब यह पता चला तो... मन को मसोस लिया। पर रामदेव धुरंधर आए, सम्मेलन का हिस्सा बनने नहीं, कई मील चलकर केवल मुझसे मिलने। इस मैत्रीभाव ने मुझे भावुक कर दिया था। और भी अनेक किस्से है पर यह ऐसे किस्सों की क्रीड़ास्थली नही है।

शक्करखोरे को शक्कर चाहिए होती है और मुझ व्यंग्यखोरे को व्यंग्य चाहिए होता है। मेरा मानना है कि हर लेखक में व्यंग्य चेतना होती है। इसी मानने की प्रक्रिया में मैंने अज्ञेय, विजयेंद्र स्नातक, कमलकिशोर गोयनका आदि में व्यंग्य चेतना के स्वयं भी दर्शन किए और औरों को भी करवाए। विश्वास था कि रामदेव धुंरधर के व्यंग्यकार व्यक्तित्व को लक्षित कर, दीपक पांडेय ने अवश्य ही व्यंग्य केंद्रित प्रश्नों की झड़ी लगाई होगी। इसी विश्वास के कारण रामदेव धुरंधर के व्यंग्य संबंधी विचारों के पृष्ठों को दो-तीन बार पढ़ा। जब दीपक प्रश्न करते हैं कि आपने व्यंग्य विधा में कलम चलाई और उनकी रचना प्रक्रिया और व्यंग्य उद्देश्यों को जानना चाहते हैं तो रामदेव धुरंधर अपनी चार कृतियों के अतिरिक्त अपने पांच खंडीय उपन्यास 'पथरीला सोना' में अभिव्यक्त व्यंग्य चेतना की भी चर्चा करते हैं। अपने व्यंग्य लक्ष्य की व्यापकता को रेखांकित करते हुए वे कहते हैं-मैंने जितने व्यंग्य लिखे हैं, उनके कथ्य चाहे मुझे अपने देश से मिले हैं, लेकिन विश्व की समस्याएं उन में बोलती अवश्य हैं। मेरे लेखन का दायरा ही ऐसा होता है, अपने देश की घटनाओं पर लिखूं तो उस मे विश्व आ जाए और विश्व को लिखूं तो उसमें मेरे देश का उपस्थित रहना हो। अब जैसे ड्रग्स की समस्या है, क्या इसे मात्र एक देश से जोड़कर देखा जा सकता है?

भूख मानवी जिजीविषा, ह्दय शून्यता, रोग-शोक, असंतोष, शोषण, उत्पीड़न कहां नहीं होते।मैंने अपनी व्यंग्य रचनाओं में यही तो लिखा है।'' हिंदी साहित्य के भारतीय धुरंधर व्यंग्य लेखक जो अभी राजनीति, पुलिस आदि पर टिप्पणीनुमा रचना लिखकर बहुत बड़ी बात कहने का भ्रम पाले हुए हैं उन्हें रामदेव धुरंधर के वक्तव्य को ध्यान से पढ़ना चाहिए। चलते—चलते हिंदी व्यंग्य विमर्श के शाश्वत विषय—हास्य और व्यंग्य के आपसी संबंध और कितनी मात्रा में हास्य की उपस्थिति पर रामदेव धुरंधर के विचार भी जान लाजिए। रामदेव धुरंधर का कहना है—पहले हास्य और व्यंग्य में एक बड़ी कशमकश मची रहती थी। लेखक व्यंग्य लिखते तो थे पर किसी न किसी रूप में उस पर हास्य का मुल्लमा चढ़ाने की कोशिश में पड़ जाते थे।आज ऐसा नहीं है कि व्यंग्य ने हास्य से अपने को मुक्त कर लिया हो। बल्कि ऐसा हुआ कि व्यंग्य और निर्मम हो गया है और हास्य ने सीधे मुंह हंसने की अपेक्षा अपना मुंह टेढ़ा करके हंसने का अपना रुतबा घोषित कर लिया है। मानना होगा इससे व्यंग्य को जबरदस्त पुष्टि मिली है।'' रामदेव धुरंधर मुझे इसलिए पसंद हैं कि मेरी व्यंग्य संबंधी सोच के रचनकार हैं। कह सकता हूं कि अपनी व्यंग्य संबंधी मान्यताओं और लेखन के चलते वे मेरी व्यंग्य यात्रा के सच्चे सहयात्री हैं।

भारत और मॉरीशस में समान रूप से सम्मानित लेखक रामदेव धुरंधर से संवाद करती यह कृति अनेक नए आयाम हमारे समक्ष लेकर आएगी। सामान्यता साक्षात्कार तीन चार हजार शब्दों से अधिक नहीं होते हैं पर यह तो पूरी किताब है। मुझे विश्वास है कि दीपक पांडेय का यह श्रम सार्थक होगा और रामदेव धुरंधर के माध्यम से प्रवासी साहित्य को समझने और उसे समृद्ध करने में सहायक होगा।

मॉरीशस लेखक रामदेव धुरंधर की जुबानी

धुरंधर जी, आज आप हिंदी के प्रतिष्ठित साहित्यकार हैं। आप भारत में ही नहीं विश्व के अन्य देशों में भी बहुचर्चित हैं। कृपया हिंदी से अपने संबंधों के बारे, जीवन के तीन पड़ावों के अंतर्गत बताइए;

(a) बचपन से बीस वर्ष तक

(b) 21-35 वर्ष

(c) 35 से अब तक की हिंदी-यात्रा

रामदेव धुरंधर : यह प्रश्न हिंदी से संबंधित होने से बहुत हद तक इसमें मेरा अपना जीवन समाहित है। बात यह है कि यदि मैं हिंदी की बात करूँ तो वह मेरे जीवन से अलग नहीं है। आज की तारीख में मैं सही मायने में हिंदी से अपना सरोकार घोषित करूँ तो वह इस तरह से होगा मेरा जीवन स्वयं हिंदी है। यह मैं उम्र के 74 वें पड़ाव पर कह रहा हूँ। इस उम्र में हिंदी से जुड़े अपने अस्तित्व के महत्वपूर्ण पलों को अगले पन्नों के लिए छोड़ रहा हूँ। अभी आप के प्रश्न के आधार पर बचपन से लेकर उम्र के बीस वर्ष तक के अपने जीवन में हिंदी से अपने संबंध पर प्रकाश डालने की कोशिश करता हूँ। मैं एक बात स्पष्ट कर दूँ हिंदी मेरी मातृभाषा नहीं है, लेकिन मैं स्वाभिमानपूर्वक ऐसा कहता हूँ कि हिंदी मेरी धमनियों में इस हद तक रची बसी है कि अपनी मातृभाषा की तरह यह भी मुझे प्यारी है।

हिंदी के प्रति यह मेरे लिए प्यारा सा बंधन है और मैं इससे अपने को धन्य मानता हूँ। हिंदी से मेरा नाता इसलिए भी दमदार है कि इस भाषा में लिखने की मेरी गति सधी हुई है। मैं नहीं कह सकता ऋषियों की तरह तप निष्ठा से मैंने यह अर्जित किया है। यह तो बस चलते-फिरते जीवन से हुआ है। मानो कहीं गिरा हुआ कुछ देखा तो अपने काम के लिए उठा लिया। जिसे कोई न पूछता हो उसे मैंने पूछा और पूछे को लिखने पर वह साहित्य हो गया। जो मैं सोचता हूँ वह भोजपुरी में हो सकता है या अंग्रेजी फ्रेंच में या देशी भाषा क्रिओल में, लेकिन उसे लिखने के लिए भाषा तो मेरी हिंदी ही होती है।

मैं भोजपुरी में पल कर बड़ा हुआ हूँ। थोड़ा बड़ा होने पर देशी क्रिओल

भाषा से मेरा सरोकार बना जो कि अनिवार्य ही था। बात यह थी क्रिओल के बिना मॉरीशस में जीवन का संचालन संभव हो नहीं पाता है। यह देशी भाषा है जो सभी लोग बोलते हैं। पूरे देश में एक ही तर्ज पर क्रिओल बोली जाती है। हाँ, परिवेश के हिसाब से मुहावरे और उच्चारण वगैरह में थोड़ा अंतर आ जाता है। एक वक्त रहा था जब हिंदी और भोजपुरी से प्रेम रखने वाले हमारे लोग नारा चलाते थे क्रिओल भाषा को छोड़ कर हिंदी और भोजपुरी को अपनाओ। आदर्श वाक्य यह होता था हिंदी और भोजपुरी गयी तो संस्कृति गयी। मैं स्वयं इस अभियान में अपने लोगों के साथ होता था। पर आज वे दिन बहुत पीछे छूट गये हैं।

आज हम अपने देश में हर भाषा के प्रति अपना हृदय उदार रखते हैं। हमने यह अनुभव करलिया है भाषा किसी का अहित नहीं करती। जो जहाँ जिस भाषा से है वह अपना विकास उसी हिसाब से करे। यह विकास देश और सारी जनता का विकास है। मैं समझता हूँ भाषाओं के प्रति ऐसा मन रखने से हम भातृत्व का एक कदम आगे बढ़ा रहे हैं। यदि इससे हमारे देश में एकता और सौहार्द को बढ़ावा मिलता है तो इसके लिए हम अपने दिल का द्वार और भी विस्तार से खोलने के लिए तैयार हैं।

आपके प्रश्न के अनुसार मैं अपने बचपन से लेकर बीस की उम्र तक की बात जब करूँ तो मुझे उसी काल खंड में लौटना होगा। मेरे पिता ने मुझे हिंदी इसलिए न पढ़ायी कि वे मानते हों एक भाषा में मेरा विलयन कर रहे हैं। वे संस्कृति की भावना से मेरा हिंदीकरण करने के लिए एक तरह से मुझ पर टूट पड़ते थे। मेरे पिता साक्षर नहीं थे, लेकिन रामायण के एक अद्भुत गायक थे। उन्होंने सत्संग से यह ज्ञान पाया था। वे जब भी बात करते थे रामायण का उदाहरण देना उनके खून में होता था। वे रामायण को हिंदी मानते थे और वे मुझे इस भावना से हिंदी सीखने के लिए प्रेरित करते थे कि मुझे रामायणमय हो जाना है। कालांतर में मैं कितना रामायणमय हो पाया इसका गणित मेरे पास सुरक्षित नहीं है। पर मैं हिंदीमय हो पाया इसका गणित मैं रखता हूँ। पिता परकबीर का भी प्रभाव था और यह भी उनके लिए हिंदी ही थी। कबीर के सत्संगी मीमांसा के मेरे पिता जी इतने कायल थे कि कभी कबीरवादी टोली में फँस जाने के कारण वे रात घर बहुत देर लौटते थे। मेरे एक चाचा थे जिनका नाम भुवन था। वे साधु थे, वे अविवाहित थे और हमारे ही घर के पास साधुनुमा कुटिया बना उसमें रहते थे। वे अपना खाना स्वयं पकाते थे। पर वे कहीं से मांगते नहीं थे। चावल दाल उन्हें मेरे पिता से मिल जाता था। मेरे चाचा भुवन मुझे बहुत चाहते थे। सच में हिंदी के प्रति प्रेम का मेरा एक पक्ष मेरे भुवन चाचा से भी था। वे मुझसे कहते थे उनके पास हिंदी की बहुत पुस्तकें हैं। यह मैं जानता था, लेकिन उनके जीवन काल में मुझे उनकी पुस्तकों से जुड़ने का अवसर नहीं मिला। उनकी मृत्यु के बाद उनकी पुस्तकों को पूछने वाला कोई न हुआ। मेरे घर के लोग उन पुस्तकों को रख क्या करते। मजदूर पिता ने छोटा सा घर बना रखा था जिस में हमारा पूरा

परिवार रहता था। रोटी के लाले पड़े रहते थे। मेरे पिता ने हम बच्चों को कभी ठीक से स्कूल भेजा नहीं। मेरे भाई बहन सभी छोटी उम्र से मजदूरी करने वाले हुए। स्वयं मैं भी तो उन्हीं का हिस्सा था। मैं गरीबी की मार से बच न पाया और कम उम्र में फ्रांसीसी मूल के जमींदारों के खेतों में कुदाल से नौकरी करने वाला मजदूर हो गया। पर मैं अपने परिवार का अकेला विद्यानुरागी बना। मुझे स्कूल भेजा गया था। छोटी उम्र में जब तक स्कूल में रहा अपनी कक्षा में होनहार विद्यार्थियों के बीच मेरा भी एक नाम होता था। मुझे याद है अंग्रेजी फ्रेंच के स्कूल में प्रथम दिन दाखिल होने पर जब मुझसे पाटी पर जीरो लिखने के लिए कहा गया था तो मैंने इन्कार किया था। बात यह थी घर से मुझे विद्या का संसार मिल चुका था और हिंदी को तो जैसे मेरे जेहन में रच रचा कर पिरो दिया गया था। स्कूल में जीरो से अंग्रेजी फ्रेंच की पढ़ाई के शुभारंभ के विरोध के लिए वह हिंदी ही थी जिस ने मानो मुझसे कहा हो जीरो में एक रेखा खींच दो वह अपने आप 'ए' हो जाएगा। पुस्तक में 'मेन' तो लिखा होता ही था। स्कूल में प्रथम दिन मैंने 'मेन' लिखा था।

पर अंग्रेजी फ्रेंच की मेरी पढ़ाई विधिवत न हो सकी। बात वही थी घर की गरीबी आड़े आ जाती थी। स्कूल में जहाँ तक हो सका मैंने अंग्रेजी फ्रेंच की पढ़ाई की और बीस उम्र से कम उम्र में मैंने ट्यूशन के बूते इन दो भाषाओं का अध्ययन जारी रखा। हिंदी की पढ़ाई के लिए मेरी कोई पाठशाला नहीं हुई। घर में हिंदी का जो ज्ञान और संस्कार मुझे मिला था उसी से मैंने हिंदी की अपनी पढ़ाई को आगे बढ़ाया। दिन में मैंने मजदूरी की और शाम तो कभी रात को मैंने अंग्रेजी फ्रेंच का ट्यूशन लिया। हिंदी साथ में चलती रही तो वह संस्कृति के नाम से थी क्योंकि पिता जी की शिक्षा मेरे साथ मेरे प्राण की तरह गुंफित रहती थी अर्थात हिंदी सीख कर ही तुम सच्चे हिन्दू और अच्छा आदमी बन सकते हो।

अब तक मैं बीस की उम्र पार कर चुका था। मजदूर के रूप में मेरी अच्छी पहचान बन गयी थी। मेरा जन्म गाँव में हुआ था और आज भी मैं गाँव में ही रहता हूँ। पिता जी के जीवन काल में हमारे घर में बैलगाड़ी हुआ करती थी।माँ से हमारे घर में गाय बकरियाँ हुईं जिनके लिए मुझे घास काट कर लाना पड़ता था। बाद में जब मैं बड़ा हुआ और हिंदी से मेरा सरोकार सुदृढ़ होने पर प्रेमचंद का 'गोदान' मेरे जीवन में एक मेक हुआ तो मैं इस भावना से दंग रह गया था यह तो मेरा अपना परिवार है। क्या मेरी माँ धनिया से कम थी। मेरी माँ के बच्चों को कोई व्यर्थ में डाँट कर तो दिखाये मेरी माँ उस का मुँह नोच न लेगी। मेरी माँ छोटे से रसोईघर में पराँठे पका रही हो तो गंध मात्र से हमारे मुँह में पानी आ जाए। खबरदार मेरी माँ का अपना कोई बेटा बुरी संगत में पड़े। माँ बांध कर बुराई की सारी सेखी झाड़ कर रख दे। मेरी माँ का सौजन्य रहा मुझे सिगरेट की आदत न पड़ी। हालाँकि मेरे पिता मुझे अपनी सिगरेट खरीद लाने के लिए भेजते थे। पर पिता से मैंने शराब की कुछ कुछ आदत

ले ली, लेकिन माँ से बच बचा कर। दुनियादारी की दृष्टि से मेरे पिता वाकई बहुत भोले थे इसलिए मुझे बार बार उन में होरी मिल जाता था। मरते वक्त तक मेरे पिता को गरीबी और कुदाल से मुक्ति नसीब नहीं हुई। मेरे पिता ने बेईमानी को पाप समझा इसलिए वे मेरे लिए होरी के पर्याय थे। मैंने ऐसा भी लिखा है अपने घर में बैलगाड़ी होने से मैंने फणीश्वरनाथ रेणु के हीरामन के बैल की लगाम थामी है।

यह मेरे हिंदी प्रेम का एक अध्याय है जिसे मैंने अपने आज के साहित्यिक जीवन में बड़े प्यार से संजोये रखा है।

बीस की उम्र पार करने की प्रक्रिया में ट्यूशन के बल पर मैंने अंग्रेजी और फ्रेंच का अच्छा प्रमाण जुटा लिया था। इस बीच हिंदी मुझसे छूटी नहीं थी। आज मुझे आश्चर्य भी होता है और मुझे इस मंथन में लौटना पड़ता है हिंदी मुझसे कहती थी मेरा साथ न छोड़ना। पर सवाल यह था मैं आगे हिंदी सीखता तो कैसे? इसके लिए भी संयोग निकल आया। एक मित्र से मुझे पता चला था लोंगमाऊंटेन में ऊँची कक्षाओं के लिए हर रविवार को हिंदी की पढ़ाई होती है। यह तो मेरे लिए सुनहरा मौका हुआ। मतलब सोमवार से शनिवार तक मजदूरी करूँ और अपना रविवार हिंदी को समर्पित करने के लिए बस द्वारा लोंगमाऊंटेन पहुँच जाऊँ। वहाँ पूरे मॉरीशस से लोग हिंदी पढ़ने आते थे। पचास की उम्र के भी लोग हमारे साथ परिचय प्रथमा कक्षाओं के लिए पाठ लेते थे। हिंदी प्रेम का यहाँ मेरा एक जबर्दस्त आधार हुआ। गुरु जी रविशंकर कौलेसर ने 'पर्वत की चोटी पर एक रात' शीर्षक से निबंध लिखने के लिए कहा था। उन्होंने साठ तक विद्यार्थियों में मेरे निबंध को श्रेष्ठ माना था और भरी कक्षा में कहा था पढ़ कर सुनाऊँ। सच में उस दिन तीस चालीस साल मुझसे बड़े विद्यार्थियों के बीच मैं श्रेष्ठ हो गया था। हिंदी फिर मुझसे न छूटी तो मैं मानता हूँ उस दिन का वह सुवास भी एक था। अब खेतों में पसीना चुआकर उससे बहुत आगे रोटी पाने का मेरा भावी स्वप्न मेरे मन में पलने लगा था। अंग्रेजी फ्रेंच के बल पर मैंने पुलिस की नौकरी के लिए आवेदन भेजा। इसी बीच अखबार में देखा सरकारी स्कूलों में हिंदी पढ़ाने के लिए अध्यापकों की भर्ती होने वाली है। मैंने इसके लिए आवेदन भेजा और मेरा चयन हो गया। नौकरी के मामले में मैं आश्वस्त हुआ ही था कि पुलिस के लिए मैंने जो अर्जी भेजी थी उसके लिए स्वीकृति का पत्र आ गया। उधर जाने के लिए मेरा मन ललचा और मैं कशमकश में पड़ने लगा। पर उधर जाना संभव नहीं होता क्योंकि हिंदी अध्यापक की नियुक्ति के करारनामे में दर्ज था एक साल तक मैं वह नौकरी छोड़ नहीं सकता। हो सकता है मैं मन मसोस कर रह गया होऊँ, लेकिन मुझे इसके लिए फिर कभी पश्चाताप नहीं हुआ। मेरा सत्य यह था मैं कम उम्र से हिंदी में कहानी लिखने लगा था। मैंने अपने देश में 'कांग्रेस' नाम के एक अखबार में 'नेता' नाम से अपनी एक कहानी भेजी जो यथाशीघ्र प्रकाशित हो गयी। पाँच साल तक वह अखबार चला था और मैंने लगातार उसके लिए कहानियाँ

भेजीं जो छपती रहती थीं। जहाँ तक मुझे याद है मेरे देश के किसी की कहानी उसमें छपी नहीं थी। हाँ कविताएँ खूब छपती थीं। हो सकता है मेरे मन में प्रतिस्पर्द्धा का एक खयाल आ गया था अर्थात तुम कविता लिखो बाकी मैं तो अपनी कहानी में मस्त हूँ। मेरी इस मस्ती में तो निश्चित रूप से यह जुड़ा रहता था कांग्रेस के अंकों में मेरी कहानियों की चर्चा खूब होती थी। आलोचनाएँ भी छपती थीं, लेकिन कहानी का मेरा मनोबल टूटता नहीं था। बात यह थी मुझे लोगों की ईर्ष्या नजर आती थी जो कि सत्य ही था। खास कर ईर्ष्या की मेरी जानकारी वहाँ से थी एक मित्र ने मुझसे कहा था उसने कांग्रेस में छपने के लिए कहानी भेजी जिस का उत्तर संपादक ने उसे दिया नहीं।

अब मैं समझ पाया था देश में कहानीकार तो हैं, लेकिन उन्हें छपने के लिए तरसना पड़ता है।

मैंने सताईस की उम्र में [1973] भारत के बहुचर्चित धर्मयुग में कहानी भेजी थी जो स्वीकृत हो गयी थी। इससे एक दो साल पहले मैं 'नीहारिका' नाम की पत्रिका में छपने के लिए दो बार कहानियाँ भेज चुका था। दोनों बार मुझे पत्र से सूचित किया गया था कहानी छप गयी है। प्रति मुझे भेजने की बात पत्र में तो होती थी, लेकिन मुझे प्रति कभी नहीं मिली। मैंने 'सारिका' को भी कहानियाँ भेजीं जो छपती गयीं। उन दिनों 'आजकल' में मेरी कहानियाँ खूब छपीं। मेरी कहानी 'उधर का रास्ता' के बारे में [नवंबर 1973] प्रकाशक ने लिखा था—

मॉरीशस के युवा लेखक रामदेव धुरंधर की यह कहानी इस बात का प्रमाण है कि मॉरीशस में हिंदी रचनात्मकता के उस चरण पर पहुँच गयी है जहाँ साहित्य भावुकता की अभिव्यक्ति न होकर जीवन को अभिव्यक्त करता है।

बाद में आजकल का जब स्वर्ण-जयंती अंक निकला [मई-जून 1994] तो मेरी इस कहानी को उसमें सम्मिलित किया गया था। प्रकाशक थे प्रताप सिंह बिष्ट। उन दिनों मैं भारत में था। मैं उनसे मिलने आजकल के प्रकाशन गृह गया था। उन्होंने मेरा भाव भीनी स्वागत किया था। इस स्वर्ण-जयंती अंक के लेखकों से मेरी कोई बराबरी नहीं है। मैं तो इनसे बस सीख सकता हूँ। प्रसंगवश मैं कह रहा हूँ आजकल के उस स्वर्ण-जयंती अंक में उन महान हस्थियों के साथ होना मेरे किसी बहुत बड़े सौभाग्य का प्रतीक है। अज्ञेय, निराला, नागार्जुन, देवेन्द्र सत्यार्थी, हरिवंश राय बच्चन, विष्णु प्रभाकर, उदय शंकर भट्ट, पंत, गुलाब राय, चन्द्रकिरण सौनरेक्सा, दिनकर, मैथिलीशरण गुप्त, चंद्रगुप्त विद्यालंकार, नगेन्द्र, माखनलाल चतुर्वेदी, अमृत राय, जैनेन्द्र कुमार, बनारसीदास चतुर्वेदी, मोहन राकेश, भगवती चरण वर्मा, गोविंद वल्लभ पंत, यशपाल, उपेन्द्रनाथ अश्क, महादेवी वर्मा, सुभद्राकुमारी चौहान, हरिशंकर परसाई, इलाचंद जोशी आदि आजकल के इस अंक में अपनी रचनाओं और युवा उम्र की फोटो के साथ उस अंक में उपस्थित हैं। इन लोगों के बीच मेरी कहानी

'उधर का रास्ता' का होना मेरे लिए ऐसा है इनसे आशीर्वाद के लिए मेरे हिस्से कुछ पन्नों का निर्धारण किया गया हो।

दीपक जी, आपके प्रश्न के दूसरे भाग के आधार पर अर्थात यहाँ मुझे 20 से 35 वर्षों की अपनी हिंदी यात्रा को उकेरना था, लेकिन मैंने आजकल के स्वर्ण-जयंती मई-जून अंक 1994 तक अपने को पहुँचा दिया। मैं तब 48 वर्ष का हो चुका था। पर मुझे वह लिखना तो यहीं था क्योंकि प्रसंग ऐसा बन आया था कि उसके वर्णन के लिए जगह यही हो सकती थी।

अब मैं 35 से लेकर अब तक की अपनी उम्र की हिंदी से अपने संबंध का विस्तारपूर्क उत्तर दे रहा हूँ। 1946 में मेरे जन्म से गणित बनाएँ तो 35 सालों में मैं 50 को पहुँच रहा था जिसमें 1980 के आस पास के वर्ष प्रतिध्वनित हो रहे हैं। मैं 1978 में महात्मा गांधी संस्थान के प्रकाशन विभाग में चला गया था जहाँ पूजानन्द नेमा और अभिमन्यु अनत से मेरी घनिष्ठता परवान चढ़ती गयी। प्रश्नों के अतर्गत मैंने बहुतों को वह लिखा है और वह छपा भी है। अभी आपके लिए मैं सब नया लिख रहा हूँ क्योंकि मैं देख रहा हूँ आप मुझसे कुछ विशेष निकालने का प्रयास कर रहे हैं। मेरे पास उत्तर की क्षमता है। शब्दों में हेर फेर हो सकते हैं और मैं आप से यही तो कहता आ रहा हूँ शब्दों में रद्दोबदल हो सकती है, लेकिन सत्य की आत्मा तो वही रहेगी जो वह थी। अभिमन्यु अनत, रामदेव धुरंधर, पूजानन्द नेमा हम तीनों तो बी. ए. अथवा एम. ए. के डिग्रीधारी नहीं थे। हमें अपने ही देश में ज्यादा से ज्यादा व्याकरण सम्मत हिंदी सिखाने वाले गुरु भर मिले थे। उत्तर प्रांत में रहने वाले अभिमन्यु अनत को दौलत शर्मा मिले। मैं पूर्वी प्रांत का हुआ और मुझे मिले व्याकरण के गुरुवर रविशंकर कौलेसर। दक्षिण के रहने वाले पूजानन्द को मिले गुरु जी शिवदत्त। उन दिनों मॉरीशस में हिंदी में भारतीय विश्व विद्यालयों के ज्यादा डिग्रीधारी होते भी नहीं थे। मुझे याद है दिल्ली से पढ़ कर मुनीश्वरलाल चिंतामणि

और ठाकुरदत्त पांडेय आए थे। उन्हें देश का सबसे बड़ा विद्वान माना जाता था। पर भगवान मुझे माफ करे एक सत्य मैं यहाँ उद्घाटित कर रहा हूँ, चिंतामणि अपनी कहानियों का संशोधन मुझसे करवाते थे। उनकी एक कहानी का शीर्षककरण मैंने किया था। ड्रग्स पर आधारित उनकी कहानी को मैंने शीर्षक दिया था 'मौत का सौदागर।' बाद में मैंने सुना था इस पर एक फिल्म बनने वाली थी। इसका अच्छा प्रचार हुआ था, लेकिन यह दूसरी बात है फिल्म कभी बनी नहीं।

प्रसंगवश महात्मा गांधी संस्थान के उर्दू विभाग के हेड का मुझे स्मरण आ रहा है। उन्होंने उर्दू में एक उपन्यास लिखना शुरू किया था, लेकिन दस बारह पन्नों से आगे उनका उपन्यास बढ़ता ही नहीं था। संस्थान के एक कमरे में बेहद छिपे छिपाये हम देर तक बैठते थे। उनके उपन्यास को आगे बढ़ाने के लिए मैं उनके दिमाग का द्वार खोलता था और वे मेरे शब्द शब्द नोट करते थे। उम्र में वे मुझसे

बहुत साल बड़े थे। वे नौकरी से रिटायर हुए तो मुझे पता चला उनका उपन्यास पूरा हो जाने पर प्रकाशित हो चुका है। यह सच ही था। अगले कुछ दिनों में सूचना सच ही आयी थी उस उपन्यास का भारत में विमोचन हुआ। इसके बाद पाकिस्तान में भी भव्यता से विमोचन सम्पन्न हुआ।

मैंने महात्मा गांधी संस्थान में लेखन सिखाने और लोगों के लिखे को आमूल चूल परिवर्तित करवा कर छापने का अपना एक अद्‌भुत इतिहास कमा रखा है। पर जिन लोगों से संबंधित ये बातें हैं उन में से बहुतों का स्वर्गवास हो चुका है। ईश्वर उनकी आत्मा को शांति दे। महात्मा गांधी संस्थान में त्रयी अनत, धुरंधर और नेमा जो डिग्रीधारी नहीं थे हमने तीस साल तक मिल कर इस देश के हिंदी लेखन को एक नव पल्लव की तरह सींच कर बड़ा करने का प्रयत्न किया था। झगड़े और बात बात पर टकराव तो हम तीनों के बीच खूब होते थे, लेकिन उसकी चर्चा में इस वक्त मुझे जाना नहीं है। मैं कहना इतना चाहता हूँ कि हिंदी लेखन से हमारा वजूद पहचान पाता चला जा रहा था। अभिमन्यु हम दोनों से उम्र में बड़े थे। लेखन का मसीहा होने से उन्हें महात्मा गांधी संस्थान में हिंदी प्रकाशन विभाग का हेड बनाया गया था। मैं और पूजानन्द भी हिंदी लेखन के बल पर ही वहाँ गये। सच कहें तो उन दिनों का वातावरण हमारे अनुकूल ही था। आज के भारतीय वंशज मॉरीशसीय राजनेता हिंदी को साथ लेकर चलने का दावा करते हैं, लेकिन मैं सही मायने में बता रहा हूँ उन दिनों हिंदी के मामले में राजनेता कैसे थे। हमारे यहाँ खेर जगतसिंह हुए जो शिक्षा मंत्री थे और कालांतर में योजना मंत्री बने थे। वे भारतीय वंशजों के लिए अपनी सजगता बनाये रखते थे। शिक्षा जो शहरों की सीमा में जकड़ी हुई थी और पाश्चात्य के दावेदार उस पर अपनी मुहर गढ़ने की कोशिश में लगे रहते थे, अन्तत: वे खेर जगतसिंह ही हुए जिन्होंने गाँवों में बसने वाले भारतीय खून के लोगो के लिए शिक्षा का गाँवकरण किया। आज गाँवों में शिक्षा मानो घर घर अपनी बिंदी टाँक रही है। खेर जगतसिंह ही हुए जिन्होंने योजना मंत्री के तहत महात्मा गांधी संस्थान के निर्माण में महत्वपूर्ण भूमिका निभायी थी। उन दिनों प्रधानमंत्री शिवसागर रामगुलाम की भी एक खास बानगी हुआ करती थी जिसकी चर्चा मेरे लिए इस वक्त अनिवार्य हो रही है। उनका जन्म गाँव मेरे गाँव से पाँच किलोमिटर दूरी पर है। मैं उनसे गाँव की परिभाषा से ही जुड़ा था। वे मुझसे भोजपुरी में बात करते थे। मॉरीशस की हिंदी की एक गरिमा उन दिनों ऐसी भी हुई थी भारत में यहाँ की पहचान खुल रही थी और वहाँ के लोगों को जिज्ञासा होती थी मॉरीशस के बारे में ज्यादा जान सकें। उन दिनों भारत के हिंदी के विद्वानों को जब मॉरीशस बुलाया जाता था वे यहाँ लिखे जा रहे साहित्य की समझ के साथ आते थे। अशोक चक्रधर जी को पहली बार कविता सुनाने के लिए बुलाया गया था। उन की एक कविता थी जो वे पूरे मॉरीशस में सुनाते थे। अभिमन्यु अनत, रामदेव धुरंधर, पूजानन्द नेमा, हरिनारायण सीता आदि पर वह कविता आधारित थी।

कमाल यह कि सुनने वाले इस देश के मंत्री से लेकर प्रधानमंत्री भी हुआ करते थे। ओमप्रकाश आदित्य, सोम ठाकुर आदि ऐसी कविताएँ लाते थे और तरन्नुम में सुनाते थे। बात वही कि मंत्री और प्रधानमंत्री को दावत हो तो वे अवश्य आते थे। फिर तो सुनते सुनते हमारे नामों की उन्हें आदत हो जाती थी। उन्हें जब हिंदी के मामले में भाषण देना होता था वे धाराप्रवाह ये नाम बोल दिया करते थे।

धर्मवीर भारती ने सबसे पहले इस देश के लेखक अभिमन्यु को हीरो के रूप में स्थापित किया। कमलेश्वर और मनोहर श्याम जोशी ने भी इसमें भरपूर सहयोग किया। मैं अपनी बात करता हूँ और यह सर्वत्र कहता हूँ धर्मयुग में मेरी पहली कहानी छपी थी और धर्मवीर भारती ने प्रथम विश्व हिंदी सम्मेलन [1975] में मेरी भागीदारी के लिए मेरा नाम पारित करवाया था। तब अभिमन्यु अनत बहुत आगे निकल चुके थे। डिग्री की बात कौन करे। बल्कि बात तो यह हो अनत कितना जबरदस्त लिख रहा है। अपने लेखन के बूते वह महात्मा गांधी संस्थान में शीर्ष स्थान पर आसीन हो गया था। खेर जगतसिंह के बनाने से मैं भी महात्मा गांधी संस्थान में कुछ बन गया। बस एक दुख मुझे कचोटता है पूजानन्द नेमा बहुत जल्द गुमनामी में खो गया। मेरा दावा है पूजानन्द नेमा जैसा कवि अब तक मॉरीशस में दूसरा पैदा नहीं हुआ। पर सच में अपनी कविता के कोमल पक्ष ने ही उसे मारा। उसे लड़ना ही आता तो पहली लड़ाई उसकी अभिमन्यु अनत से ठनती।

मैंने 2006 में महात्मा गांधी संस्थान की नौकरी से अवकाश ग्रहण किया। अब 2019 में मेरे अवकाश ग्रहण के 13 साल हो रहे हैं। मैं जब तक संस्थान में रहा अपने हिंदी लेखन के साथ पूरी निष्ठा से रहा। यहाँ से बच्चों के लिए एक पत्रिका निकली जिसका 'रिमझिम' नामकरण मैंने किया था। बहुतों को यह नाम न भाने से वे अपनी अपनी ओर से नाम देते रहे थे, लेकिन लौट कर उन्हें रिमझिम की शरण में ही आना पड़ा था।

संस्थान से 2006 में अवकाश ग्रहण करने की उम्र तक आते आते हिंदी जगत में मेरा नाम स्थापित हो गया था। 1999 में इंग्लैंड में विश्व हिंदी सम्मेलन हुआ तो वहाँ जाने के लिए मुझे भारत सरकार की ओर से हवाई टिकट प्रदान किया गया था। 2003 में जब सूरीनाम में विश्व हिंदी सम्मेलन हुआ तो मुझे सम्मानित करने के लिए आमंत्रित किया गया। 2004 में दिल्ली नेहरू संग्रहालय की ओर से मुझे हवाई टिकट देकर बुलाया गया। साहित्य अकादेमी और दूसरी संस्थाओं की ओर से भी मैं आमंत्रित होता रहा। यह मेरे अंदर के लेखक का श्रेय था जो प्रत्यक्षता से मैं अपने हाथों में थामता गया। मैं अपने को लेखक कह रहा हूँ तो इसमें कोई बनावट तो है भी नहीं। 2006 तक मेरे सात उपन्यास, दो कहानी संग्रह, चार व्यंग्य संग्रह और चार लघुकथा संग्रह प्रकाशित हो चुके थे।

पर महात्मा गांधी संस्थान के प्रकाशन विभाग के डिग्री विहीन हेड अभिमन्यु

अनत के जाने के बाद मैं हेड बन न पाया। मुझसे दो साल बड़ा पूजानन्द नेमा था और वह संस्थान में मुझसे पहले गया था, लेकिन वह हेड न बन पाया था। बात यह थी अब भारत से बहुत से लोग एम.ए., पी-एच.डी. वगैरह बन कर स्वदेश लौट रहे थे और महात्मा गांधी संस्थान में नौकरी के लिए उनकी होड़ चल रही थी। हम दोनों तो डिग्रीधारी नहीं थे और संस्थान ने दबाव में आकर नियम बना लिया कि जो पी-एच.डी. है पहले उसे ही पूछा जाएगा। हमारे विभाग में जो पी-एच.डी. महोदय हेड के रूप में आया वह मेरे ही गाँव का रहने वाला था। सच्चाई यह थी मैंने मंत्री खेर जगतसिंह से कह कर उसे महात्मा गांधी संस्थान में बिठवाया था। पर सच यह है बिच्छू के डंक की पूँछ पीछे थी और वही मुझे दिखाई न दिया था। मैं फिर एक बार सच कह रहा हूँ मैंने पी-एच.डी. के उसके शोध के लिए सौ पन्नों से ज्यादा लिखा था। इस एहसान से दबा होने पर वह मेरे पाँव छूता था। अब मेरा और नेमा का हेड हो जाने पर उसने हमारा जीना दूभर कर दिया। यहीं नेमा का मन व्यथित होना शुरू हुआ और उसने साठ की उम्र पूरी करने से पहले नौकरी छोड़ दी। पर मैं थोड़ा ढीठ निकला और यह मेरा स्वभाव ही था।

मैंने साठ की उम्र पूरी करने के बाद ही नौकरी से अवकाश लिया। एक दिलचस्प बात यहाँ लिख रहा हूँ। अभी 2019 में मैं भारत में था तो गाजियाबाद रहने वाले डा. धनंजय सिंह ने सम्मान के लिए मुझे बुलाया था। बातों के अंतर्गत उन्होंने मुझसे पूछा वो जो महात्मा गांधी संस्थान में बड़बाँका हुआ करता था अब क्या करता है। मैंने धनंजय सिंह जी से कहा वह मेरा पड़ोसी ही है। अंतर यह है वह घर में आराम करता है और मैं लेखन करता हूँ। डा. धनंजय जी 2006 से पहले मॉरीशस आए थे। कमलकांत बुधकर, डा. धनंजय सिंह और कुछ लोग एक साथ महात्मा गांधी संस्थान आए थे। शायद राकेश पांडे भी उनके साथ थे। पहले ऐसे लोग आते थे तो महात्मा गांधी संस्थान में अभिमन्यु अनत को ढूँढते थे।

अनत के अवकाश ग्रहण करने के बाद एक मैं ही तो बचता था। डा. धनंजय और उनके साथ के लोगों ने निदेशक उत्तम बिसुनदयाल से कहा था रामदेव धुरंधर से मिलने की व्यवस्था कर दें। उत्तम जी ने तत्काल मुझे फोन से सूचित करते हुए कहा था एक कर्मचारी उन्हें लेकर मेरे यहाँ आ रहा है। मैं जिस डेड की बात कर रहा हूँ वह मानो सूंघ कर पता लगा लेता था दफ्तर में मेरी कौन कौन सी गतिविधियाँ हुआ करती हैं। इसी बात के तहत बेचारे धनंजय सिंह और उनके साथी बुरे फँसे। हेड महोदय ने अपने दफ्तर की खिड़की से देख लिया भारतीय लिबास में कुछ लोग संस्थान के कर्मचारी के साथ चले आ रहे हैं। वे आ रहे हैं तो उनके लिए एक रामदेव धुरंधर ही हो सकता है। वयोवृद्ध धनंजय आगे थे तो उसने उन्हीं को टोक कर जानना चाहा इधर उनका क्या काम। धनंजय जी ने बताया क्या काम जिस में बेशक मेरा नाम शामिल था। हेडसाहब अब तो बहुत बिगड़ा और उन्हें चेताया उसकी आज्ञा

के बिना वे मुझसे मिल नहीं सकते। ये लोग तो भारतीय विद्वान थे लठ और झँठ के पूरे पारखी। वे उसे हँस पड़े और संस्थान के नौकर से मेरे दफ्तर का दरवाजा पूछ कर मुझसे मिलने आ गये। हमारे बीच अच्छी खासी गलबँही निभी। उन्होंने कहा कहीं बाहर चलते हैं। इस बीच संस्थान के कर्मचारी ने हमारी देशी भाषा में मुझे बता दिया था लठ ने कैसा झँट किया। अब जब वे लोग मुझे बाहर चलने के लिए कह रहे थे तो मैंने यही उचित समझा। मैं आधे दिन के लिए छुट्टी का फॉर्म भर कर हेड के पास छोड़ने गया। मुझे उसे माँ की गाली देने का जनून चढ़ा और मैंने गाली दी। वैसे मैं तो उसके दफ्तर में घुस कर बातों से खूब लतियाता रहता था। इस मामले में मेरी शक्ति और मेरा तर्क बड़ा दमदार था। मैं उससे कहता था पी-एच.डी. की तुम्हारी डिग्री अब तो छीनी न जा सकेगी, लेकिन मेरी शक्ति है मॉरीशस से लेकर पूरे भारत को बता दूँगा पी-एच.डी. के मामले में तुम मेरे किस हद तक कर्जदार हो। उस दिन उसके दफ्तर में आधे दिन की छुट्टी का फॉर्म छोड़ने के साथ मैं उसे गरियाने के बाद अपने मेहमानों को अपनी कार में लेकर घुमाने चल निकला था। पहले तो वे गुम सुम बने रहे, लेकिन जब वे झँठ से जुड़े हँसी से लोट पोट हुए तो सारा दिन वही हमारी बातचीत का आधार बना रह गया। आज उसे यथावत जानने से मुझे लिखना पड़ रहा है वह शेष जीवन इसी रोग में जीएगा और एक दिन पूरी मृत्यु इसी रोग में वरण करेगा।

रेडियो से जुड़े हिंदी के मेरे सफर का भी एक खास पड़ाव है। मैं यहाँ उसका जिक्र कर रहा हूँ। स्थानीय रेडियो भारतीय भाषा विभाग के निदेशक सलाम अहमदी ने अभिमन्यु अनत को रेडियो में नाटक प्रस्तुत करने के लिए आमंत्रित किया था। अभिमन्यु ने यह स्वयं न करके मुझसे कहा था मैं रेडियो के लिए नाटक लिखूँ। निर्देशन अनत का होता। कलाकारों के लिए पैसे का प्रावधान अलग से हुआ था। मैंने वह स्वीकार किया था। मैंने पचास तक एकांकी लिखे जो महीने में एक बार रेडियो में आए। पर अभिमन्यु के स्वभाव के कारण इसमें मंदता आने लगी थी और दूसरी बात यह हुई देश में आम चुनाव के दिन आ गये। चुनाव में पुरानी सरकार की हार हुई और जो नयी सरकार आयी उसने अपना करतब दिखाना शुरू किया। नयी सरकार ऊँचे ओहदों पर अपने आदमी बिठाने के चक्कर में पड़ी और इसमें सलाम अहमदी बुरे फँसे। उन्हें किसी और पार्टी का एजेंट मान कर रेडियो से निष्कासित कर दिया गया। दो साल वे बाहर रहे, लेकिन राजनीति के बल पर ही वे फिर रेडियो की अपनी पुरानी जगह पर लौट आए। इस बीच उनसे मेरी मुलाकात हुई। इस बार उन्होंने अनत को बिचौलिया न बना कर सीधे मुझे रेडियो में एकांकी प्रस्तुत करने के लिए कहा जो मैंने स्वीकार किया। मैंने अपने लिखे एकांकियों से दस साल [1990-2000] तक यह चलाया। इस बार आम चुनाव का धमाल मचा तो सलाम अहमदी दस साल पहले की तरह और भी बुरे फँसे। उन्हें हटाया गया और इसके

साथ रेडियो का मेरा सफर भी पूरा हो गया। मैं अपने कौशल के बल पर वहाँ रह सकता था, लेकिन अब मुसलमान सलाम अहमदी की जगह पर जो आया था वह हिन्दू था। रेडियो में हिंदी में काम करने वालों का सफाया करना उसने अपना धरम करम बना लिया। रेडियो टी. वी. से हटाये जाने वालों में हिंदी के जाने माने हस्ती राज हीरामन, हेमराज सुन्दर और सूर्यदेव सिबरत भी थे। भारत से आकर मॉरीशस में सदा के लिए बस जाने वाले राजेन्द्र अरुण और उन की श्रीमती इन्दुबाला भी रेडियो टी. वी. से जुडे हुए थे। उन्हें हटाया न जा सका क्योंकि जो भी सरकार आती थी वह उनकी अपनी सरकार हो जाती थी। उदयनारायण गंगू को हटाया न गया तो कारण यह था वे अखिल मॉरीशस आर्य सभा के प्रधान थे। सलाम अहमदी ने मेरी नाट्य प्रस्तुति से खुश होकर मुझे और दो कार्यक्रम दिये थे। एक सप्ताह में मेरे तीन कार्यक्रम रेडियो में आने से अपने देश के लिए मैं एक हिंदी विद्वान और लेखक के रूप में अपनी स्थापना पाता जा रहा था कि एक नाशी हिन्दू ने मुसलमान सलाम अहमदी की जगह पर आकर सब मटियामेट कर दिया। दस सालों के बीच मैंने रेडियो से अपने लगभग तीन सौ एकांकी प्रसारित किये। मेरे बाकी दो कार्यक्रम साहित्यिक ही होते थे। मेरे कार्यक्रम के नाम थे सृजन, निर्माण और अर्पण।

रेडियो से हटने या रेडियो में रहने की प्रक्रिया में मेरा लेखन किसी मोड़ पर धूमिल नहीं हुआ। सन् 2000 में रेडियो से छूटने पर मैं महात्मा गांधी संस्थान की अपनी नौकरी पर कायम रहा और अब साठ की उम्र में नौकरी से छूटने का वक्त दस्तक दे रहा था। बात यह भी थी 2006 में नौकरी से अवकाश ग्रही बनने के दो चार वर्ष पहले से दफ्तर का मेरा दुश्ग्रह चल रहा था और जिसके कारण मेरा अस्तित्व बहुत हद तक अनिश्चय झेल रहा था। अब वैसा न रहा। मेरे मन में यही चलता रहता था हिंदी लेखन में मुझे आगे जाना है। यही आंतरिक प्रेरणा मुझसे लिखवाती थी और अब जब नौकरी से मेरी मुक्ति हो गयी थी तो लिखने के लिए मैं अपने को निर्बाध अवश्य मानता। मैंने चौबीस घंटे घर रहने की प्रक्रिया में अनुभव किया चिंतन के लिए मेरा मन अब बहुत दूर तक की दौड़ लगा सकता है। मेरे लिए आकाश और धरती की दूरी शायद अब मिट रही थी क्योंकि अपने पास समय ही समय होने से मैं एक साथ आकाश को निहार भी सकता था और धरती पर अपने पाँव टिका भी सकता था। कहानी के लिए मेरे अंतस में कथ्य का जन्म हो तो मेरे लिए जरूरी न हो कि पहले नौकरी की जिम्मेदारी निभाऊँ इसके बाद वक्त साथ दे तो कहानी लिखूँ। उपन्यास भी मेरे भीतर ज्वार भाटे की तरह उग रहे हों तो मैं अब वह शख्स हुआ करता हूँ जो आठों याम लिख कर सही उपसंहार से उसका अभिषेक करूँ। मैंने इसी भावना और जोश के साक्ष्य में छः खंडीय पथरीला सोना उपन्यास तराशना शुरू किया और उसे संपूर्णता तक पहुँचाने के लिए रात दिन एक करता रहा। यह लेखन तो अब पूरा हो गया है और इसके बाद दूसरे लेखन का संवहन जारी है। परंतु

न जाने लेखन के मामले में मुझे संतोष होता क्यों नहीं है। एक बड़े लेखक ने कहा है उसने इतने विपुल शब्द लिख लिये हैं कि शब्दों की दुनिया से उसे लुप्त होने की आशंका होती नहीं है। मैं उस लेखक के इस तरह कहने के तेवर का अपनी परिभाषा से मनन करता हूँ। मुझे तो आशंका होती है लिखा ही कितना कि सदा रह जाने का मुझे विश्वास हो जाए। इसी बात पर मैं लेखन में और सक्रिय हो जाना चाहता हूँ। पर लेखन की मेरी भक्ति इस बात की मोहताज अवश्य रहेगी जो भी लिखूँ वह छिछलेपन से बहुत दूर मानो शब्दों का एक ऐसा मंदिर हो जिसे वरण करने वाले मानेंगे लिखने वाले ने कुछ लिखा तो अवश्य है।

आपने कहा है कि आपकी मातृभाषा हिंदी नहीं है और आप भोजपुरी परिवेश में जन्मे और पले बड़े हैं। पारिवारिक परिस्थितियों और विवशताओं के कारण आप फ्रेंच और अंग्रेजी की शिक्षा से वंचित रहे। पर वास्तविकता तो यह है कि मॉरीशस में फ्रेंच, अंग्रेजी, क्रियोल, भोजपुरी के वातावरण ने आपके हिंदी लेखन को किसी न किसी रूप में प्रभावित किया होगा और हो सकता है कि आपको समाज की बोधगम्यता में सहायक भूमिका निभाई होगी, और इस दृष्टि से बहुभाषी होना आपके लेखन के लिए मददगार होगा। कृपया विस्तार से बताइए।

रामदेव धुरंधर : यह सही है मेरी मातृभाषा हिंदी न होकर भोजपुरी है। पर मैंने अपने बचपन से हिंदी को अपने बहुत करीब पाया है। मैं जन्मजात बच्चा रहा होऊँ, लेकिन मैं जानता हूँ मेरे माता-पिता की ओर से हमारे घर में मेरे किसी संस्कार के तहत कोई पूजन अर्चन आयोजित होने पर पुरोहित ने संस्कृत के मंत्र मेरे कानों में घोले होंगे और लोगों को संबोधित करने के लिए हिंदी में भाषण दिया होगा। बात यह है मेरे घर, पड़ोस और गाँव में भोजपुरी धाराप्रवाह बोलने की भाषा थी। पर हिंदी तो हमारे संस्कार की भाषा थी। इससे आगे हिंदी हमारी संस्कृति की भाषा थी और इस नाते वह हमारे हिन्दुत्व का निर्धारण करती थी। इस दृष्टि से हिंदी मेरे लिए भोजपुरी के समकक्ष थी। बाद में भोजपुरी मेरे लिए बोलने की भाषा भर रह गयी और हिंदी ने मेरी नौकरी, मेरे लेखन और मेरे समूचे जीवन में बड़े ही विस्तार से अपना अधिकार स्थापित कर लिया। इसमें कोई मजबूरी नहीं, बल्कि हिंदी के प्रति अनंत प्रेम और स्नेह था।

मैं यह स्वीकार करता हूँ अंग्रेजी और फ्रेंच की मेरी पढ़ाई विधिवत नहीं हुई। बल्कि पढ़ाई की बात करूँ तो पाठशाला की परिभाषा से हिंदी का स्थान मेरे जीवन में न के बराबर रहा है। बस अपने बचपन की एकाध हिंदी बैठकाओं का नाम ले

सकता हूँ और इससे आगे लोंगमाऊंटेन के हिंदी भवन की रविवारीय हिंदी पठन पाठन का। बात वही कि हिंदी मेरे जीवन में विधिवत संस्कार और संस्कृति से है और है तो जम कर ही है। अंग्रेजी और फ्रेंच मेरे जीवन में चाहे जम कर नहीं है, लेकिन कुछ कुछ स्कूली पढ़ाई से तो है। मैंने खेतों में मजदूरी की और मेरे ध्यान में था मुझे उस जीवन से कभी मुक्ति पाना तो है। पर यह तभी संभव हो पाता जब मेरे पास अंग्रेजी और फ्रेंच के पर्याप्त प्रमाण पत्र होते। मैं डिग्री की बात नहीं कर रहा हूँ। डिग्री होती तो मैं किसी खास पद का सपना देखने का अधिकार रखता। मैं क्लर्क टाइप की अंग्रेजी और फ्रेंच की बात कर रहा हूँ। जब हिंदी मात्र इधर उधर से तिनका स्वरूप जुटा कर मैंने कालांतर में अपने को हिंदी का एक लेखक अथवा हिंदी का अध्यापक बना लिया तो ऐसा भी था अंग्रेजी फ्रेंच की स्कूली योग्यता से मैं पुलिस की नौकरी से भी अपने को जोड़ने में सक्षम था। मुझे याद आता है हिंदी का व्याकरण सीखने और लेखन की अपनी शैली गढ़ने के लिए मैंने जितनी मेहनत की थी वही मेहनत अंग्रेजी अथवा फ्रेंच के लिए की होती तो आज मैं उधर का आदमी होता। मैं विनम्रतापूर्वक कहना चाहूँगा मुझे लगता है लेखन की आत्मा के साथ मैं पैदा हुआ था और हिंदी ने मुझे प्रेम से ही, लेकिन चालाकी से मुझे चुरा लिया। हिंदी को लोभ इतना अवश्य होगा उसे लगता हो मॉरीशस में उसे थोड़ी पहचान मिले और इसके लिए मैं उसका सुपात्र हो सकता हूँ। मैं हिंदी का लेखक न बनता, लेकिन मैंने अन्यत्र लिखा है और इस वक्त भी लिख रहा हूँ लेखक की आत्मा रखने से फ्रेंच के लिए अभ्यास करता तो उस भाषा का नामचीन लेखक होता। मेरा मन जानता है अंग्रेजी की अपेक्षा फ्रेंच मुझे बहुत आकर्षित करती थी। पर यह सब तो अतीती सपना और शायद लुभावनी तृष्णा थी जिसे आज मैं सोच भर सकता हूँ और उसके न होने से ऐसा मुझे लगने वाला कदापि नहीं है मैंने खोया हो तो अनमोल धन और सिक्का थाम कर स्वाभिमान का नारा लगाता हूँ।

आपकी इस बात पर अब आता हूँ अपने देश में प्रचलित क्रिओल, फ्रेंच अंग्रेजी वगैरह ने मुझे प्रभावित किया हो कि नहीं? कैसे ये भाषाएँ मुझे प्रभावित न करतीं? मुझे अखबार पढ़ना होता था तो वह फ्रेंच में होता था। वह जमाना ही ऐसा था किसी दफ्तर में जाएँ तो मानो फ्रेंच के भूत वहाँ आसीन हों। आप ग्रामीण भाषा क्रिओल में कुछ पूछें तो वे फ्रेंच से आप पर हावी हो जाएँ। फ्रेंच में चूकें तो गँवार हो गए। भोजपुरी को तो और गँवारपन का दर्जा प्राप्त था। पिता जो भोजपुरी भाषी होते थे उनके साथ जमीन की खरीदारी के लिए पोर्ट लुईस नोटरी जाएँ तो उसे समझा दें मुँह बंद रखे। उधर से फ्रेंच में कुछ पूछा जाए और नासमझी की हालत में भोजपुरी में भरपाई करना चाहें तो वहाँ शायद इस तरह से लिख दिया जाएगा जिसका मतलब होगा अपनी मेहनत का पैसा देकर जमीन खरीद नहीं रहे हैं बल्कि पैसा लेकर अपनी जमीन बेच रहे हैं। फिर तो घर लौटें तो पता चले तथाकथित जमीन का खरीदार

आपके घर में आ घुस बैठा है।

मॉरीशस एक छोटा देश होने से एक गाँव के इस किनारे रहने वाला उस किनारे तक निमिष घड़ी में पैदल जा सकता है। मैं अपने मजदूर जीवन को याद कर रहा हूँ। एक गाँव के रहने वाले हम अनेकानेक जातियों के लोग एक साथ मजदूरी करते थे। मजदूरी कुदाल की भी हो सकती थी और गंडासे से ईख की कटाई भी। उन दिनों के मेरे मजदूर मित्रों में से हिन्दू सुभग, मुसलमान रेशाद, तमिल रेत्लों, तेलुगु आपाडु, क्रिओल सेल्वों मेरी तरह आज जीवित हैं। मुलाकात होने पर हम अपने अतीत की बातें कर लिया करते हैं। अब जैसे तमाम जातियों के बीच मैं भी एक जाति से उनके बीच हुआ करता था इसलिए जाहिर है आज जब मैं एक लेखक हुआ करता हूँ तो उन लोगों के जातिगत संस्कारों की मुझे बखूबी जानकारी हो। बाद में जब मैंने छः खंडीय पथरीला सोना उपन्यास लिखना शुरू किया और मुझे अपने देश की तमाम जातियों से उसे आगे बढ़ाना था तो मजदूरी के मेरे तमाम दोस्तों के नाम मेरे लिए बहुत उपयोगी हुए। देश के चीनी समुदाय को भी मैं भूल नहीं सकता। उनकी दुकानों में मैं खरीदारी करता था। मेरे गाँव में एक चीनी दूकान थी। चीनी दुकानदार की मृत्यु हो जाने के बाद उसकी पत्नी याचून अपनी दुकान चलाती थी। वह बिना अटके बिना भटके हम सब की तरह भोजपुरी में बात करती थी। मैं जब रेडियो में काम करता था भोजपुरी में उसका साक्षात्कार लिया था। वह प्रोग्राम प्रसारित होने पर मुझे जो वाहवाही मिली थी वह मेरे जीवन की अनुपम धरोहर थी। माडाम याचून को पूरे देश से शाबाशी मिलने से वह मेरे प्रति भक्ति भाव रखने वाली महिला हो गयी थी। उसकी मृत्यु होने पर मैं रोया था। मेरी माँ की मृत्यु से मेरे जो आँसू बहे थे मैं कह सकता हूँ माडाम याचून की मृत्यु होने पर मेरे आँसू के आकार प्रकार वे ही थे।

यही नहीं, फ्रांसीसी मूल के गोरों से भी मैं अछूता न हुआ। विशेष कर उनसे मेरे मन में डर बहुत बना रहा। यह मेरे पूर्वजों के दुखी जीवन की आवृत्ति थी। हाँ प्रतिकार के लिए मेरी मुट्ठियों में कसाव तो आता था। मैंने अपने पूर्वजों के काँपते अतीत के प्रतिकार में अपने पथरीला सोना उपन्यास का खूब इस्तेमाल किया है।

तो यह हुआ मेरा देश। सुख में भी हमारी गलियाँ एक हुईं, दुख में भी हमारी गलियाँ अविभाजित ही हुईं, शोषण के दौर में भी हमारी मुठभेड़ का मुकाम एक ही हुआ। इन सब का जीवन, भाषाओं की अनेकता में भी देशी पुट एक जैसा, मेरा लेखन इसी का संवहन करता आया है।

हिंदी साहित्य लेखन की प्रेरणा आपको कहाँ से मिली?

रामदेव धुरंधर : आपके पूर्व प्रश्नों के उत्तर करने की प्रक्रिया में मैंने इस प्रश्न का

भी कुछ अंशों में उत्तर दिया है। पर इस प्रश्न को ध्यान से देखते हुए मुझे लगता है मेरा उत्तर अभी अपूर्ण है। वास्तव में आपने भी मेरे उत्तर को अपूर्ण पाया होगा इसीलिए अलग से एक प्रश्न बनाया है। अत: आपकी नजर में और मेरी नजर में भी जो अपूर्ण है उसे अब विस्तार से सुलझाने की कोशिश करता हूँ।

मेरा आत्मकथ्य इस रूप में हो सकता है पन्द्रह बीस की अपनी उम्र के कठिन श्रमशील मजदूर जीवन के अंतर्गत यदि मैंने ट्यूशन के बल पर पढ़ाई जारी न रखी होती और लिखना शुरू न किया होता जाहिर था मैं सदा के लिए मजदूर रह जाता। यही नहीं, बुरी संगत ने मुझे लील लिया होता। पड़ोस से लेकर पूरे गाँव का वातावरण तो यही था। बड़े बुजुर्ग अच्छा बनने के लिए तो कहते रहते थे, लेकिन उन्हें अपना सिर इसलिए झुकाना भी पड़ता था क्योंकि उनके अपने ही बेटे उनके वश में न रह कर बुराई के पथिक बने होते थे।

यह गाँव की जो बात मैं कर रहा हूँ वहाँ मजदूर हों तो शराब सिगरेट से वास्ता पड़ सकता है। आपस में मौखिक लड़ाई के लिए मानो कड़वी भाषा जुबान पर रेंग रही हो। खेत में पसीना बहाते गंडासे से ईख काट रहे हों तो आपस में गाली गलौज का वातावरण बन आएगा। ऐसे बुरे दिन मेरे जीवन के लिए साधारण थे। आज कहने में मुझे कतई झिझक नहीं होगी कि यदि मैंने अनर्गलता को थाम ही लिया होता तो मैं समाज में कीड़ा मकोड़ा जैसा बने अपने अनमोल जीवन को यूँ ही जाया कर रहा होता। कालांतर में मेरी मृत्यु इसी नारकीयता में निश्चित होती।

आज अपने जीवन को सोद्देश्य मानने में लेखन मेरे लिए संजीवनी के समान है तो इसकी पहली नींव मैं वहाँ मानता हूँ मेरे पिता ने मेरे लिए स्याही वाली बढ़िया कलम खरी दी थी। इसी में मेरे जीवन की इस बात का अटूट सामंजस्य है कि पुस्तकें पढ़ने से बुनियादी तौर पर मुझे ज्ञान सा आने लगा था पुस्तकों जैसा मैं भी लिख सकता हूँ। मुझे अपने पिता की ओर से अपने छुटपन में पहली बार स्याही वाली कलम न मिली होती तो आज मैं नहीं कह सकता मेरा लेखक मेरे भीतर बैठे-बैठे उनींदा था कि अचानक बढ़िया कलम के बल पर मैंने उससे कहा हो—मेरे लेखक नींद का आलस्य छोड़ और लेखन के लिए सजगता का ऐलान कर दे।

पढ़ने का अपना शौक तो मैं जानता हूँ। मेरे साधु चाचा भुवन की हिंदी की पुस्तकें और पिता की ओर से खरीद कर घर लायी हुई धार्मिक पुस्तकें पठन की मेरी रुचि के प्रवेशद्वार रही हैं। मेरे पिता को पढ़ना आता नहीं था, ऐसे में यही होता होगा पोर्ट लुईस के बाजार की हिंदी पुस्तकों की दुकान के पास रुकने पर उन्हें पुस्तकों के आवरण के चित्रों से पता लगता होगा उन में कैसी बातें लिखी हुई होंगी। राम पर आधारित पुस्तक हो तो आवरण पृष्ठ में राम का चित्र होना तय हो। इसी तरह महाभारत, शिव पार्वती, आल्हा ऊदल, शीत बसंत, दुर्गा-कथा, वामन अवतार, प्रह्लाद आदि के चित्रों के साक्ष्य में मेरे लिए हिंदी की पुस्तकें आती थीं और मैं पढ़ा करता

था। पिता की ओर से मुझे सत्यार्थ प्रकाश का संक्षिप्त संस्करण भी मिला जो मैंने पढ़ा। कबीर की कविताओं में से सहज कविताएँ निकाल कर पुस्तकें बनायी जाती थीं और वे भी मेरे घर आयीं। ये सारी पुस्तकें मुझे गद्य में मिलती थीं। गद्य पढ़ने का अभ्यास मुझे हुआ तो इन्हीं पुस्तकों का सौजन्य रहा। छोटी उम्र के हिसाब से इन पुस्तकों की भाषा मेरे लिए समझ की होती थी और नहीं भी होती थी। पूरा पढ़ूँ औरअंत में उस पर मनन करूँ तो मुझे लगे धाराप्रवाह पढ़ने का आनन्द तो मिला, लेकिन ज्ञान क्या हासिल हुआ यह तो आर पार संदेहास्पद बना रह गया है। पर मैं इतना कह सकता हूँ कहानी की जो आत्मा होती थी वह मेरी समझ में आ जाती थी। हो सकता है यह भी मेरी अधूरी समझ का अधूरा विश्वास हो, लेकिन जो मन में आ जाए उसके प्रति संशय का सवाल ही शेष न रहता।

स्वयं से मेरा प्रश्न है धार्मिक कहानियाँ, सत्यार्थ प्रकाश और यहाँ तक कि आल्हा ऊदल पढ़ने पर भी मैंने उस तरह की कहनियाँ लिखने का प्रयास क्यों नहीं किया था? हाँ, शीत बसंत को मैं किसी और कोण से अपने लेखकीय जीवन में स्थापित मानता हूँ। राजघराने के दो बच्चों को विमाता की ओर से दुख दिये जाने की यह कहानी मुझे बहुत रुलाती रही है। मैंने राजघराने को ध्यान में रखकर इस तरह की कहानी तो न लिखी, लेकिन मुझे लगता है दुख से मेरा सरोकार शीत बसंत की दारुण कहानी से अवश्य है। बाकी मैंने अपने समय, बल्कि इस तरह से कहूँ मेरे अपने जीवन में प्रत्यक्षता से जो दुख आया या मेरे देश के लोगों का जो उत्पीड़न हुआ मुझे यही सब लेखक बनाता गया। मैंने अपने आत्मकथ्य में लिखा भी है मेरी पहली कहानी 'नेता' नाम से थी। इस कहानी का पात्र किशोर उम्र का सूरज गोरों के खेतों में काम करने जाता है। कष्ट और अमानवीयता से बौखला कर वह कुछ कहता है। इसी बात पर उसे द्रोही मान लिया जाता है। फिर तो उसे इस तरह गुम कर दिया जाता है कि पता ही नहीं चलता उसे धरती खा गयी कि आसमान निगल गया।

यह तो मेरे लेखन की पहली बानगी रही जो मैंने नेता नाम की कहानी लिखी। मैं इसे सत्य ही मान कर स्वीकार करता हूँ छः खंडों का मेरा 'पथरीला सोना' उपन्यास मेरी नेता कहानी का ही विस्तार है।

मैंने जमीनी हकीकत की कहानी नेता लिखी, फिर 'पथरीला सोना' तक आया, मेरी इस रचनात्मकता में मूल रूप से वे भारतीय लेखक हैं जिन्होंने किसानों, मजदूरों और बेबस लोगों की कहानियाँ लिखी हैं। पर जहाँ तक प्रेरणा की बात है वह भारतीय लेखकों से होते भी मेरी अंतर्प्रेरणा से है। इसे एक वाक्य में कहता हूँ लिखता तो मैं और न भी लिखता तो मैं ही। माँ बाप बचपन में अपने बच्चे को हाथ पकड़ कर चलवाने वाले होते हैं, लेकिन उम्र के साथ आत्म शक्ति आती है कि बच्चे को चलना तो अपने पाँवों से है।

हम साथ बैठ कर पढ़ने वाले बहुत से लोग हुए। लेखन भी हमने साथ शुरू

किया, लेकिन मैंने सिर कुछ आगे निकाला। पर वे भी अपने-अपने क्षेत्र के अव्वल ही हुए। लिखने के लिए आतुर व्याकुल मेरे एक मित्र ने मुझसे कहा था न वाक्य पकड़ में आता है और न कहानी अथवा कविता के लिए संमार्ग ठीक से सूझ पाता है। उसने लेखन के प्रति यह निराशा ओढ़ लेने के बाद अपना जीवन कहीं और तपाया। आज वह नामी व्यापारी है। व्यापार से बहुत पाने पर मानो कि वह पैसे के ढेर पर बैठा होता है। यह तकदीर हो या कुछ और, लेकिन प्रत्यक्ष रूप से मैं इतना कह सकता हूँ साधना के हमारे रास्ते यही थे वह व्यापारी बने और मैं लेखक बनूँ।

मेरी पहचान की एक विदुषी महिला थी। वह एक फ्रेंच अखबार में देश की गतिविधियों से संबंधित लेख लिखा करता थी। उसने अपने अखबार के लिए फ्रेंच में मेरा इन्टरव्यू लिया था। मेरे लेखन से अवगत होने पर उपन्यास कहानी वगैरह लिखने के लिए उसमें तत्परता आने लगी थी। तब से हमने आपसी जान पहचान को आज भी कायम रखा है। अब तो चालीस साल से ज्यादा वक्त निकला। उसने अखबार की नौकरी छोड़ दी और पूरे रूप से अपने घर परिवार में समर्पित हो गयी थी। पर उपन्यास और कहानी लिखने का उसका उत्साह बराबर उसके जेहन में बना रहा। उसने मुझे पहले जो कहा था वही अब भी दोहराते हुए कहती है लेखन का सपना देखना कुछ और होता है और उस सपने का सच होना कुछ और। लेखन में आगे न बढ़ पाने का उसका दुख जानने से मुझे स्वयं दुख होता है।

लेखन को कोई महान काम न मानें तो भी इतना तो माना जा सकता है महानता के निर्माण में लेखन का सहयोग रहता है। इसी बात पर लेखन की चर्चा अहम होती है। बाकी बाहरी प्रेरणा और अंतर्प्रेरणा दोनों उसके दो तट हैं, लेखन इसी के बीच प्रवाहमान होता है और संभवत: लेखन के अपने नाम और पहचान से वह ब्रह्मांड तक को माप लेता है।

आपको हिंदी साहित्य के किन साहित्यकारों ने सर्वाधिक प्रभावित किया और सृजन-कार्य के लिए प्रोत्साहित किया?

रामदेव धुरंधर : मेरे जीवन का एक नाजुक वक्त था जब मैंने गुलशन नंदा के बहुत से उपन्यास पढ़े। हिंदी के मेरे मित्रों से गुलशन नंदा के बारे में बहुत बातें होती थीं। लड़कियाँ भी हमारे बीच हुआ करती थीं जो गुलशन नंदा को पढ़ने पर हमसे उन्हीं उपन्यासों जैसी नकल से बातें करती रहती थीं। वह हमारी उम्र ही ऐसी थी और गुलशन नंदा के उपन्यास हमारी उम्रको मानो खाद पानी से ऊर्वर करते थे। भारत के बड़े लेखकों ने गुलशन नंदा को स्थापित लेखक मानने से इन्कार किया और इन्कारी की यह हवा मेरे देश में मुझ तक भी पहुँचती थी। कमलेश्वर जिनका नाम मैं बहुत

लेता हूँ गुलशन नंदा को उपेक्षित मानने वालों में शायद वे अधिक नामधारी हुए। ऐसा करने वाले कमलेश्वर ने वजह यह बतायी है बम्बई में निर्मित फिल्मों [अब मुम्बई] में नाच गानों और प्रेम के जो दृश्य देखने को मिलते हैं गुलशन नंदा के उपन्यास ऐसे ही तानों बानों पर लिखे गये हैं। पर बात यह भी है गुलशन नंदा के जीवन काल में उनके उपन्यासों पर खूब फिल्में बनीं। ऐसा कहा जाता है गुलशन नंदा के उपन्यासों को फिल्मी जगत में शोहरत मिलना बहुतों के गले उतरता नहीं था। यही कारण था कि उन्हें उपन्यासकार न माना गया और यह सत्य बन कर हिंदी जगत में स्थापित हो भी गया। मुझे पता नहीं गुलशन नंदा के उपन्यासों पर शोध हुए हों कि नहीं और यदि शोध हुए हों तो कहीं ऐसा न कहा गया हो सिरफिरे ही उनके उपन्यासों पर शोध का ऐसा साहस कर सकते हैं। पी-एच.डी. के लिए शोध हो तो विश्वविद्यालय उनसे जुड़ेंगे और बड़े बड़े अध्यापकों को जवाबदेही के लिए कठघरे में खड़ा किया जाएगा। इस संदर्भ में इतनी सारी बातें जुड़ने से मुझे लगता है अध्यापक चाहे पुरुष ही क्यों न हों वे मानो और ताना पल्लू झाड़ कर पीछे हट जाएँगे।

गुलशन नंदा के बारे में भारत में जैसी भी राय रखी जाए, लेकिन मैं अपने बारे में यह कहने के लिए बेहद स्पष्ट जुबान रखता हूँ कि हिंदी सीखने के दिनों में मुझे गुलशन नंदा के उपन्यास मिलते गये और मैंने उन उपन्यासों को खूब पढ़ा। उपन्यास लिखने के लिए उन दिनों मेरी आत्मा में तो शायद बूँद भर ऊर्जा पैदा न हुई हो, लेकिन हिंदी सीखने के मानो ज्वार भाटे मेरे सिर से टकराते थे। हो सकता था भगवान ने ही मेरी काया में ऐसी बैटरी लगा दी हो जो हिंदी के नाम पर मेरे भीतर बड़ी ही विचित्र गतिशीलता से धड़कती हो। पर ऐसा भी था अपनी उस गतिशीलता के विपरीत मैं आलसी बहुत हुआ करता था। सुबह पिता डाँट कर जगाए तो मैं जागूँ। माँ शोर करे तो मैं मन में यह उलाहना संजोये खाट से उठूँ कि मेरे जागने से उसका पारा उतरने वाला हो तो जाग ही जाता हूँ, अन्यथा वह होगी कि घास काटने वाला हँसिया मुट्ठी में तान कर कहेगी किसी को कुतर तो मैं नहीं सकती, ऐसे में अपना ही गला काट कर फेंकती हूँ। अपनी अच्छी माँ, अपने बच्चों के प्रति दुलार से भरी अपनी ममतामयी माँ के प्रति यह बस मेरी कल्पना का एक फालतू अनर्गल रूप है। सच्चाई के धरातल से बात करूँ तो वह बात इस तरह से होगी मेरी माँ अपने दुरुस्त गले से हमेशा जीवित रहे। मेरे पिता को भी अधिकार न होगा कि मेरी माँ के गले पर थप्पड़ की मार के निशान थोपे।

हिंदी के अपने सफर की जो व्याख्या मैं प्रस्तुत करता रहा हूँ लोगों ने उसमें देखा होगा मैं यह कहने की धुन में होता हूँ कि हिंदी सीखने का मेरा स्रोत विश्व विद्यालय नहीं, अपितु मेरी पठन वृत्ति रही है। गुलशन नंदा हिंदी में ही तो अपने उपन्यास लिखते थे और मैं हिंदी ही तो सीखता था। ऐसे में काहे को गुलशन नंदा की हिंदी से किसी प्रकार का मेरा वैर ठने। मैंने 'चिनार का पेड़' गुलशन नंदा से

ही जाना है। 'धधकती साँसें', 'प्यार के लिए हिरणों जैसी उठती गिरती साँसों की चंचलता' जैसे वाक्यांश गुलशन नंदा के किसी उपन्यास में पढ़ने में आ जाने पर मानो मेरा मन कहता हो यही पढ़ने के लिए तो साहबजादे के उपन्यास को हाथ में लिया है। गुलशन नंदा के एक उपन्यास में मैंने पढ़ा था प्रेमी प्रेमिका रेलगाड़ी में सफर कर रहे होते हैं। रेलगाड़ी एक लंबी गुफा से गुजरती है। प्रेमी अपनी प्रेमिका से कहता है चलो अँधेरे का लाभ उठा कर समूचे शरीर के खेल में खो जाते हैं। मेरी अपनी किशोर और युवा उम्र के बीच गुलशन नंदा ऐसा झोंका झड़ झड़ बरसा रहा हो तो थामने के लिए मेरे पास बस दिल होना जरूरी होता। मैं मानता हूँ वह दिल मेरे भीतर हुआ करता था।

गुलशन नंदा ने मेरी हिंदी को चंचलता अथवा गंभीरता से जितना भी पुष्ट किया हो अपने सिर पर उनका कर्ज मानने से मुझे कदापि किसी प्रकार का हर्ज नहीं होगा। इसी संदर्भ में मुझे याद आता है रानू नाम का एक उपन्यासकार हुआ करता था जिसके उपन्यास हम खरीद कर पढ़ा करते थे। रानू का लेखन भी गुलशन नंदा जैसा ही होता था। कर्नल रंजीत उपन्यासकार भी मुझे याद आ रहा है जिसके नाम से बहुत सारे जासूसी उपन्यास होते थे। आश्चर्य होता था कर्नल रंजीत कैसे बड़ी बड़ी रहस्यात्मक घटनाओं पर आधारित अद्भुत उपन्यास लिख लेता है। पर बहुत बाद में यह मेरा भ्रम साबित हुआ था। कर्नल रंजीत के उपन्यास अंग्रेजी से अनूदित हुआ करते थे। पर कर्नल रंजीत के उपन्यास जहाँ से भी हुए उसके उन उपन्यासों को हिंदी में पढ़ने का आनन्द तो मैंने अवश्य उठाया है।

मेर देश में आज की तरह उन दिनों भी फ्रेंच अखबार बहु मात्रा में छपते थे। प्रतियाँ बच जाने पर किलो के भाव से दुकानों में पहुँचती थीं। उनके दोने बनाये जाते थे। मिठाइयाँ खरीदें तो उन्हीं दोनों में हाथ आती थीं। मेरे इस बात को अतिशयोक्ति में न लिया जाए, मैंने मिठाई खरीदने पर तेल की पिचपिचाहट में फ्रेंच शब्दों को चमकते देखने पर उन्हें पढ़ा है और इस तरह फ्रेंच के मेरे शब्दों में वृद्धि हुई है। गुलशन नंदा, रानू और कर्नल रंजीत के नाम यहाँ ले रहा हूँ तो भावना वही थी हिंदी के शब्दों से मेरे हिंदी ज्ञान में कुछेक बिंदियाँ टँक जाएँ।

मैंने जिस पुस्तक से भी हिंदी सीखी हो, वह पुस्तक मेरे लिए अनमोल थी। पर लेखन के लिए मेरी बात और मान्यता एकदम दूसरी है। गुलशन नंदा, रानू, कर्नल रंजीत वगैरह नाम तो ले रहा हूँ, लेकिन लेखन के मामले में अपना बचाव करना हो तो सबसे पहले इन्हीं से अपना बचाव करूँगा।

मैंने कहा है मैंने धार्मिक कृतियाँ तो बहुत पढ़ीं, लेकिन वैसा लिखने में मेरा मन न गया। मेरा मन गया तो प्रेमचंद के गोदान में, क्योंकि मेरा जीवन और मेरा ग्रामीण परिवेश गोदान से ज्यादा दूर नहीं था। प्रेमचंदोत्तर रेणु के परती परिकथा उपन्यास ने मुझे मथ छोड़ा है। राही मासूम रजा का उपन्यास आधा गाँव भी बहुत

हद तक मुझे अपनी गिरफ्त में कसता है और इस बंधन का कायल होना मेरे लिए सुखकर ही होता है। किसान, खेत, मजदूर, बैलगाड़ी, गाय गरू, मजदूरों का बहता हुआ पसीना यह सब मेरे लेखन में खूब आयाहै। पर ऐसा भी है मैंने लेखन की उस सीमा को पार भी किया है। आज अनास्था, अविश्वास, रिश्तों की धुँध, हाहाकार इस तरह की सामाजिक विषमताओं के बारे में लिखना बहुत

जरूरी होता है। अत: मैं अब यही लिख रहा हूँ।

पर एक बात है, बड़े लेखकों के उपन्यास गोदान, परती परिकथा, आधा गाँव ये कालजयी उपन्यास मेरे राजमार्ग हो सकते हैं, लेकिन मेरी अपनी रचनाओं की पगडंडी तो फिर भी मेरी अपनी है। इसका कारण मेरे गणित से एक ही है मैं अपने देश की जमीन से जुड़ा हुआ लेखक होना चाहता था।

साहित्य समाज का दर्पण माना जाता है इसलिए वह सदैव मानव मन के नजदीक रहता है। भारतीय मजदूर गन्ने की खेती के सिलसिले में मॉरीशस पहुँचे थे और खून-पसीना बहाकर समर्पण के साथ अपने आकाओं को समृद्ध करते रहे। मॉरीशस की साहित्यिक परम्परा में किसानों के चित्रण के संदर्भ में आपके क्या विचार हैं?

रामदेव धुरंधर : 'समाज' साहित्य में प्रतिबिंबित होता है इसीलिए उसके साथ यह उक्ति ठीक ही और सार्थक ही पैठ जाती है 'साहित्य समाज का दर्पण होता है।' पर आज का सत्य तो यह है सामाजिकता खंडित बहुत हुई है। यदि आज भी साहित्य समाज का दर्पण है तो खंडित दर्पण से उसके होने का बोध हो रहा है। यह बोध बड़ी छटपटाहट लिये हुए है। सीता का हरण हुआ था जो आह बन कर न जाने कितनी भाषाओं की रामायण में प्रस्फुटित हुआ। द्रौपदी को भरी सभा में नग्नावस्था में पहुँचाने की कोशिश की गयी थी जिसका ताप महाभारत जैसे युद्ध में देखा गया। वह सामाजिकता ही थी और आज भी तथाकथित सामाजिकता ही होती है पुरुष किसी कन्या का सामूहिक शीलहरण करते हैं और तेजाब से उसकी जान लेते हैं। इस दुख के सामने रामायण और महाभारत का दुख क्या है। पर इस दुख को लेकर महाकाव्य लिखा जाए तो ये रामायण और महाभारत की तरह स्थापित नहीं होंगे। बात यह है कि आज के दुखों के बारे में कहते सुनते देखते मनुष्य इन के प्रति इतने रूढ़ हो गये हैं कि मानो उनके लिए ये चलती फिरती घटनाएँ मात्र हों जिन के स्थायित्व का सवाल ही पैदा नहीं होता। वास्तव में दुख हैं भी आज अनंत, इसीलिए हाथ झाड़ कर अलग खड़े हो जाने का प्रचलन हो गया है अर्थात किस किस के हिसाब रखें।

मुझे एक घटना के बारे में सुनने को मिला था। एक गरीब लड़का भीख के

लिए एक दरवाजे पर चला गया था जहाँ कुत्तों ने उसे नोच कर लहू लुहान कर दिया था। इस बात पर एक मत यह बना था लड़का भीख के लिए दनदनाये न जाने कहाँ कहाँ पहुँच जाता है। भीख के लिए घर घर जाने की उसकी विवशता जान कर भी उसके सत्य को टाला जा रहा था। मुझे इस तरह से कहना सही लग रहा है आज विश्लेषण दिमागी हो गया है। ऐसे में विडंबना यह कि मानो हम इसी को खा रहे हैं, इसी को देख रहे हैं, इसी को गींज रहे हैं और इसी को जी रहे हैं। क्या इसे मनुष्यता पर से विश्वास उठना कहा जाए या समाज की चरमराहट कहें जिस का पुनर्स्थापन अब स्वप्न जैसा होकर रहा गया हो।

सामाजिकता का आज परिवर्तित स्वरूप ऐसा भी है सामाजिकता बाहरी न रह कर घरेलू हो गयी है। कहीं पूरा शहर जल रहा हो, लेकिन मैं अपने परिवार के साथ अपने घर में सुरक्षित हूँ तो यह ऐसा है मानो दुनिया पर मेरी पकड़ मजबूत है।

दीपक जी, आप का कहना है भारतीय मजदूर खेतों के सिलसिले में मॉरीशस पहुँचे थे और खून पसीना बहा कर समर्पण के साथ अपने आकाओं को समृद्ध करते रहे। आपके कथन में निहित अर्थ को मैं जानने के साथ समझ भी रहा रहा हूँ क्योंकि यह तो मेरे अपने ही सरोकार की प्रतिध्वनि और छवि भी है। पर इसमें मैं एक शब्द के लिए संशोधन की गुंजाइश मानता हूँ। वह शब्द है—

'समर्पण।'

निश्चित ही इस शब्द से मेरी स्वीकृति पैठने वाली नहीं है। वह समर्पण होता तो आज हम उनकी संतानें उन्हें गाने के लिए अपने को समर्पित न कर पाते। वह लड़ाई और अस्मिता को बेचने जैसा काला इतिहास होता जिस से आँखें मिलाने में हमें बहुत तकलीफ होती। बल्कि सच यह है कि 'समर्पण' का ही उन्होंने खंडन किया और उनके संघर्ष की वास्तविक आत्मा यही हुई। भुताहा जंगलों के फ्रांसीसी मालिकों ने कहा इन जंगलों को ईख के खेतों में परिवर्तित करने के लिए अपने श्रम की बूँद बूँद का उत्सर्ग करो जो उन्होंने किया। इससे रोटी जुड़ी हुई थी जिस से विद्रोह ठाना नहीं जा सकता था। श्रम का संबंध पसीने से था जो उन लोगों के शरीर में आर पार धारा बन कर प्रवाहित होता था। फटकार और कोड़ों की मार से उन्हें वश में किया जाता था। उनमें जरा भी विद्रोह का आभास होता था उन्हें जान से मारने की धमकी दी जाती थी। उनकी माँ बेटियाँ पत्नी बहनें हुईं तो उन पर शोषण बरपाने का आंतक रचा जाता था। भारतीय मजदूर मजबूरी में पड़ कर सिर झुकाये जंगलों को साफ करके खेतों के परिधान में उनका कायाकल्प करते गये। पर उनके अंतस की जो आग्नेय लपटें थीं गोरे मालिक उसे जानने पर बस क्रोध से पाँव पटकते रह जाते। यह समर्पण से बगावत थी और गोरे इस प्रवाह को न रोक पाते और न कोई सीमा रेखा खींच कर उन लोगों को वश में करने का कोई विकल्प ढूँढ पाते। अंतत: 'समर्पण' के विपरीत 'असमर्पण' का वही बीज मंत्र हुआ जिससे भारतीय स्वयं

आश्वस्त हुए और आश्वस्ति का वही छींटा आज हमारी अस्मिता से लेकर हमारी जातिगत भावना का अभिषेक कर रहा है।

मॉरीशस की साहित्यिक परंपरा में किसानों के चित्रण का एक सुदीर्घ इतिहास रहा है। बल्कि इस बात को वहाँ से जोड़ा जाना चाहिए जब सब के सब खेतों के दयनीय बंधुआ मजदूर हुआ करते थे। बाद में गोरों ने अपनी सुविधा के लिए मजदूरों को बट्‌टे पर जमीन दी और किसान पंरपरा का पहला इतिहास मोरिशस में दर्ज होना शुरू हुआ। गोरों ने अपनी सुविधा इस रूप में निर्धारित की उनकी जमीन पर खेत उपजाओ, लेकिन वे स्वयं दो तिहाई से अधिक ही लाभ का मेवा लूटेंगे। गोरों ने निर्दयता ऐसी भी कि लोगों का खेत छीन कर उन्हें कंगाल से कहीं अधिक भिखारी बना छोड़ा। मैं अपने पथरीला सोना उपन्यास पर फिर आता हूँ। मुसलमान इनायत और हिन्दू लालबिहारी किसान बन कर भी फाँसी लगाने के लिए मजबूर हुए। इस देश में पहले पहल भारतीय जब खेतिहर बने थे उनके बच्चे और पत्नी उनके साथ खेतों में श्रम का इस तरह तर्पण करते थे कि सुबह से शाम हो जाए तो उनके मन में हो चाँद थोड़ा उजास दे ताकि और थोड़ी देर काम कर सकें।

सोमदत्त बखोरी, जिनारायण राय, बिक्रमसिंह रामलाला, मधुकर भगत, मुनींद्रनाथ वर्मा इस तरह के तमाम भारतीय वंशज लेखक हुए जिन्होंने भारतीय किसानों और उनके मजदूर जीवन को आधार बना कर मर्मस्पर्शी लेखन किया है। पर नाम तो विशेष रूप से अभिमन्यु अनत का ही लिया जा सकता है। अभिमन्यु की सफलता और प्रसिद्धि के पीछे राज यह था उन्होंने अपनी बात लिखने के लिए उपन्यास विधा का चयन किया था। उपन्यास ने उन्हें वर्णन के लिए विस्तार का संयोग प्रदान किया और इसका उन्होंने भरपूर फायदा उठाया। यह ऐसा था मानो इतिहास की भित्ति पर अभिमन्यु के हाथ लगी और उन्होंने उसे एक समूचे भवन में परिवर्तित कर दिया। अभिमन्यु ने अपने उपन्यास लाल पसीना से यह धमाका किया है और यह अकाट्य है। अभिमन्यु ने अपने अन्य उपन्यासों के लिए अपने वर्तमान को भी कथ्य बनाया, लेकिन सफलता का उनका खाता तो वहीं से रहा जहाँ लाल पसीना उपन्यास का संसार अपने गहन विस्तार से स्थापित है। यह उपन्यास इस हद तक लोगों की जुबान पर चढ़ा कि मैंने भारत अथवा अपने देश में देखा है लोग बिना पढ़े लाल पसीना उपन्यास का नाम उच्चार लेते हैं। अनत ने लाल पसीना की सफलता से उत्साहित होकर उसके और दो खंड लिखे हैं और इस रूप में कहा जाता है लाल पसीना त्रिखंडी उपन्यास है। पर नाम तो फिर भी लाल पसीना अर्थात एक भाग का ही लिया जाता है। मैं इसे आलोच्य बना कर प्रस्तुत करूँ तो वह स्वयं मेरी अपनी आत्मा पर एक आघात जैसा होगा। वास्तव में मैं भी भारतीयों के मजदूर जीवन और उनके किसानी दौर का उपन्यास के बल पर चितेरा रहा हूँ। मैं ऐसा मानता हूँ अभिमन्यु ने जो काम शुरू किया था मैंने उसी काम को आगे बढ़ाया। अंतर है तो

इतना लाल पसीना त्रिखंडी है और मेरा उपन्यास पथरीला सोना षष्ट खंडी है। हम दोनों की भाषा हिंदी ही है, लेकिन शैली और प्रस्तुति से हम एक दूसरे के बहुत दूर पड़ जाते हैं। मुझे अपने काम का संतोष है। इसी तरह अभिमन्यु अनत अपने काम का संतोष लेकर स्वर्गवासी हुए हैं। उन्हें नमन।

मॉरीशस बहु संस्कृति संपन्न देश है, यहाँ फ्रांसीसी, चीनी, अफ्रीकी, अंग्रेज, भारतीय सांस्कृतिक परिवेश में विभिन्न धर्मावलम्बी निवास करते हैं। आपके साहित्य में इस बहु-सांस्कृतिक वैविध्य का प्रभाव कहाँ तक और कैसे समायोजित हुआ है।

रामदेव धुरंधर : कभी वीरान पड़े हुए इस देश में [जिसे बाद में मॉरीशस नाम दिया गया] डोडो नाम से बहुतायत पक्षी हुआ करते थे, जो मोटे ताजे होने से उड़ न पाते थे। डच यहाँ आये और उन पक्षियों का भक्षण करने की प्रक्रिया में उनकी नस्ल ही मिटा दी। डच स्वयं इस देश में आबाद न होकर प्रस्थान कर गये। कुछ जीव स्थानीय जंतुओं, कीड़ो मकोडों के लिए यह देश आरामगाह बने यूँ ही अनछुआ पड़ा रहा कि समुद्र पार से मनुष्य ने यहाँ आकर अपने पाँवों की खनक गुंजारित की और अपने आवास के रूप में इसका उपयोग करना शुरू किया। इस तरह जनाबादी से यह देश गुलजार होने लगा और आज यहाँ अब तो जनाबादी इस तरह घनीभूत हो गयी है कि आशंका होने लगी है भविष्य में इस छोटे से देश में जन्म लेने वालों के लिए जमीन की कहीं कमी न पड़ने लगे। पर कहावत है ईश्वर ने चोंच दी होती है तो निवाले का प्रबंध हो ही जाता है। इस आशावादी कहावत के तहत भविष्य में यहाँ जो भी जन्म लेगा उसके पाँवों के लिए निश्चित ही जमीनहोगी और यहीं उसका आवास होने के साथ उसका निवाला भी होगा।

मॉरीशस की जनाबादी में विस्मयकारी तरीके से विविधता पायी जाती है। पर विविधता का एकल स्वरूप इस तरह से है कि राजधानी पोर्ट लुईस अपने किसी काम से जाएँ तो वहाँ देश की सारी जातियों का सम्मिश्रण दिखाई देगा। गाँवों और शहरों में कही-कहीं किसी एक जाति के अधिकाधिक आवास अवश्य हैं, लेकिन इससे मॉरीशस बँटता नहीं है। इस देश के संसद पर कानून का कसाव गहरा है। मंत्रियों और विशेष कर प्रधानमंत्री की मनमानी कहीं कहीं चल लेती है, लेकिन अब जनता का ताप ऐसा होता है कि मुझसे खेलो तो तुम्हारी खैर नहीं।

बहुत सारे देशों से लोगों के यहाँ आकर सदा के लिए बस जाने से यह विविधता आयी है। एक जात से तमाम जातियाँ हैं, जैसे मुसलमान में कोई शिया तो कोई सुन्नी। भारतीय वंशजों में कोई तेलुगु तो कोई मद्रासी। क्रिश्चियन भी जाति के नाम पर उच्च

नीच के शिकार हैं। चीनियों में भी मानो एक आर्य होता है तो दूसरा अनार्य। हिन्दू तो और भी जातिगत बँटवारे का मतवाला है। खास कर चुनाव के दिन आने पर हिन्दुओं का जातिगत मवाद बहुत ही बलबला कर विस्फोटित होता है।

1967 में मुस्लिम और क्रिश्चियन के बीच इस देश में कत्लेआम मचा था, लेकिन वह न राजनीति से प्रभावित था और न ही मेरी-तेरी जाति के नाम पर वैसे कहर की नौबत देश में आयी थी। उस कहर का मतलब था पोर्ट लुईस के एक सिनेमा हॉल में अश्लील फिल्म देखने वाले दर्शकों के बीच रंडियों के लिए छीना झपटी शुरू हो गयी थी। निमिष घड़ी में सिनेमा हॉल का झगड़ा पोर्ट लुईस व्यापी हो गया था। देश का दुर्भाग्य ही था कि यशस्वी मुसलमान और सम्मानित क्रिश्चियन अंधाधुंध उस लफड़े में नाक घुसेड़ पड़े थे। कुछ ही दिन चले उस झगड़े में दोनों जातियों के सौ-सौ से भी अधिक लोगों को मूली की तरह काट कर फेंका गया था। तब देश आजाद नहीं हुआ था। अंग्रेजों की सरपरस्ती होने से शांति की बहाली के लिए इंग्लैंड से फौज लायी गयी थी। मैंने अपने छ: खंडीय 'पथरीला सोना' उपन्यास के पंचम खंड में देश के उस हादसे का काफी विस्तार से वर्णन किया है।

इसके अलावा यहाँ झगड़े हुए हैं, लेकिन जातिगत विकरालता का दागदार गवाह तो बस एक वही रंडीबाजी वाला झगड़ा था। झगड़े वाले मुद्दे को मैं यहीं विराम दे रहा हूँ क्योंकि वह स्वयं विराम का आकांक्षी है। देश के माथे पर अमन चैन की बिंदिया टँके, लेखक के अपने हृदय से मैं स्वीकार करूँगा मैंने देश चुन कर जन्म लिया है।

मेरे सामने बात रखी जा रही है मॉरीशस बहु संस्कृति सम्पन्न देश है। यहाँ फ्रांसीसी, चीनी, अफ्रीकी, अंग्रेज और भारतीय सांस्कृतिक परिवेश के विभिन्न धर्मावलंबी निवास करते हैं। मेरे साहित्य में इस बहु सांस्कृतिक वैविध्य का प्रभाव कहाँ तक समायोजित हुआ है।

मैं अपने बचपन से जोड़ कर इस बात में आगे बढ़ना चाहता हूँ। जिन विभिन्न जातियों की बात आप कर रहे हैं मेरे जन्म गाँव में इस जातिगत विविधता की तो भरमार थी। मैंने एक प्रश्न में इस संदर्भ का उत्तर दिया है। अब प्रश्न के आधार पर मुझे बात को अपने लेखन से जोड़ कर स्वयं इस सोच से गुजरना है कि मैंने अपने जीवन और अपने लेखन में विविधता के इस संदर्भ से कितना पारस्परिक साम्य बिठाया है। मुझे लगता है इसका उत्तर करना मेरे लिए बहुत सहज है। वास्तव में यह सच है भी। यदि झूठ होता और इस प्रश्न से मुझे जूझना पड़ता तो मेरी विवशता होती झूठ के सहारे से मुझे इसका उत्तर करना पड़ता। पर सत्य से मुझे सत्य में ही जाना है तो मैं पा रहा हूँ मेरा मन बहुत हल्का है। बिना किसी चाश्नी के सत्य के धरातल से हूबहू रूबरू होना बार बार संयोग नहीं बनता। कल्पना से सत्य का बिंब खड़ा करना पड़ता है और मन में बराबर प्रश्न बना रहता है कल्पना में कहीं ऐसा

सूत्र न छूट जाए जिसे पाठक लख लेने पर कहने लगें लेखक बहुत ढुल मुल है।

मैंने अपने बचपन में गाँव के लोगों के साथ अपना जीवन जिया और कालांतर में जब मेरा जीवन मेरे लेखन से हुआ तो स्वाभाविक होता मेरा अतीत मानो मुझसे कहता मुझे भरपूर लिखो। बल्कि स्वयं मुझे लगा था मेरे अतीत ने मेरे लेखन का पिटारा मुझे थमा दिया। ऐसा न हुआ होता तो आज मैं कहने की स्थिति में नहीं होता मेरे लेखन का सफर मेरे अतीत से शुरू होकर मेरे वर्तमान में पहुँचा है। मेरे अतीत और मेरे वर्तमान इन दोनों में मेरा बचपन, जवानी और वृद्धावस्था समाहित है। उम्र के हिसाब से मेरे जीवन के जिस पड़ाव से भी मेरा लेखन है मेरा देश उसमें विशेष रूप से हावी है। मेरा यह जीवन यहाँ की प्रकृति और हवा पानी का अपने ऊपर कर्ज मानता है। इसी तरह मेरे पड़ोसी, मेरा जन्म गाँव और पूरा मेरा देश जिस तरह

से हुआ करता है मैंने उसी के चित्रण में अपने लेखक को तपाया है। बल्कि यह जातीय विविधता तो मेरे तपने में मेरे साथ सहयोग करती है। मान लें रेगिस्तान से मेरा पाला पड़ता और मैं कल्पना से प्रखर होता तो सदाबहार पेड़ों पर कविता लिख लेता। असहनीय कचकचाती धूप में मानो ठंड का आनन्द उठाते बच्चे खेल में मग्न होते। रेगिस्तानी ताप में उक बिक हुए लोग प्राण गँवाते, लेकिन मैं लिखता जीवन का सौभाग्य तो वहाँ बड़े भाग्य से मिलता है। नहीं, मेरी कल्पना इतनी ऊर्वर होती नहीं है, इसलिए देखे को ही मैं यूँ ही कल्पना में कुछ कुछ रंग कर कृति के सृजन का आनन्द प्राप्त करता हूँ।

मॉरीशस जो स्वयं ऊर्वर है, यहाँ जीवन जो ऊर्जा में ऊँसाँसे ले रहा है इसके लिए कल्पना की कितनी आवश्यकता पड़ेगी। आवश्यकता पड़ेगी तो इतनी ही कि लिखने के लिए जज्बा हो।

मेरे अपने हिन्दूवादी जातीय संस्कार से ऐसा तो हुआ है मैं इसका पक्षधर रहा हूँ, लेकिन धिक्कार और डाँट बतानी पड़ी है तो इससे मैं पीछे हटा भी नहीं हूँ। मेरे गाँव का हिन्दू साधु मूँछों के ताव पर स्त्रियों को भद्दा इशारा करे तो कृति के बल पर मैं सौ जूतों की मार से कैसे उसका विद्रूप चित्रण न करूँ। मैंने अपने लेखन से ही सीखा है यह मेरा वरदान है और मैं इसका सदुपयोग तो करके रहूँगा। परंतु विभिन्न जातियों के बीच रहते मेरे अपने कुछ कायदे हुए हैं। मैं अपनी और दूसरी जातियों के बीच सौहार्द की कामना करता हूँ और यही मेरे देश को चाहिए। इसी बात पर मेरे लेखन की परिभाषा कायम है—'सब कमाएँ सब खाएँ।

'यह देश सबको पानी दे रहा है अपने हिसाब से उस का अर्जन कर लें। अन्न के लिए जमीन है तो बो लें और फसल तैयार होने पर अपनी मुट्ठियों में सहेज लें। शिक्षा सब के लिए है तो उसके हिसाब से अपना कद तैयार रखें। मंदिर, मस्जिद, गिरजाघर, पागोडा सब अपने-अपने सीने से धड़क रहे हैं यह उनका हक है। मेरे देश का नारा भी तो यही है अनेकता में एकता। मुझे नहीं लगता मेरी कोई अतिरिक्त

मानसिकता हो जिसके वशीभूत होकर मैं एकता के खंडन पर अपनी कोई राय थोपूँ। हालांकि अपने को विद्रोही बताने के लिए यहाँ ऐसा लेखन भी हो रहा है जो हमारे रास्ते बाँटने की एक साजिश जैसी है। मुझे कहने में झिझक नहीं विदेशों से ऐसी साजिशों के सामान आते हैं और यहाँ के लोग उनके चंगुल में फँस भी जाते हैं। यह तो हम सभी जानते हैं ड्रग्स जिसकी उपज यहाँ से न होकर उसका मूल स्रोत तो बाहर से है, लेकिन वह यहाँ ऐसे फैल रहा है मानो हवा और साँस का सम्मिश्रण हो। इसी तरह ऐसे बहुत से बाहरी तत्व हैं जिनका यहाँ अंधाधुंध प्रचार हो रहा है और उसमें लोग अपना विलयन कर भी रहे हैं। पर ठंडे दिमाग से सोचें तो सत्य का एक ही धागा हम को कसेगा जिस का मतलब होगा कि रहना तो हमें इसी देश में है। इस धागे की प्रतीति से एक बार हमारा मन साझा कर ले तो फ्रांस, इंग्लैंड, अरब देश अथवा पूर्वी देश जहाँ-जहाँ से हमारे पूर्वज यहाँ आये उनका जन्म देश चाहे हमें सम्मोहित तो कर लें, लेकिन निष्कर्ष तो हमारे हाथ यही लगेगा अब कोई जहाज न होगा जो हमें उन देशों को लौटा ले जाने वाला हो।

हिन्द महासागर के पार लौटने का जहाज न हो और हम विभिन्न समुदायों के लोग स्वयं लौटना न चाहें, मेरा लेखन इसी समूहगतता को गाता है और इसी बात पर मेरा आत्मकथ्य लौटता है—'जो मेरा अपना लेखकीय वरदान है उसे शाप की बयार भूल से भी छूने की कोशिश न करे।

धुरंधर जी आप हिंदी साहित्य के अध्येता हैं और नवीन ऊर्जा शक्ति से हिंदी साहित्य को समृद्ध कर रहे हैं। आज आपके पाठक विश्व के कोने कोने में हैं। आपकी सृजन-सेवा के लिए भारत के अनेक संस्थानों/साहित्यिक-सांस्कृतिक संस्थाएं सम्मानित कर रही हैं। जब आप सम्मान के लिए भारत आते हैं तो आपकी भावनात्मक प्रतिक्रिया क्या होती हैं, कृपया विस्तार से बताइए।

रामदेव धुरंधर : आपका प्रश्न है जब मैं सम्मान के लिए भारत आता हूँ तो मेरी भावनात्मक प्रतिक्रिया क्या होती है। मैं अपनी बात नवंबर 2019 की अपनी भारत यात्रा से ही शुरू करता हूँ। मुझे महावीर प्रसाद द्विवेदी स्मारक स्मृति सम्मान के लिए बुलाया गया था। इसमें हवाई टिकट संलग्न था। ककसाड़ पत्रिका की संपादिका कुसुमलता सिंह जी के सुझाव पर मुझे यह सम्मान दिया जा रहा था। इस वक्त दो शब्द लिखने की प्रक्रिया में मैं कुसुम जी को उनकी उदारता के लिए आभार प्रेषित करना अपना कर्तव्य मान रहा हूँ।

पिछले दस बारह सालों से मुझे सम्मान के लिए भारत बुलाने में एक सुखद

गति आयी है। उन सम्मानों में श्रीलाल शुक्ल इफको साहित्य सम्मान 2017 जिसकी राशि रुपए 11 लाख भी है। सम्मान के लिए भारत से आमंत्रण आता है तो मैं हृदय से स्वीकार करता हूँ। सम्मान मेरे श्रम के लिए होता है। सम्मान के प्रति अपनत्व रखने से मेरा मन ऊँचा उठता है, मेरी आत्मा अपने को गर्वांवित महसूस करती है। मेरा मन अनिश्चय के किसी भँवर में फँसा हो तो मुझे लगता है मेरा किनारा अब पास ही है। मेरा रोम रोम मुझसे कह रहा होता है अच्छा लिखने के लिए खून पसीना एक करते रहे वही तुम्हें सम्मान के रूप में वरण हो रहा है, प्रेम से कबूल करो।

मुझे एक बात का दुख भी रहता है पिछले साल मुझे हजारी प्रसाद द्विवेदी सम्मान के लिए बुलाया गया था, लेकिन अस्वस्थता की वजह से मुझे इन्कार करना पड़ा था। इस बार जब रायबरेली के लिए बुलावा आया तो मैंने डट कर इसे थामा। मेरी अपनी भावना से पिछली कमी का यह मेरा प्रायश्चित था।

रायबरेली के इस सम्मान के अतंर्गत गाजियाबाद के मित्र डाक्टर धनंजय सिंह की ओर से एक भव्य आयोजन में मुझे सम्मानित किया गया। यहाँ अपने वक्तव्य के लिए मुझे विस्मयकारी बधाइयाँ प्राप्त हुईं। मैं भारत में था तो मेरठ लिटरेरी फेस्टिवल में भी मुझे बुलाया गया। वहाँ का सम्मान भी मेरे लिए निश्चित ही अनभूला रहेगा। अब आपके प्रश्न के उत्तर पर अपने को केंद्रित कर रहा हूँ। मैं सम्मान के लिए भारत आने का जब भी आमंत्रण पाता हूँ मेरे मन में सबसे पहले आता है साहित्यकारों के मध्य जाने का मुझे सुयोग मिल रहा है। हिंदी बोलने का अवसर अपने देश में तो मुझे मिलता ही नहीं है। अत: सम्मान के सौजन्य से चलूँ भारत जहाँ हिंदी में बोलूँ। साहित्यकारों की वह विशालता मुझे अपने देश में उपलब्ध होती नहीं है। यदि यह अपने आप में एक कमी है तो भारत जाने पर मुझे इसकी भरपाई का एहसास होता है। पर सम्मान के लिए भारत जाने के पीछे और भी तमाम भावनाएँ मेरे अंतस में मुखर रहती हैं। एक भावना इस रूप में प्रबलता पर रहती है मैंने हिंदी में लेखन किया है और उस पर पहचान की मुहर लगाने के लिए मुझे स्मरण किया गया है। मैं ऐसा मानता हूँ भारत से मुझे इतना इसलिए भी मिलता है क्योंकि लोग इतनी सुध अवश्य रखते हैं भारत से दूर मॉरीशस की माटी का बेटा हिंदी में इतना लिख रहा है। सम्मान के लिए मेरा सीना इसलिए भी तनता है क्योंकि मुझे लगता है मैं हिंदी को जो अपना श्रम समर्पित कर रहा हूँ अन्तत: वही 'हिंदी' होती है जो भारतीयों के कानों में कहती होगी समुन्दर पार के अपने उस बंधु को बुला कर उससे कहो तुम जो लिखते हो वह हमारे अंतस में बहुत गहरे उतरता है इसलिए तुम्हें अपने पास बुला कर इस एहसास से हम तुम्हें मढ़ रहे हैं हिंदीमय होने से तुम हमारे अभिन्न हो।

मैं अपनी मातृभूमि मॉरीशस की अच्छाइयाँ जानने के साथ इसकी खामियाँ भी जानता हूँ। यहाँ की अनर्गलता, सामाजिक विद्रूपताएँ, राजनीतिक उकता पैंची सब मेरी पहचान की होने से मैं एक लेखक तथा अपने देश का नागरिक होने से अपना

अधिकार मानता हूँ इन विषमताओं की भर्त्सना के लिए शब्दों का सहारा लूँ। पर भारत मेरे शब्दों का मोहताज नहीं है। उसके अपने लेखक हैं जो भारत को जैसा देखते हैं वैसा लिख रहे होते हैं। इस कोण से मैं भारत की गंगा और हिमालय के गायक के रूप में ही अपने को सीमित रखता हूँ। मैंने जब लेखन शुरू किया था कहाँ जानता कभी मुझे भारत में सम्मानित होने का गौरव प्राप्त होने वाला है। मैंने भारत को गाया तो इसलिए कि वह मेरे पूर्वजों की जन्मभूमि है। आज जब भारत में सम्मानित होता हूँ तो मेरी भावना होती है भारत के प्रति अपने को निष्पाप और निष्कंलक बनाये रखकर मैंने भारत रूपी अपने स्वर्ग को साधा है। फिर तो मेरे ओठों पर अपने आप आ जाता है मॉरीशस में शब्दों के बीज बोता हूँ और भारत में फसल काटने आता हूँ।

हिंदी साहित्य में महाकाव्यात्मक उपन्यास 'पथरीला सोना 'लिखने की प्रेरणा आपको कहाँ से मिली और अभी तक इसके छह खंड प्रकाशित हुए हैं। क्या भविष्य में इसके और खंड आने की संभावना है? इस उपन्यास के विषय-वस्तु व्यापक है, आपको इस सुगठित करने से संबंधित रोचक अनुभवों को साझा कीजिए।

रामदेव धुरंधर : छ: खंडीय पथरीला सोना उपन्यास के प्रकाशन के अब तक अनेक साल बीत चुके हैं। प्रकाशक ने इसे अधिक मात्रा में चला पाने में अपने को असमर्थ बताया था इसलिए मैंने इसे ऑनलाइन करने के विकल्प का चयन किया था। जहाँ तक मेरी जानकारी पहुँचती है मुझे पता चलता है अब मेरे इस उपन्यास के हजारों पाठक हैं। इस पर शोध तो खूब होते चल रहे हैं। यह भारत से बाहर का हिंदी उपन्यास है इसलिए भी इसकी ओर लोगों का ध्यान जाता है।मेरे लिए इतना पर्याप्त है इस उपन्यास को मॉरीशस के अक्स में देखा परखा जाता है।'पथरीलासोना' उपन्यास के संदर्भ में इससे पहले भी मुझसे प्रश्न किये गये हैं। मैंने अनेकों बार उत्तर किये हैं जो अनेक पत्रिकाओं में प्रकाशित हुए हैं। मैंने यथासंभव सटीक उत्तर ही किये हैं। अब आपका प्रश्न आने से जाहिर है पहले जो मैंने कह दिया है उस पर मेरा ध्यान पुन: जाए। ध्यान जाने से मेरा विश्वास है जो छप गया वही मेरा अंतिम सत्य है। मेरी ऐसी चाह कदापि न होगी उसमें संशोधन की गुंजाइश मान कर नये सिरे से खंडन स्वरूप कुछ लिखूँ। अलबत्ता इतना अवश्य है अब उत्तर करने में थोड़ी रद्दोबदल हो सकती है, लेकिन मूल तो वही रहेगा।

मैंने एक प्रश्न के उत्तर में कहा था पथरीला सोना जो छ: खंडों में अपना अस्तित्व रखता है मेरा इरादा है उसे अब सात खंडों में परिवर्तित करूँ। ऐसा उत्तर करने के पीछे मेरा मनोबल इस रूप में सुदृढ़ था मैंने सप्तम् खंड लिखना शुरू कर

दिया था और वह बहुत सारे पन्नों का सफर तय कर चुका था। वह आगे तो बढ़ता ही जाता, लेकिन मैंने उसे कुछ दिनों के लिए अलग रखना जरूरी मान लिया था। ऐसा अकसर मैं करता हूँ। उपन्यास हो या कहानी शुरू मैं बड़ी तीव्रता से करता हूँ, लेकिन उसे आगे बढ़ाने में मैं जल्दबाजी नहीं करता। जितना लिख लिया होता है पलट कर उसी को पढ़ता रहता हूँ और संशोधन करने में मन लगाता हूँ। कारण यह भी था पथरीला सोना के सप्तम् खंड को मेरे दिमाग में ऊर्जावान होना भी था। यह समय के साथ ही होता और मैं जनता था वह वक्त मेरे अंतस में दस्तक देता चल रहा है। छ: खंडों से वह कृति तो थी बस सप्तम् खंड के लिए उसे और विस्तृत होना था। लेखन का मेरु दंड यही तो है। कहानी मिल तो जाए लेकिन उसे लिखने का अपना व्याकरण होता है। पात्र, शैली, प्रस्तुति और विचार लेखन के अपने मायने रखते हैं। मैंने जब देखा पथरीला सोना सप्तम् खंड कुछ पन्नों में जहाँ तक पहुँचा है उसे मैंने खूब तराश लिया और अब आगे वह निर्बाधित चल सकता है इसी बीच मॉरीशस में ग्यारहवें विश्व हिंदी सम्मेलन की घोषणा हो गयी थी। इसकी छाप मेरे पथरीला सोना सप्तम् खंड में पड़ना स्वाभाविक था।

मेरी सोच में आया था यह सम्मेलन मुझे इस खंड को आगे बढ़ाने में मेरा संबल पुख्ता करेगा। मुझे सम्मेलन से बहुत सामग्री मिलती जाएगी और मैं उसी अनुपात से लिखने में अपने को तल्लीन करता जाऊँगा। पर सम्मेलन के दौरान एक तरह से मेरा मोह भंग अधिक ही हुआ। अचानक मुझे लगा था वह सम्मेलन अपने उपन्यास को आगे बढ़ाने में मेरे लिए बहुत बड़ा अवरोध है। इसे मेरी खीज कहा जाए तो मुझे इसे लेकर कोई उपालम्भ जाहिर करना नहीं है। वह मन की बात थी जो मुझे मानो कह रही हो वह सम्मेलन मेरे उपन्यासम प्रवेश करे तो व्यंग्य तो मुझे तमाम मिलेंगे, लेकिन दिल शायदन मिले। वास्तव में मैं दिल का अधिकाधिक चितेरा हूँ। पथरीला सोना उपन्यास के प्रकाशित छ: खंड निस्सन्देह मेरे दिल के गवाह हैं। वह मेरा दिल ही था जिसने मुझे लेखन प्रक्रिया में मुझे बहुत रुलायाहै और मैंने हँस कर भी रोने का मर्म ही निभाया है।अब यदि मैं मॉरीशस में संपन्न हुए ग्यारवें विश्व हिंदी सम्मेलन को अलगा कर भी पथरीला सोना उपन्यास के सप्तम खंड में पड़ूँ तो इसमें भी मुझे रुकावटें ही परिलक्षित होंगी। मैंने भारतीय परिवेश को पथरीला सोना में बहुत गाया है। यह मेरे लिए हार्दिक बंधन है जिससे मैं मुक्ति की कामना नहीं करता। बात यह है मेरे पूर्वजों का ऋण मेरे सिर पर है। उन्होंने दुख सितम से लड़ कर मॉरीशस की धरतीपर मुझे जीवन का दान किया है। पथरीला सोना उपन्यास लिखने का मेरा सूत्र वहीं से है। पर यह इतिहास है जिसे मैंने बहुत तराश कर इस तरह से प्रस्तुत किया है कि वह मेरे वर्तमान तक बड़े मजे से चल कर पहुँच सका है। पर अब अपने वर्तमान से ही अवरोध का कारण यह है कि मैं अपने पूर्वजों के इतिहास की पुनर्स्थापना के लिए मॉरीशस को बहुत संकुचित अनुभव करता हूँ। यहाँ भारत

की गंगा और हिमालय को लूटा जा रहा है और मैं किस दम पर कहूँ यहाँ गंगा अब भी सुरक्षित है, हिमालय अब भी तना हुआ है। पथरीला सोना का प्रथम खंड लिखते वक्त मैं भारतीयता का सच्चा गायक था क्योंकि मेरे पात्र मेरी इस भावना के सच्चे सहायक थे। कष्टों से जूझ कर वे भारत को यहाँ जिन्दा रखते थे और मैं शब्दों से उनके माथे पर चंदनी टीका लगाता था। वह था मेरे लेखन का सुख। उस सुख को मैं वेदना जनित सुख कहता हूँ। उस वेदना जनित सुख ने बहुत दूर तर मेरा साथ दिया।

कह सकता हूँ प्रथम भारतीयोंके आगमन [1834] से लेकर मॉरीशस की आजादी तक [1968] उस सुख ने वेदना जनित होकर भी मेरे दिल पर राज किया। आजादी के बाद भी मॉरीशस में भारतीयता तो कायम ही चली आ रही है, लेकिन इसका रंग रूप अब बहुत बदल चुका है। यही कारण रहा कि पथरीला सोना के षष्ट खंड में मैंने दो भारतीय स्वामियों की कल्पना की है जो मॉरीशस को खाला का घर समझ कर आते हैं और यहाँ भारतीयता के लुटेरों के संगी साथी बन जाते हैं। अब मॉरीशस में सांस्कृतिक दोहन का बोलबाला अधिक है। इसके कर्ता यहाँ के सामाजिक नियंता ही हुआ करते हैं। राजनीति से मैं अधिक खतरा नहीं मानता। राजनीति को स्वीकार करना पड़ता है। भारतीय मन के लोगों से वह खिलवाड़ नहीं कर सकती। पर हम ही जब अपनी पारी हारने का मनबनाने लगें तो दूसरे लोग अवसर का लाभ तो उठा ही लेंगे। मॉरीशस में जब आजादी के लिए अभियान चल रहा था तब फ्रांसीसी समुदाय के लोगों ने आजादी का बहिष्कार किया था। चौरंगे झंडे की वे खिल्ली उड़ाते थे। पर आज विडंबना ही कहेंगे मॉरीशस में उनका वर्चस्व अजीब तरीके से सुदृढ़ है। भारतीय तो हम पर प्रश्नात्मक मुद्रा से अपनी बात इस तरह से उछाल देते हैं कि क्या कारण है कि अब भी इस देश में फ्रांसीसी मूल के लोगों का वर्चस्व सर्वोपरि है।मैं उत्तर इस रूप में कर रहा हूँ इन्हें अपने को संबल बनाना आता है और हमें अपनी संबलता खोने में शायद अधिक मजा आता है। बात पथरीला सोना के सप्तम खंड से शुरू हुई थी और मैं न जाने कहाँ कहाँ की बातें ले बैठा। पर मेरा विश्वास है मैंने अपनी सीमा का निर्धारण पहले किया इसके बाद इस तरहकी बातों में पैठता चला गया। मैं मानता हूँ पथरीला सोना छः खंड लिखने में मैंने अपनी ऊर्जा बहुत खत्म की है। मैं ऐसा भी कहता हूँ पथरीला सोना लिख कर मैं उससे मुक्त हुआ नहीं हूँ। वह मेरे साथ मेरे जीवनपर्यंत जुड़ा रहेगा। शायद उसजुड़ाव की ही परिणति हो कि यही जीवन मुझसे बलबस्ती कहेगा चल एक बार फिर उस राह से गुजर लेते हैं। पर ऐसा हो भी तो पथरीला सोना के सप्तम् खंड में वह गंगा न होगी जो पापियों का पाप धोने वाली होगी, अपितु वह पापियों को धिक्कार बताते हुए कहेगी पाप तुम्हारा अर्जन होने से यही तुम्हारे चलते-फिरते जीवन की चिता है इसी में पल पल भस्म होते रहो।

आपने-अपने उपन्यास 'पथरीला सोना' में नारी पात्र धानी की उदात्ता का बड़ा ही व्यापक चित्रण किया है। धानी हताश-निराश नहीं होती, बल्कि वह अपना पूरा जीवन लगा कर नव निर्माण के लिए प्रतिबद्ध रहती है। लेखक के मन में ऐसे पात्र की रचना का उद्देश्य / सन्देश क्या है?

रामदेव धुरंधर : 'धानी जैसे ऐसे पात्र की रचना और इससे संबद्ध उद्देश्य' इन दोनों बातों को गंभीरता से लेता हूँ। मॉरीशस के इतिहास से संबंधित आपका प्रश्न होने से मानो उसी दुर्ग में प्रवेश करता हूँ और मेरी आशा यह रहेगी वहाँ से कुछ सही और सार्थक निकाल लाने में मुझे सफलता प्राप्त हो।

पहले पहल भारत से विपुल मात्रा में पुरुषों को मजदूर के रूप में मॉरीशस लाया गया था। उन दिनों के विद्रूप इतिहास का आकलन करने पर कहना समीचीन बैठता है उन्हें 'खेत में जोतने के लिए' लाया गया था। अर्थात मनुष्य हों तो बैल भी हों। अंग्रेज सरकार उनकी परेशानी जान कर भी न जानने के बहाने से ऊँघ रही हो और फ्रांसीसी जमींदार मालिकों की तो बस एक ही चाह थी उनकी अपनी मनमानी को चलना है तो वह चलती रहे। फ्रांसीसी इतिहासकारों ने इस बात को इस तरह से लिखा है पुरुषों के नारीविहीन जीवन का अध्ययन किया जाता था। पुरुष अपनी स्त्री और बच्चों को छोड़ आए थे और उनके प्रति वे लोग खींचे-खींचे रहते थे। उनकी इस हालत का अध्ययन करने के बाद विचार पारित किया गया था कि उनके छूटे परिवार को बुला लिया जाए। एक कोण से यह तो उदात्त विचार था कि जिन लोगों का परिवार भारत में छूटा उन्हें बुलाया जाए। इस बात में भी तेजी लायी गयी अब से जो आने वाले हैं वे अपने परिवार को लेकर आ सकते हैं।

मुझे अपनी एक लघुकथा याद आ रही है जिसका मैं यहाँ जिक्र कर रहा हूँ। तिलक मेरा एक पात्र है जो मन मारे 'सोच' में बैठा हुआ है। वह सिर उठा कर बोलने वाला आदमी है इसलिए उसे खूनी आँखों से देखा जाता है। खेतों का मालिक जुनेविल अपनी घोड़ा बग्गी में जाते वक्त उसे बैठा देख लेता है। वह तिलक से प्रश्न करता है बैठे-बैठे वह क्या 'सोच' रहा है रे? तिलक हिचक में पड़ जाने से बोलना नहीं चाहता क्या 'सोच' रहा था। मालिक जुनेविल अब तो खुंखार होकर उससे जानने पर अड़ जाता है वह बोल कर स्पष्ट करे वह 'क्या' सोच रहा था। तिलक को विवश होकर बोलना पड़ता है वह बिहार में छूटे अपने परिवार के बारे में 'सोच' रहा था। मालिक जुनेविल को उस पर क्रोध आता है। क्रोध का मतलब है शरीर से वह यहाँ बंधुआ जैसा है और मन से खुला पंछी जैसा होकर भारत में छूटे अपने परिवार की 'सोच' में खोया हुआ है। खूनी मन रखने वाला मालिक जुनेविल अपने कुत्ते उस पर दौड़ा देता है। इस वहशीपन के कारण तिलक के प्राण चले जाते हैं।

मेरी यह लघुकथा भारतीयों के उस काले पक्ष को उजागर करने में सक्षम है।

दीपक जी, मैं आज आपके भेजे हुए प्रश्न का उत्तर लिख रहा हूँ और मेरा मन है कि उस काल-खंड में भागा चला जा रहा हूँ। मेरी लघुकथा इस कोण से सामयिक थी कि भारतीय मजदूर अपने छूटे हुए परिवारों की चिंता करते थे। दूसरों शब्दों में वे अपने परिवारों के प्रति अपनी 'सोच' को मुखर रखते थे। वही 'सोच' उनके चेहरे पर ज्वाला बन कर खौलती थी और गोरे मालिकों को लगता था विप्लव तो कभी भी आ सकता है। पर गोरे इतिहासकारों की नानी मरे जो वे इस तरह का प्रसंग उठाते। उनके लिखित इतिहास को किसी भी कोण से खंगाल कर देख लें ऐसा एक हल्का सा भी संकेत न मिलेगा कि गोरों ने एक डर की विवशता में पड़ कर ऐसे कानून की रचना की अर्थात मॉरीशस में जो भारतीय मजदूर हैं उन्हें परिवार का सुख मिले। बात इससे भी आगे जाती है। भारतीयों की अपनी पत्नी और बेटियाँ हुईं तो उन पर कुपित दृष्टि रखी जाती थी। गोरे इतिहासकारों ने यह भी लिखा नहीं। यह लिखा गया तो हमारे अपने लोगों की ओर से।

पर मेरे लिए भारतीय पक्ष के शब्दकारों से एक उलझन बन आती है। इन्होंने उपन्यास नहीं, कहानी भी नहीं, लिखे तो फुटकल आलेख और अपने उन आलेखों को इस तरह बना दिया मानो हर महिला और हर बेटी गोरों की बलि चढ़ जाती थी। दुर्भाग्य, यह भारतीय वंशज शब्दकारों की ओर से अपने ही पक्ष का मजाक उड़ाने जैसा लेखन है। मैंने देखा है इस तरह लिखने वाले दावे से सिर उठाये रहते थे मानो शाश्वत लेखन कर लिया हो।

मैंने उन भारतीयों की व्यथा का जहाँ तक अन्वेषण किया है और उनके जीवन पर आधारित अपने कृतित्व का एक संसार खड़ा किया है उस विश्वास के बल पर कह सकता हूँ हमारे अपनों के ऐसे लेखन ने हमारे पक्ष को कमजोर तो बहुत ही किया है। इसे शौकिया लेखन कहना मैं उचित मान रहा हूँ। शौकिया लेखन के रूप में यह शोभा पा सकता है, बाकी यह लेखन रद्दी की टोकरी के लायक भी नहीं है। मानो आलंकारिक भाषा इन्हीं शौकिया लेखकों को आती हो जिसका उपयोग वे इस तरह से करते हों कि भारतीय नारी की अस्मिता तो बस उजड़ने के लिए होती थी। गोरे जैसे भी चाहें उस अस्मिता से अपना नापाक खेल रचाने के लिए भेड़िये बन जाएँ और भारतीय वंशज के ये शौकिया लेखक लिख दें कि उन्हें बचाने वाला न भगवान हो और न ही भारतीय खेमे का कोई बलिष्ठ पुरुष।

उन शौकिया लेखकों को अलग छोड़ कर वास्तविक इतिहास पर आता हूँ। यह झूठ नहीं है महिलाओं ने अस्मिता के नाम पर हाथ में हँसिया कस कर गोरों को खेतों में दौड़ाया है। भारत से एक साथ आए हुए मर्द ऐसे भी हुए धोखाधड़ी और मक्कारी के बल पर गोरों के खेमे में चले गए और इधर की महिलाओं पर एक तो स्वयं शैतान बन कर कहर बरपाने की कोशिश की और लगे हाथ गोरों के पास औरत रूपी माल भेजने का ठेका तक अपने सिर पर पर लिया। अधिकांश ने स्वयं अपनी

बेटियों औरतों को बेचा। मेरे 'पथरीला सोना' उपन्यास में एक प्रसंग है एक आदमी गोरों के खेमे में जाकर सरदार [उन दिनों की मॉरशसीय भाषा में खेतों में मजदूरों की पीठ के पीछे खड़ा होकर शोषक के मानिंद उन्हें हाँक कर काम करवाने वालों को सरदार कहा जाता था] बन जाता है। चुगली के बल पर वह पैसे वाला हो जाता है और भारत से साथ आयी हुई उसकी औरत अपने को सेठानी मानने लगती है। किंतु जब किसी बात पर गोरे इस आदमी पर नाराज होकर इसे गरीब फक्कड़ बना देता है तो यह आदमी पागल हो जाता है। सेठानी के मद में जीने वाली इसकी औरत गोरे मालिक को घोड़ा बग्गी में आते देख कर विक्षिप्त सी हालत में उसके सामने नंगी अवस्था में सो जाती है। वह मालिक से कहती है मुझे अब से भी ले लो और बदले में मेरी शोहरत मुझे लौटा दो।

मैं सोचता हूँ मेरा छः खंडीय 'पथरीला सोना' उपन्यास कभी बहुत मन से पढ़ा जाएगा और इस अंश तक पहुँचने पर मानने की तबीयत बनायी जाएगी मॉरीशस के लेखक ने अपने मॉरीशस का ऐसा चित्रण करने का साहस किया था। प्रसंगवश मैं कह लूँ लेखक को जब तक धरती पर रहना होता है वह अपने शरीर से ही तो रहता है। बाद में उसका शरीर नहीं रहता। रहने को तो उसका नाम रहता है।

मेरे 'पथरीला सोना' उपन्यास की धानी प्रतिकार में खड़ी होने वाली एक समर्थ नारी है। अर्थात शौकिया लेखन की वह मोहताज नहीं है, बल्कि अपने वास्तविक इतिहास से उसका अस्तित्व है। मोरिशस के इतिहास के उस दुखते क्षणों में ऐसे पात्र की रचना करने के पीछे मेरा उद्देश्य है नारियों का वह काल-खंड संघर्ष की दृष्टि से बांझ नहीं था। बल्कि मैंने धानी की सर्जना इस तरह से की है कि मुझे लगता है उस काल-खंड की नारियों का उस हुँकार से अपना भी संबल था। पथरीला सोना उपन्यास की सुरेखा और गंगा ये वे नारियाँ हैं जिन्होंनें पुरुषों की तरह एक इतिहास की रचना की है। धानी इनसे बहुत पहले मॉरीशस की इस धरा की बेटी थी। कालांतर में जो भी नारियाँ अपनी सामर्थ्य से संघर्ष के रास्ते पर अपने पगों की ध्वनि बिछाने लगीं उनकी गुरु माता तो बस एक धानी ही थी। गंगा धानी का नाम लेते थकती नहीं और बाद में सुरेखा को जब संघर्ष के लिए डट कर सामने आना पड़ा तो वह श्रद्धापूर्वक धानी का नाम लेती थी। उसके ओठों के शब्द होते थे मुझे तुम्हारी तरह बनना है माता, बस मुझे राज़बता दो मैं कैसे तुम्हारी तरह बन सकूँ।

धानी का चरित्र तो मेरी कृति में बंद रह गयी है। यह स्वाभाविक है हर कृतिकार के पात्र इसी तरह पन्नों में बंद रह जाते हैं। पढ़े जाने की भावना होने से उन पन्नों को खोला जाता है। इसी में वह शक्ति होती है जो पुस्तकों में बंद रह गया हो उसे मुखरता वरण होने लगती है और समय ऐसा भी आता है जब वे हवा पानी और जन जीवन में एक मेक हो जाते हैं। तुलसी के राम इसी तरह मुखर हुए हैं। कृष्ण को हम भूल नहीं सकते। कवि व्यास ने महाभारत लिखने पर पन्नों को बंद कर दिया हो जिसे खोलने

वाले तो पाठक ही हुए। आज व्यास धरती पर आ जाएँ तो उन्हें आश्चर्य होगा जिस कृष्ण को अपनी कृति में बंद छोड़ गये थे वह तो आज विश्व का अनंत यात्री है।

मैं उन बड़ी कृतियों के उन महान पात्रों की दो बातें करते हुए एक आनन्द का अर्जन कर रहा हूँ। ऐसे महान पात्रों के बहुत पीछे अपने पात्रों को खड़ा करके मानो उनसे कह रहा हूँ मेरे आनन्द भी हो और मेरी सर्जना के मेरे दुख भी हो। पर यह जो दुख है यही भारी पड़ता है और आनन्द का कुछ अता-पता नहीं रह जाता।

आपके उपन्यासों में विदेश से लौटे उच्च शिक्षित पात्रों के चरित्र जहाँ नैतिक भ्रष्टाचार में लिप्त हैं वहीं देश की प्रगति में निष्क्रिय भूमिका में नजर आते है।'छोटी मछली बड़ी मछली' की विनोदा हो या 'चेहरों का आदमी' का रामफलवा, राउत आदि। तत्कालीन ऐसा क्या परिवेश था कि तथाकथित असभ्य से असभ्य बनते जा रहे हैं?

रामदेव धुरंधर : शर्तबंद मजदूरों को जब मॉरीशस लाया जाता था तब संभावना का कोई आसार था ही नहीं शिक्षा के संदर्भ में यहाँ उनके लिए कोई उपयुक्त वातावरण हो। शिक्षा की बात छोड़ें उन्हें तो खेतों से खेतों तक ही बंधुआ जैसा पहला और अंतिम विकल्प माना जाता था। उन विवश लोगों में ऐसे बहुत से लोग थे जो खेतों के जीवन से पलायन करना चाहते थे, क्योंकि उनसे कुदाल से काम न हो पाता। यह तो गरीबी, बेकारी और बेचारगी का तकाजा था उन्हें भारत से मॉरीशस आने की संभावना दिखायी दी तो मजदूर के रूपमें अपना नाम लिखवा कर जहाज में यहाँ चले आए। वे खेतों की मजदूरी के लिए न थे, लेकिन मजदूर के दामन से आए और यहाँ घुटते रहे। ऐसे लोगों को हम आज भी अपना श्रद्धा सुमन समर्पित करते हैं। उनकी पहचान हमारे लिए इस कोण से शेष है कि वे मजदूरी से भाग कर कहीं छिपे भी तो मॉरीशस की जमीन के तो हो ही गये थे। उन्हें जंगलों में पाकर उन्हें रोटी देने वाले उन्हीं के देश के लोग हुए, जब कि फ्रांसीसी गोरे उन्हें इस अभिप्राय से ढूँढते थे कि उन्हें लाने के लिए खर्च किया और वापसी में उनके पसीने की एक बूँद भी उन्हें प्राप्त न हो रही है। वे मिल जाते थे तो न्याय के नाम पर उन्हें अंग्रेज सरकार के पुलिस थाने पहुँचा दिया जाता था। न्याय से परे, वहशीपन का हाल यह था कि जंगल में पाने पर बहुतों को जान से मारा गया। ऐसे बेबस लोगों का मैंने अपने 'पथरीला सोना' उपन्यास में बहुत ही मार्मिकता से वर्णन किया है। पर उस शोषण का कोई लिखित इतिहास मुझे मिला नहीं है। ध्यातव्य रहे उन दिनों लिखने वाले तो फ्रांसीसी गोरे हुआ करते थे। फ्रांसीसी गोरे अपना जानें, मैं अपना जानता हूँ। मैंने जो लिखा उसे झूठ नहीं कहा जा सकता। तीन चार पीढ़ियों के अंतराल में हमारे पास

आज भी बहुत कुछ सुरक्षित है।

जो भारतीय मजदूर मॉरीशस आते थे उनमें पढ़े लिखे लोग तो निश्चित ही हुआ करते थे। उन्हीं से यहाँ भारतीयता का प्रचार हुआ और उनकी भावी संतानों में इस भावना का बीजारोपण हो पाया कि भारत जो अपने पूर्वजों से छूटा हम उसका गान जारी रखें।

भारत की स्वतंत्रता के लिए वहाँ संघर्ष चल रहा था और यहाँ के लोग उसे अपनी धमनियों में जीते थे। भारत को जिस दिन स्वतंत्रता मिली यहाँ के भारतीय मन के लोगों के लिए वह उत्सव-दिवस था। इसके बाद यहाँ अपने देश की स्वतंत्रता के लिए लोगों में उत्साह के ज्वार भाटे उमड़ने लगे और 1968 में स्वतंत्रता का संघर्ष पूरा हुआ। अब लोगों का ध्यान अपनी जमीन पर केंद्रित था, लेकिन भारत मित्र था तो मित्र बना ही रहा। भारत से हमें बहुत सारी सुविधाएँ प्राप्त हुईं। भारत ने विशेष कर हमारे लिए जैसे शिक्षा का द्वार खोल दिया था। आओ और अपनी आत्मा में संजो ले जाओ विश्व स्तर की शिक्षा को।

यहाँ के लोग भारत की शिक्षा से सम्पन्न होकर आए, लेकिन वह कैसी शिक्षा थी उस पर हम गौर करें। भारत के प्रथम स्नातक प्रोफेसर बासुदेव विष्णुदयाल यहाँ अद्भुत क्रांतिकारी हुए। पर उन्हें महात्मा गांधी जैसा जोश था कि वे प्रधानमंत्री नहीं बनते, लेकिन वे यहाँ के भारतीय मन के लोगों के दिलों में राज करते। प्रोफेसर जी ने दिलों में राज किया, लेकिन इसके लिए एक अवधि हुई। मॉरीशस के लोग पाश्चात्य से पढ़ कर जब स्वदेश लौटने लगे और उनकी तूती बोलने लगी तो प्रोफेसर विष्णुदयाल जी एक तरह से अंधेरे की परतों में ओझल होते गये। अंग्रेजों ने यहाँ मानसिकता इस तरह से बना दी थी अंग्रेजी पूरे संसार में आच्छादित है इस कोण से तुम इस भाषा से जुड़ते हो तो तुम्हारा मुखड़ा विश्वीय हो जाएगा। फ्रेंच ने भी धमाल बहुत मचाया। बल्कि फ्रेंच ने तो अंगेजी से भी आगे निकल कर संपूर्ण देश की आत्मा में अपनी पैठ बना ली और आज भी वह अडिग है।

भारत से पढ़ कर लौटे हुए लोग ज्यादातर कालेजों में पढ़ाने वाले टीचर हुए। हिंदी का नंबर तो कालेजों में बहुत बाद में लगा था। मैं गणित, अंग्रेजी, भूगोल आदि से संबंधित शिक्षा की बात कर रहा हूँ। हाँ इसमें चिकित्सा वाली डाक्टरी शिक्षा का भी स्थान था। यहाँ मैं एक बात कह लूँ भारत वे ही डाक्टरी के लिए पढ़ाई करने जाते थे जिन्हें छात्रवृत्ति मिलती थी या पास में सीमित पैसा होने से उन्हें भारत में कम खर्च की उम्मीद पर वहाँ के लिए हवाई टिकट कटवाना पड़ता था। यह भी सच है बल्कि पूरे रूप से सच है भारतीय वंशजों में से जिस पिता के यहाँ खूब पैसा हुआ उसने अपने बेटे बेटी को इंग्लैंड भेज कर डाक्टर बनाया। यह मैं पुरानी बात ही कर रहा हूँ, लेकिन इसका स्वरूप सर्वथा नया भी है।

मॉरीशस ने भारतीय डाक्टर को आत्मसात कर लिया, लेकिन वकील को

आत्मसात करना उसे नहीं आया। इसके लिए तो इंग्लैंड ही हुआ और आज भी इंग्लैंड ही है। बात यह थी अंग्रेजों ने इस देश को छोड़ा, लेकिन राज्य संचालन की अपनी संहिता को लेकर नहीं गए और स्वतंत्र मॉरीशस के नियंताओं ने उसे यथावत अपना भी लिया। इसमें कानून की परिभाषा अपना वर्चस्व रखती है, लेकिन यहाँ इसकी मीमांसा मेरा उद्देश्य नहीं है। बल्कि आपके प्रश्न में यह है भी नहीं, इसलिए आपके प्रश्न में जो है मैं उसी का उत्तर करता हूँ।

आपके प्रश्न में है विदेश से लौटे हुए उच्चशिक्षित पात्रों के चरित्र जहाँ नैतिक भ्रष्टाचार में लिप्त हैं वहीं वे देश की प्रगति में निष्क्रिय भूमिका में नजर आते हैं। मैं अपने देश का तथ्य जानने से निष्क्रिय वाली इस बात को कुछ खास सही मान नहीं रहा हूँ। इस पर बात होनी चाहिए और आपके प्रश्न के उत्तर में मैं वह बात करूँगा। आपके इस प्रश्न के दो भाग हैं। यह पहला भाग है जिस में आपने मेरे उपन्यास 'छोटी मछली बड़ी मछली' की मुख्य पात्र विनोदा से जोड़ कर अपना प्रश्न सामने रखा है। विनोदा इंग्लैंड से वकालत पढ़ कर आयी थी और उसके साथ हालात ऐसे जुड़ गए थे कि वह कोई सही निर्णय न ले पा रही थी। सबसे पहले उसका भारतीय वंशज परिवार था जो उससे अपेक्षा करता था घर में जो तरीका चलता है उसे उसी को अपना कर जीना होगा। दूसरी ओर विनोदा का वकालत का पेशा था जिसमें तो बस खून खराबे, चोरी, व्यभिचार वगैरह अपने पंख मजबूत किये रखते हैं। विनोदा वकील तो है, लेकिन एक नारी होने से उसका वजन कुछ कम पड़ जाता है। आज नारी-विमर्श तो जैसे सब की जुबान पर चढ़ कर बोलता है, लेकिन उन दिनों ऐसा बहुचर्चित अभियान बस वजूद लेने की तैयारी कर रहा था।

ध्यान देने की बात है उसे वजूद लेना था, लेकिन केवल तैयारी चल रही थी। मैं अपने देश की बात कर रहा हूँ। मैं अपने देश का नाम इसलिए ले रहा हूँ क्योंकि दूसरे देशों के लोग नारी-विमर्श को बहुत पहले से जानने के परिणाम स्वरूप कहने पर अड़ सकते हैं जिसका वजूद बहुचर्चित था मैं अब उसे बहुत बाद में जानने पर शब्दों से उसका अंकन कर रहा हूँ।

'छोटी मछली बड़ी मछली' उपन्यास 1983 में प्रकाशित हुआ था। मैंने उसे दो साल पहले लिखा था। 2020 में लगभग चालीस साल हो गए। उस काल में इसकी रचना प्रक्रिया से गुजरते मेरा लेखक इतना ही सोच सकता था, बल्कि इस तरह से कहूँ मुझे लगता होगा जो समाज मेरे अपने घर परिवार और स्वयं मेरे जेहन से नहीं है उसे सुनी सुनायी बातों और अपनी कल्पना से लिख रहा हूँ तो सत्य के धरातल से वह ऐसा ही होगा। पर मैं अपने लेखक के विश्वास को झुठलाऊँगा भी नहीं। मैंने विनोदा को ध्यान में रखकर और उन दिनों की जमीनी हकीकत के विश्वास को उपन्यास का स्वरूप दिया था। उसका सफर तो मेरे सच से सच तक के लिए ही था। मैंने वकील की बात करने की प्रक्रिया में यह लिखा हमारे यहाँ वकील तो इंग्लैंड

से ही होते हैं। इस दृष्टि से जितने वकील राजनीति में हुए या आज हैं वे इंग्लैंड से ही हैं। हमारे प्रथम प्रधानमंत्री शिवसागर रामगुलाम इंग्लैंड से डाक्टर बन कर आए थे। वे राष्ट्रपति भी बने। पिछले दिनों उनका बेटा नवीनचंद्र रामगुलाम जो वकील और डाक्टर द्वय डिग्रीधारी हुए वे इंग्लैंड से ही हुए जो दो बार देश के प्रधानमंत्री बने। हमारे दूसरे प्रधानमंत्री थे अनिरुद्ध जगन्नाथ उन्होंने वकालत की अपनी पढ़ाई इंग्लैंड में की थी। वे भी शिवसागर की तरह देश के राष्ट्रपति बने। उनका बेटा प्रवीण जगन्नाथ जो इंग्लैंड से ही वकील हैं इन दिनों वे देश के प्रधानमंत्री हैं। राजनीति वाले इस प्रसंग को इस रूप में खत्म कर रहा हूँ हमारे सदन में भारत और यूरोप के नाम पर बँटवारा न होकर कानून की दृष्टि से सभी बराबर हैं। बस अनिवार्यता यह होती है पढ़े लिखे हों और व्यवस्थित पारदर्शी पंचवर्षीय चुनाव में जयी होकर सदन में पहुँचें।

अब आपके प्रश्न के दूसरे भाग का उत्तर लिखने की कोशिश करता हूँ। इस भाग में है कि क्या कारण है कि विदेश से पढ़ कर लौटे हुए लोग राजनीति में जाने पर सभ्य से असभ्य बनते चले जा रहे थे। ऐसा नहीं कि आपने अपनी ओर से मॉरीशस को आँका हो। आपने इस बात को मेरे उपन्यासों में पाने पर ही तो प्रश्न में परिभाषित किया है। मैं स्वीकार करता हूँ यह मेरे उपन्यासों में समाहित है। पर मैंने विसंगतियों से शुरू होकर विसंगतियों में ही उपसंहार किया हो ऐसी बात कदापि नहीं है। स्वाभाविक होता है रचना में दो पक्ष के लोग हों एक अच्छाई का छोर थामता हो और दूसरा बस बुराई बिछाता हो। दो किनारों से होकर वे बीच में आकर दूसरे से टकराते हैं और वह टकराहट विकराल होती चली जाती है। रामायण को हम एक उदाहरण मान लें। आश्चर्य नहीं राम से पहले रावण का प्रतिबिम्ब तुलसी के लिए अहम रहा हो और इसके बाद उन्होंने राम से समाधान का आदर्श स्थापित किया हो। कहा भी तो गया है मुगल राज्य से तुलसी अपने को आहत पाते थे। इसी बात पर उन्होंने रामायण की कल्पना से अपने काव्य की रूप रेखा खड़ी की हो। महाभारत भी तो यही है अत्याचार छाने जा की स्थिति में कृष्ण का अवतार हो। संसार की प्राय: सभी कृतियों की यही सद्आत्मा है जो दुरात्माओं से अपना संघर्ष ठानती है। विश्व रचनाओं के इस सत्य से मैं किनारा नहीं काट सकता। साहित्यिक संसार में मेरी भी आकाँक्षा यही होती है बुराई पर अच्छाई की विजय हो।

मेरे उपन्यास लेखन के संभवत: चार-खंड हैं। फिलहाल मैं उसी को अपना रचनात्मक सत्य मानता हूँ।

पहला काल-खंड है—भारत से मजदूर मॉरीशस आए जो प्राणपण से संघर्षजीवी हुए।

दूसरा काल-खंड है—संघर्ष से होते वे अपने अस्तित्व और अपने हक के लिए स्वप्नजीवी बन कर उभरे। स्वतंत्रता-प्राप्ति के साथ उनका यह स्वप्न साकार हुआ।

तीसरा काल-खंड है—जो बहुत ही विकट काल रहा, स्वतंत्रता प्राप्ति के साथ

इस कोण से लोगों का मोह भंग जुड़ गया जिसके वे आकांक्षी थे वह तो बहुत दूर पड़ता चला जा रहा था।

चौथा काल-खंड—मेरे आज के जीवन से जुड़ा हुआ है जो मेरे जीवन के अवसान तक इसी तेवर से मेरी धमनियों में रचा-बसा रहेगा।

यहाँ मैं अपने लेखन के तीसरे और चौथे काल खंड पर अपने को केंद्रित कर रहा हूँ। तीसरा खंड 'छोटी मछली बड़ी मछली' से संबंध रखने वाला है। अर्थात यह स्वातंत्र्योत्तर काल है। उन दिनों मॉरीशस के भारतीय मन के खास कर मध्यवर्गीय और निचले तबके के लोगों का स्वप्न भंग होने की जैसे एक परिपाटी बन गयी थी। लोगों का मन तो प्रधानमंत्री शिवसागर में ही बसता था, क्योंकि उन्होंने ही स्वप्न दिखाया था और उन पर विश्वास करके वोटों के माध्यम से उन्हें जयी बनाया गया था। पर सच कहें तो वे एक लाचार प्रधानमंत्री बनते चले जा रहे थे। कटु सत्य यह हुआ फ्रांसीसी मूल के गोरों का वर्चस्व स्वतंत्रता से पहले कायम था और स्वतंत्रता के बाद उस दुर्ग को बेधने में बहुत वक्त लगता। फ्रांसीसी मूल के गोरे तो ऐसे भी हुए जिन्होंने एक भारतीय किसान के बेटे के प्रधानमंत्री बनने के डर, बल्कि डर से अधिक घृणा के बूते विदेश चले गए और वहीं बस गए। पर जो रह गए वे इस तरह से अटल हुए कि शिवसागर रामगुलाम को कसमसाहट जैसी हालत में पहुँचा देते थे। कहानी तो बहुत लंबी है जिसके विस्तार के लिए मैं यहाँ गुंजाइश की संभावना को न के बराबर देख रहा हूँ। पर हाँ, इससे संबंधित आपका कोई प्रश्न मेरे पास आए तो उसके उत्तर के लिए निश्चित रूप से आप मुझे तत्पर पाएँगे।

अपनी उपन्यासधर्मिता के चौथे काल-खंड पर दो शब्द कह रहा हूँ। जैसा कि मैंने लिखा यह काल –खंड मेरे आज और भविष्य पर केंद्रित है। आज यदि मैं कहूँ कि विदेश से पढ़ कर आए हुए लोग राजनीति में जाने पर भष्ट होते हैं तो मेरे देश के सुनियोजित राजनीतिक ढाँचे पर वह बहुत भयानक प्रहार होगा। बल्कि देश तो इन्हीं लोगों से चल रहा है, लेकिन कानून की पकड़ मजबूत रूप से इन पर बनी रहती है। मेरे देश के राजनेताओं में फिसलने का 'दुर्गुण' तो है जो उनके हिसाब से उनका 'गुण' है, लेकिन कानून और जनता की सजगता से उनकी यह पोल खुल जाती है अर्थात जो दुर्गुण है उसे गुण कहने की ढिठाई करना छोड़ो। कम से कम इधर दो तीन पंचवर्षीय चुनावों के अंतर्गत प्रधानमंत्री से लेकर मंत्री और सांसदों की पूँछ में तो मानो आग लगी रहती है। यह कानून के तगड़ेपन की खुशबू है। इसे देश की सेहत के लिए सही और सार्थक कहने में कोई बुराई नहीं है।

कृपया 'बनते बिगड़ते रिश्ते' उपन्यास के कथ्य की पकड़ और उसे गति

देने की प्रक्रिया के बारे में जानकारी दीजिए।

रामदेव धुरंधर : मेरा उपन्यास 'बनते बिगड़ते रिश्ते' 1990 में 'प्रभात प्रकाशन' दरियागंज दिल्ली से प्रकाशित हुआ था। तब मैं हाथ से कागज पर नंबर लगाता था और लेखन आगे बढ़ता जाता था। असंतोष की हालत में बार बार काटने तो कभी पूरे कागज को फाड़ने की प्रक्रिया में आत्म विश्वास इस कोण से प्रबल हो जाता था कि अब जो लिखूँगा उसे अव्वल तो होना ही है। लिखना पूरा हो जाने पर मैं खूब ध्यान से पढ़ता था। उपन्यास हो तो लेखन पूरा हो जाने पर उसमें जिल्द लगाने की बारी आती थी। तीन या चार जगहों में किनारे हथौड़ा मार कर कील से छेद करना पड़ता था। छेद हो जाने पर सुई धागे से सी देता था। अपनी परिभाषा से देखने लायक पांडुलिपि बन जाती थी। सुई धागा मानो एक कसौटी होने से पत्नी का सहयोग न हो तो वह मुझसे अकेले हो नहीं पाता। इस संदर्भ में पत्नी का जिक्र करना मुझे अच्छा लग रहा है। मैं इस वक्त यह न व्यंग्य और न हँसी के अंदाज से कह रहा हूँ। बल्कि इसमें तो मेरी गहरी गंभीरता और सद्भावना समायी हुई है। घर के प्रति मेरी जो जिम्मेदारियाँ होती थीं उनका मैं निर्वाह करता था। राशन लाना हो तो मैं समय पर लाता था। नौकरी पर ठीक समय से जाता था और लौटने का मेरा वक्त निर्धारित था। बच्चों की पढ़ाई और उनकी आवश्यकताओं को पूरा करने में मैं तमनय हुआ करता था। पर मेरा लिखना टले नहीं। मैं लिखने बैठ जाऊँ तो पत्नी समझ जाती थी लिखने की मेरी बारी आयी तो यह मेरा अपना वक्त हुआ। लिखूँ तो पत्नी के लिए इस दृष्टि से अच्छा होता था तुरंत का मेरा लिखा उसे अनिवार्य रूप से पढ़ना चाहिए। वह मुझसे पूछ भी लेती थी कि पन्ना पूरा हुआ कि नहीं। बात यह थी उन दिनों टीवी वादी सिरियल का जमाना नहीं था। ऐसा होता तो हो सकता था मेरी पत्नी से मेरा लिखा बहुत छूट जाता। उसने पूरा पढ़ा तो मेरे लेखक का कद निश्चित ही बहुत बड़ा हुआ। वह जब भी पढ़ कर मुझे पन्ने लौटाती थी कहती थी बहुत अच्छा लिखा है। आज मैं सोचता हूँ उन दिनों मैं कितना अच्छा लिखता होगा। पर मैंने चाहे कमतर अच्छा लिखा होगा, लेकिन लिखा तो बहुत ही।

इस वक्त, दीपक जी, आपके साथ प्रश्नोत्तर की प्रक्रिया में कुछ-कुछ भावुक मन से अपने लेखकीय अतीत के स्मरण में आबद्ध हो रहा हूँ। मुझे याद आ रहा है मेरा जितना छपा है उससे कहीं अधिक मैंने फेंका है। बल्कि फेंका इतना है कि छपना लेश मात्र ही हुआ है। कभी संपादक को लिखने पर उत्तर ही न आया तो मन में ऐसा विराग चढ़ा कि गलत लिख कर संपादक का मुखापेक्षी बना बैठा हुआ हूँ। पर मैं अपने हृदय से जानता हूँ जितना मैंने फेंका है वह मेरा लेखकीय व्याकरण था और था मेरे सुमधुर लेखन का भविष्य। आज लेखन से मैंने जो सम्मान और नाम पाया है और मैंने लिख कर शब्दों का जो ढेर बनाया है, इसके लिए तो मेरी सीढ़ी

वही थी, 'मेरे हाथों जो फेंका गया वह तो आखिर मेरे जिगर का टुकड़ा ही था !'

मैंने पूर्व पँक्तियों में 'बनते बिगड़ते रिश्ते' के प्रकाशन-वर्ष का खुलासा किया और आज जब सन् 2020 में आपके प्रश्न का उत्तर करने का वक्त आया है तो मुझे गणित बनाना अच्छा लग रहा है इसके प्रकाशन के अब तक कितने बरस बीते? जी हाँ, 1990 और 2020 के बीच तीस बरस का एक विराट फासला है।

'बनते बिगड़ते रिश्ते' उपन्यास का कथ्य मुझे अपनी पत्नी की मौसी से मिला था। आज मौसी सौ साल के करीब पहुँच जाने पर अपने घर के कामों में कमजोरीवश पूरा नहीं तो आधा तो लगी ही रहती है। इस उपन्यास में परसराम नाम का एक बूढ़ा आदमी है। निनान्बे की उम्र में उसकी मृत्यु हुई। वह था तो बहुत दिलफेंक और आँखों का बहुत बड़ा बिल्ला। पर बोलने में खूब मीठा। रमैनिया तो खास। बहुरिया, दुल्हनिया, सुन्दर औरत, गदरायी औरत बोलने में उस्ताद। मैं और मेरी पत्नी दसेक किलोमीटर दूर रहने वाली बीमार मौसी के घर गए थे। पत्नी मौसी की बहुओं के साथ मिल कर किचन के कामों में जा लगी थी। मौसी और मैं आँगन में आम के पेड़ के नीचे बैठ कर बातें कर रहे थे। तभी परसराम सैलानी मारते इधर से जा रहा था कि हमें देखने पर आ गया था। उसने तो आते ही मुहावरेदार गालियों में बातें शुरू कर दीं। मौसी ने डाँट कर उसे रोका तो उसका मुँह उतरा। उसके जाने पर मौसी ने कहा था अच्छा हुआ गया। मैंने परसराम को इतना ही जाना और वह मेरे उपन्यास 'बनते बिगड़ते रिश्ते' का एक पात्र हो गया। मैंने उसे परसराम नाम दिया है। मैंने कल्पना का तार से तार इस तरह से जोड़ा है परसराम भली औरतों के भगाने से भागे तो उसे पता न चले धोती खुल जाने पर कहाँ पसरी-पसरी रह गयी और मुँह के नकली दाँतों को कौआ निगल गए या कोई बंदर अपने मुँह में लगा कर परसराम बन गया। परसराम बना तो मनचला बने दौड़ा किसी औरत से हँसी मजाक करने। बन्दरवादी इस बात से किसी को आश्चर्य नहीं होना चाहिए। बंदर अकसर बेलच्छन निकलते हैं बशर्ते उन्हें परसराम जैसे दिलफेंकू के दाँत मिल जाएँ।

अब यह भी बता दूँ मेरे इस उपन्यास की जो मुख्य पात्र सुधा है वह मेरी पत्नी की वही मौसी है। मौसी हिंदी पढ़ी लिखी थी। उसे पता होने पर कि मैं हिंदी में लिखता हूँ वह मुझसे मेरा लिखा पढ़ने के लिए मांगती रहती थी। पर मैं जानता था पढ़ने में तो उसे बहुत सारे व्यवधान होते। एक तो बेचारी की आँखें कमजोर थीं। दूसरी बात यह कि उसकी घरेलू परेशानियाँ अनंत हुआ करती थीं।

एक दिन उसकी बीमारी की सूचना पाने पर हम पति-पत्नी उसे देखने गए तो वह हमें प्यार से अपने पास बिठा कर अपनी जीवन कहानी सुनाने लगी। अब तो उसकी बीमारी गौण हो गयी और उसकी जीवन कहानी मुख्य धारा पर आ गयी। बहुत पहले विधवा हो चुकी मौसी की आँखों से अपने पति की याद में आँसू बहे, लेकिन जीवन कहानी सुनाने में कोई अवरोध नहीं आया। मौसी को इस तरह बोलते

मैं पहली बार सुन रहा था। उसने कह भी दिया मैं कहानियाँ लिखता हूँ तो उसकी जीवन कहानी भी लिखूँ। उस दिन बीमार मौसी में जैसे कोई अतिरिक्त ताकतवर आत्मा प्रवृष्ट हो गयी थी। मौसी मुझे सावधान कर रही थी मुझे कहानी मिल रही है तो लिखना मेरा कर्तव्य है। वह अपने पास बैठी हुई मेरी पत्नी से कह रही थी पता लगाती रहे मैं उसकी जीवन कहानी लिख रहा हूँ कि नहीं।

मौसी ने लंबे समय तक अपनी जीवन कहानी सुनायी थी। धनवान घर की लड़की थी, पढ़ी लिखी, सभ्य, सुशील। उसके धार्मिक पिता ने एक दिन उसे एक लड़के से बातें करते देख लिया था। पिता ने अब तो अपने कुल परिवार के लिए उसे कलंक मान लिया। 'वाक्वा' जैसे शहर की रहने वाली लड़की के लिए पिता ने यहाँ गाँव में लड़का देख कर उसकी शादी कर दी। पिता ने कहा उसने अपना धर्म पूरा कर लिया। अब बेटी देखे उसे जीना कैसे है। पिता ने उससे सदा के लिए संबंध तोड़ लिया। माँ उसे देखने आती थी तो छिप कर। यहाँ मौसी की लकुआ पीड़ित सास थी। विधवा सास का विवाहित भाई अपनी पत्नी के साथ उसी घर में रहता था। पर कालांतर में उसकी मृत्यु हो गयी। मौसी की विधवा ममिया सास ने यहीं गाँव के एक युवक को पति बना कर इसी घर में बसा लिया। मौसी का वास्तविक दुख इसी ममिया सास से हुआ। उनके दो बेटे थे जो पूरी तरह उज्जड़ थे। मौसी को इनके बीच रहते प्रत्यक्ष नर्क की अनुभूति होती थी। ममिया सास मानो भूत प्रेत डाईन की प्रतिमूर्ति हो। ममिया सास ने मौसी के पति को भूत प्रेत के आतंक से जैसे जीते जी मार ही दिया था। मौसी ने अपने साहस से अपने पति को जीवन के धरातल पर सकुशल खड़ा किया था। ममिया सास के कारण मौसी के जीवन में और भी तमाम संकट आए। उसने अपनी दुखती बिलखती हर स्थिति का सामना किया और विजयी हुई।

मौसी से मुझे यही कहानी मिली थी और मैंने इसी को 'बनते बिगड़ते रिश्ते' नाम से उपन्यास बनाया। बेशक, चार पाँच और पात्र, भाषा, शैली, कथ्य का गठन, उपन्यास की कसौटी, तर्क वितर्क सब मेरा था, लेकिन आत्मा तो मौसी की ही थी।

अपने उपन्यास 'पथरीला सोना' और 'ढलते सूरज की रोशनी' को ध्यान में रखकर कुछ लिख रहा हूँ।पथरीला सोना उपन्यास इतिहास पर आधारित है जिसे मैंने कल्पना से ही तो लिखा है, लेकिन जैसे मेरे हृदय ने मेरी कल्पना पर हावी होकर अपने को बेहद आगे खड़ा कर लिया था और कल्पना बहुत पीछे छूट गयी थी। यह उपन्यास संवेदनशील बन सका है तो मैं समझता हूँ मेरे दिल के तकाजे पर ही ऐसा संभव हो पाया है।

'ढलते सूरज की रोशनी' उपन्यास की कहानी एकदम दूसरी है। मात्र एक आदमी के दर्शन से 'ढलते सूरज की रोशनी' की सृजन गाथा है। बहुत साल पहले उन दिनों के विपक्ष दल के नेता को मैंने पोर्ट लुईस में देखा था। वह मुझे जानता था। परिचित होने से उसने मेरा कुशल क्षेम पूछा था। पर उसका चेहरा बड़ा भयानक

बल्कि विकृत दिखाई दे रहा था। मैंने इस बारे में कुछ कहा नहीं था, कहा तो उसी ने। वह बीमार था। मैं मानता वह बीमार था और वह भी गंभीर रूप से। उस मुलाकात के दो दिन बाद उसकी मृत्यु हो गयी थी। बात सामने आयी थी बहुत दिनों से एड्स बीमारी से उसका उत्पीड़न था। वह एक क्लिनिक में इलाज करवा रहा था। मैंने उस आदमी की कहानी से 'ढलते सूरज की रोशनी' उपन्यास लिखा। वह क्रिश्चियन था, लेकिन मैं क्रिश्चियन संस्कृति अधिक न जानने से उसे यथावत पात्र बना कर लिखना मेरे लिए कठिन होता। मैं उसी को ध्यान में रखकर लिखना चाहता भी नहीं। बात खुलती और मेरे ऊपर तोहमत लगती मैंने उसे सार्वजनीन किया है। यही कारण रहा कि मेरे अपने उपन्यास के पात्र का मेरे

हाथों हिन्दूकरण हो गया है। पर मेरी अपनी संस्कृति और वातावरण से चाहे मेरा पात्र हिन्दू हुआ और उधर हकीकत में बदनाम रोग एक क्रिश्चियन के शरीर से था, मैंने दोनों स्थितियों को एक बना कर एक दमदार मानवीय पात्र की सर्जना की है।

मेरी अनुभूति है लेखक हों तो किसी न किसी मोड़ कर कथ्य मानो इन्तजार कर रहा होता है। पर 'बनते बिगड़े रिश्ते' का कथ्य मेरे लिए किसी मोड़ पर नहीं, बल्कि मेरी पत्नी की मौसी के घर और उसके ओठों पर मेरा इन्तजार कर रहा था। मौसी ने अपनी जुबानी मुझे यह कथ्य देकर जितने प्यार से इस उपन्यास को लिखने के लिए मुझे प्रेरित किया था वह मेरे लिए विरल और शायद इस जन्म के मेरे लेखक के लिए एक स्वर्णोपम उपहार था। बल्कि मुझे तो यहाँ तक लगता है मेरा तो कुछ था ही नहीं, जो था मौसी का ही था, उसमें तो बस मेरा नाम है।

स्वतंत्रता के बाद प्रकाशित आपके उपन्यासों में राजनैतिक मूल्यहीनता के विविध संदर्भों का उल्लेख मिलता है। क्या इस परिस्थिति ने आम जनजीवन को अंग्रेजों की ही भांति प्रताड़ित होने पर विवश किया है?

रामदेव धुरंधर : हमारे देश की स्वतंत्रता के बाद अंग्रेज अपना झंडा यहाँ से समेट कर गए, लेकिन उनके जाने का मतलब यह नहीं हुआ जन जीवन पर से उनका प्रभाव खत्म हो गया। चलें, आपके प्रश्न के अनुरूप इसी बात की खंगाल में पड़ता हूँ। जहाँ भी, जिस देश में भी दूसरे देशों के लोगों ने बल से आक्रमण किया और अपना झंडा फहराने में सफलता प्राप्त कर ली उनका एक ही लक्ष्य हुआ अपने देश की संस्कृति, भाषा और यहाँ तक कि अपनी ईश्वरीय आस्था तक को उन पर मढ़ दे। ईश्वर का यह विश्वास अन्य विश्वासों की अपेक्षा अधिक दमदार होता है। मुझे अपने पिता के एक उदाहरण से एक खुलासा करने का सम्मोह हो रहा है जिसे मैं प्रसंगवश यहाँ उदृत कर रहा हूँ। मैंने अपने आत्मकथ्य से लेकर साक्षात्कार हेतु

किसी के भी प्रश्न के उत्तर में अपना सत्य एक ही तरह से उद्घाटित किया है मेरे पिता निरक्षर थे, लेकिन सत्संग के तो बड़े ही दीवाने थे। उन दिनों का उन लोगों का सत्संग आकर्षक तो होता ही था। कहीं रामायण गान चल रहा हो तो कहीं कबीर के दोहों को भजन के रूप में गाने के लिए झाल ढोलक लिये लोग बड़ी तादाद में मिट्टी-गोबर से लिपी गयी फर्श और ईख के पत्तों की छाजन वाली बैठकाओं में एकत्रित होते थे। एक परंपरा ऐसी भी बन गयी थी आर्य समाज की जड़ मजबूत होते जाने से शास्त्रार्थ का भी मजबूती से वातावरण बनता चला गया था। यह आर्य पद्धति थी जो कबीरवाद से साम्य रखती थी। पर लोगों की आर्य अथवा सनातनी जैसी भी भावना होती थी उसकी जड़ में तो भारतीय मान्यता के अनुरूप ईश्वर ही होता था। सनातनी परिभाषा से वह ईश्वर की मूर्ति में होता था और आर्य पद्धति से मूर्ति में न होकर निराकारता में उसके प्रति विश्वास बनता था।

मेरे पिता की तरह निरक्षर तो बहु मात्रा में होते थे, लेकिन ये ही लोग अपनी आत्मा से आहुति देकर आस्था की ईश्वरता को प्रांजल रखते थे।

मेरे निरक्षर पिता एक दिन मजदूरी से लौटे थे तो उन्हें मेरी माँ से चला था दो-तीन पादरी आए थे जो घर-घर जा रहे थे। हमारे घर आने पर जब उन्होंने मेरी माँ से बात की थी तब उसे पता चला था वे किस उद्देश्य से पूरे गाँव का घेरा मार रहे हैं। उन्होंने मेरी माँ को सूली में लटके हुए ईसा मसीह का फोटो दिखा कर अपने पक्ष का बखान किया था। वे ईसा मसीह से संबंधित दो चार छोटी पुस्तकें बेचना चाहते थे। दाम ज्यादा तो न था, लेकिन गरीब घर के हिसाब से खरीदारी में पड़ें तो महंगा ही था। एक बात यह भी थी ऐसी खरीदारी से मेरी माँ का पहले कभी पाला नहीं पड़ा था इसलिए भी वह सावधान रहना अपने लिए सही मान रही थी। इससे भी अधिक जटिल समस्या उसके लिए यह थी मेरे पिता की अनुपस्थिति के कारण ऐसे मोल भाव में पड़ने से पहले उसे सौ बार सोच लेना पड़ता। मेरी माँ ने पास में पैसा न होने की लाचारी से खरीदारी में अपने को असमर्थ बताया था तो उन लोगों ने उसकी बहुत ना करने पर भी दो तीन लघुकाय पुस्तकें यह कहते उसके हाथ में छोड़ दी थीं कि फिर कभी पैसा लेने आ जाएँगे। यह तो वे एक सिलसिला बनाने का उपक्रम जता रहे थे। ऐसे में मेरी माँ के लिए तारणहार तो मेरे पिता ही हो सकते थे। पिता आते तो माँ उससे कहती वे अगली बार आएँ तो निदान के लिए वे ही कोई उपाय करें। पर उन लोगों ने बात तो दी नहीं थी किस दिन आएँगे। मेरी माँ के लिए संतोष का आधार यह हुआ था वे जिस दिन आएँ भगवान की कृपा हो वह घर पर न होकर घास की अपनी साथिनियों के साथ सुबह से जंगल की ओर गयी हो और अभी तक लौटी न हो।

उन्होंने जाने से पहले मेरी माँ को इस कोण से अचंभित कर दिया था दस साल के बीच पूरी दुनिया में प्रलय आने वाली है। माँ इस बात का ध्यान रखे प्रलय

का कहर टालने वाला एक यही ईसा मसीह होगा।

उन दिनों मेरी उम्र चार साल की रही होगी। मैं घर पर ही था। उन्हें आते देखने पर मेरी माँ ने मुझे घर के भीतर जा छिपने के लिए कहा था। उनके जाने के बाद ही मैं घर से निकल कर माँ के पास आया था। जानना तो मुझे अपनी माँ से बहुत था वे क्यों आए थे और आए तो क्या कह कर गये।

आज इस उम्र में मैं उन लोगों के हाथों की पुस्तकों और हमारे घर आने की पद ध्वनि को भूल गया हूँ, लेकिन उनके गले से लेकर नीचे पाँवों तक के उजले कपड़ों को मैं भूल नहीं पाया हूँ। उन दिनों मुझे उसमें आनन्द और आश्चर्य की प्रतीति हुई हो, लेकिन आज तक जो मुझ में अविचल जिंदा है वह है उनके अपने 'धर्म की सत्ता' जो उनके विश्वास में इतना एक मेक था कि उन्हें लगता हो उसे सर्व व्यापी न बनाएँ तो उन्हें नर्क भोगी होना पड़े।

यह सही हो सकता है कोई अपने धर्म पर अखंड विश्वासी होकर अपना सर्वस्व उस पर न्योछावर कर दे, लेकिन जैसा कि मैंने कहा प्रश्न यह भी तो है जिस पर अपना यह विश्वास थोपने की शक्ति दिखायी जा रही हो वह भी तो अपने जन्म से एक विश्वास में आबद्ध चला आ रहा है। मेरे पिता ने मेरी माँ से जो सुना था भगवानी मामला होने से आज मुझे लगता है दोनों के लिए वह अपनी आस्था-कथा होने के साथ अपनी व्यथा-कथा भी थी। यह जो ईश्वरीय सत्ता की मैं बात कर रहा हूँ अपने संस्कार और संस्कृति के बल पर ठीक यही ईश्वरीय सत्ता मेरे पिता के घर से लेकर सभी भारतीय मन के लोगों में अविच्छिन्न रूप से कायम थी।

आपके प्रश्न में है "स्वतंत्रता के बाद के मेरे प्रकाशित उपन्यासों में राजनीतिक मूल्यहीनता के विविध संदर्भों का उल्लेख मिलता है"। इसका उत्तर मैं विनम्रतापूर्वक इस रूप में दे रहा हूँ मेरे उपन्यासों का प्रकाशन काल स्वातंत्र्योत्तर है। मैंने अपने इसी काल के उपन्यासों में इस बात का खंडन किया है कि जिन सपनों से स्वतंत्रता का प्रतिमान था वे सपने बहुत हद तक लजाये से रह गये थे। स्वतंत्रता प्राप्ति के बाद मेरे उपन्यास छपने शुरू हुए इसी काल केअंतर्गत मेरे छ: खंडीय 'पथरीला सोना' उपन्यास के जन्म का आकार प्रकार है। हाँ कथा तो स्वतंत्रता पूर्व की है जो मेरे स्वयं के अनजाने में इस बात का बीजारोपण था कि एक दिन आएगा जब लोग संपूर्ण क्रांति के लिए सजग होंगे और स्वतंत्रता की मांग की आवाज हमारे देश की धरती पर व्यापक रूप से गूँज रही होगी।

मॉरीशस में आम जन जीवन, जिसे हम ग्रामीण जीवन और इससे भी अनपढ़ जीवन कहेंगे इस जन जीवन में स्वतंत्रता-काल तक साक्षरता ज्यादा विकसित हुई नहीं थी। बेंक या कहीं भी कागजाती मामला हो अंगूठा लगाने के लिए व्यवस्था हुआ करती थी। अंगूठा लगा कर बाहर निकलें तो रगड़ कर अपने अंगूठे का रंग छुड़ा रहे हों। आज मॉरीशस में शिक्षा को जिस तरह से व्यवस्थित कर दिया गया है

आगामी दस साल के बीच अंगूठा लगाने वाला एक भी नहीं रहेगा। बल्कि अभी ही अंगूठे की वह संस्कृति लुप्त हो गयी है।

मेरे उपन्यासों में मूल्यहीनता की जो बात आयी है जाहिर है स्वतंत्रता प्राप्ति के बाद इन उपन्यासों में शरीर से अंग्रेजों की कोई दखल नहीं। जो दखल है वह अपने ही देश में जन्म लेकर सत्तासीन हुए लोगों के साथ आम लोगों का सरोकार है। अंग्रेजों के जमाने में फ्रांसीसी मूल के जमींदार हुए जिन्होंने शारीरिक शोषण बहुत किया। उस तरह का शोषण अब इस जमीन पर तो असंभव है। पर शोषण जो अपनों से है वह बिन मार के बहुत ही चुपके चुपके चलायमान है। उधर फ्रांसीसी मूल के गोरों ने जमीन, टूरिस्ट होटल, अनंत पैसों के कारोबार वगैरह की अपनी सत्ता कायम कर रखी है। इन सब के बीच आम आदमी तो है जो अपनी जद्दोजहद में पड़ कर अपना जीवन चला रहा है। एक बात सरेआम है जनता का विकास 'एक प्रतिशत' हो तो पैसे वालों का विकास 'दस प्रतिशत' से हो जाता है। सोचने की बात तो है सम्पन्नता इतनी रफ्तार से आगे बढ़े और गरीब का विकास चींटी के मानिंद धीमी चाल से हो तो दोनों के बीच दरार कितनी विस्तार लिये होगी। मॉरीशस में गरीब से गरीब आदमी का पेट भर जाता है इसलिए गरीबी ज्यादा पारदर्शी नहीं होती। यह तो सूक्ष्म मार है जिसका विस्फोट अभी तो न होगा, लेकिन होगा नहीं ऐसा नहीं कहा जा सकता।

यह तो मैंने पैसे में अंतर की बात की, लेकिन पैसा ही जीवन के लिए सब कुछ नहीं होता। जीवन के व्यापार के और भी तमाम साधन होते हैं। मॉरीशस एक ऐसा देश है जहाँ बहु भाषाओं, बहु जातियों और बहु मान्यताओं का मानो एक बाजार सजा हुआ है। अपने-अपने माल की फ्रिक सबको है, लेकिन फिलहाल प्रकट रूप से टकराव का कोई जलजला हमें आतंकित नहीं कर रहा है। यह हमारे लिए अनदेखी धरोहर है जिसे हम न देख कर भी देखने का सुख तो अवश्य ही अनुभव कर रहे हैं।

आपने व्यंग्य विधा में भी कलम चलाई है और 'कलजुगी करम धरम, चेहरों के झमेले, पापी स्वर्ग, बंदे आगे भी देख, कपड़ा जब उतरता है' आदि व्यंग्य संग्रहों में समाज में व्याप्त विविध विद्रूपताओं को सामने लाने का प्रयास किया है। आपकी रचनाओं के पाठक भारत में अधिक हैं, क्या इस स्थिति में आप अपनी बात मॉरीशस समाज या उत्तरदायी व्यवस्था तक पहुँचाने में सफल हो सके है?

रामदेव धुरंधर : आपने सही कहा मैंने व्यंग्य विधा में कलम चलायी है और इस संदर्भ की मेरी चार कृतियाँ प्रकाशित हुई हैं। व्यंग्य विधा में लिखी मेरी और रचनाएँ हैं जिन्हें प्रकाशित करवाने की प्रक्रिया जारी है। 'पथरीला सोना' उपन्यास का षष्ट

खंड जो पाँच सौ पन्नों का एक संपूर्ण खंडीय उपन्यास है उसे मैंने व्यंग्य से ही शुरू किया है। लोगों का ध्यान अब तक इस खंड में शायद गहराई से गया नहीं है। इसकी जाँच पड़ताल हो तो मुझे लगता है इसे व्यंग्य की श्रेणी में रखना लोगों को जायज लगेगा। लयात्मक वर्णन और शब्दों की वक्रता से जिस तरह मैंने इस उपन्यास को आगे बढ़ाया है व्यंग्य की परिभाषा से मेरे लिए वह बहुत ही संतोषजनक है।

मैंने जितने व्यंग्य लिखे हैं उनके कथ्य चाहे मुझे अपने देश से मिले हैं, लेकिन विश्व की समस्याएँ उन में बोलती अवश्य हैं। मेरे लेखन का दायरा ही ऐसा होता है अपने देश की घटनाओं पर लिखूँ तो उसमें विश्व आ जाए और विश्व को लिखूँ तो उसमें मेरे देश को उपस्थित रहना हो। अब जैसे कि ड्रग्स की समस्या है क्या इसे मात्र एक देश से जोड़ कर देखा जा सकता है। भूख, मानवी जिजीविषा, हृदय शून्यता, रोग शोक, असंतोष, शोषण, उत्पीड़न कहाँ नहीं होते। मैंने अपनी व्यंग्य रचनाओं में यही तो लिखा है। आप कह रहे हैं मेरे पढ़ने वाले भारत में अधिक होते हैं जो कि सत्य ही है। अभी पिछले दिनों मैं भारत में था तो मेरी व्यंग्य रचनाओं पर एक गोष्ठी रखी गयी थी। मुझे आश्चर्य हुआ था बीस साल पहले प्रकाशित मेरी व्यंग्य रचनाओं के बारे में आज के विद्यार्थी प्रश्न कर रहे थे। मुझे लगा था अब से अपनी व्यंग्य रचनाओं के प्रति मुझे अपने को सजग और मुखर बनाये रखना होगा।

पथरीला सोना उपन्यास, कहानियों और लघुकथाओं में अधिक समय लगाने से मेरे साथ ऐसा हुआ है कि बहुत हद तक व्यंग्य मुझसे छूटता चला गया है। बात ऐसी है मैंने विशेष कर पथरीला सोना उपन्यास लिखने की प्रक्रिया में अपने को संवेदना में ढाल दिया था। यह पथरीला सोना के लिए जरूरी था, तब तो मुझे उसे बहुत गहराई से थामना ही पड़ता। व्यंग्य ऐसी परिस्थियों से परे होता है अर्थात संवेदना को मार सकें और बुद्धि बल से नग्न क्रूरता की मिसाल कायम कर सकें व्यंग्य वहाँ अपना चरम प्राप्त करता है। 'राग दरबारी' को इसीलिए व्यंग्य में मील का पत्थर माना जाता है। संवेदना पर बात उतरने ही वाली हो कि श्रीलाल शुक्ल जी उसे क्रूर सत्य पर उतार देते हैं। श्रीलाल शुक्ल जी हों या कोई और व्यंग्य लेखक व्यंग्य रचना के अनुरूप उन्हें लगता होगा कि वे स्वयं चिड़चिड़े और क्रूर मिजाज के हो रहे हैं। यह उनके लिए ठीक ही साबित होता होगा तभी तो बिना किसी दया माया के लिखते जाने के लिए उनके हाथ निर्बाध होते चले जाते हैं। संवेदना का लेखक हो तो मुर्दे को देखने पर उसके मन में भाव बनेंगे अपने विशाल परिवार को छोड़ कर उसे जाना पड़ रहा है। व्यंग्य का लेखक इसी को लिखेगा उसका परिवार कह रहा है ठीक है चला गया अन्यथा रहने से वह पाप को ही गींजता और पाप ही अपने परिवार को परोसता। इसका नमूना बाहर में देखने को भी मिलेगा। लोग मृतक के नाम पर खुशियाँ मना रहे होंगे मानो उसके जाने से सब की दिवाली आयी हो।

पहले हास्य और व्यंग्य में एक बड़ी कशमकश मची रहती थी। लेखक

व्यंग्य लिखते थे तो किसी न किसी रूप में वे उस पर हास्य का मुलम्मा चढ़ाने की कोशिश में पड़ जाते थे। आज ऐसा नहीं कि व्यंग्य ने हास्य से अपने को मुक्त कर लिया हो। बल्कि हुआ ऐसा है व्यंग्य और निर्मम हो गया है और हास्य ने सीधे मुँह हँसने की अपेक्षा मुँह टेढ़ा करके हँसने का अपना रूतबा घोषित कर लिया है। मानना होगा इससे व्यंग्य को जबरदस्त पुष्टि मिली है।

व्यंग्य के संदर्भ में मेरी साहित्यिक उपलब्धि यह है कि अपने देश का शायद अपने वक्त का मैं एकाकी व्यंग्य लेखक हूँ जिसने इतने सारे व्यंग्य लिखे हैं। अच्छा हुआ था कि व्यंग्य पढ़ते पढ़ते मेरे दिमाग में आया था है तो कसैली चीज, तो क्यों न इसमें थोड़ा हाथ पाँव मारूँ। व्यंग्य तो मैं भारत का लिखा पढ़ता था और उसी परिप्रेक्ष्य में समझने की कोशिश करता था। मैं उपन्यास अथवा कहानी लिखता हूँ तो मुझे लगता है संवेदनावश मेरे कंधे बहुत झुके होते हैं। व्यंग्य ने कंधे के मेरे इस धरातल को तोड़ा। मेरा कंधा अब तन रहा था क्योंकि मानो व्यंग्य के वज्रघात से मेरा पाला पड़ने वाला था। यहीं मुझे अनुभव हुआ व्यंग्य लिखने के लिए समाज के गरल में डुबकी लगाना पड़ता है, लेकिन उससे स्वयं मरते नहीं बल्कि नीचता करने वालों को चीर फाड़ की स्थिति में ले जाते हैं। कबीर को इसी बात पर व्यंग्य का मसीहा कहा गया। मेरे देश में तुलसी और कबीर की तुलना बहुत की जाती थी। लोग कहते थे तुलसी ने लोगों को बहुत विनम्र बनाया। मैंने अपने देश में सुना है लोग कहते थे कबीर ने चिलम के धुएँ से शत्रु की धोती में आग लगाना सिखाया है। मैंने अपने देश के इस तथाकथित कबीरवाद के बहुत ही करीब से गुजर कर न जाने कितनी व्यंग्य रचनाओं का कथ्य पाया है। सच यह है मैंने व्यंग्य जब तक लिखा नहीं था मुझे पता नहीं था व्यंग्य के लिए मेरे देश में तो एक संसार लहलहा रहा है किसी भी कोण से इतने सारे कथ्य मुझे प्राप्त होते जाएँगे। यह मुझे गरीब के घर से अधिक नहीं जोड़ता क्योंकि वहाँ गरीबीवश चूल्हे अधिकाधिक ठंडे ही रहते हैं। व्यंग्य मुझे वहाँ मिलते आग की तपिश से गोश्त इतना पक गया है कि वह गल कर वीभत्स हो रहा है, लेकिन उसे खाने वाले आदमखोर तो पाये ही जाते हैं। मैं जिस समाज से हूँ इसमें मंदिर है, हिन्दूमना सामाजिकता है, पूजा पाठ से लेकर रीत रिवाज के और भी न जाने कितने स्त्रोत हैं। मैं इसके पवित्र पक्ष का कायल तो हूँ, लेकिन इसकी विद्रूपता मुझसे अनदेखी हो नहीं पाती है। इसे विद्रूप बनाने में मैं उनके हाथ देखता हूँ जो अपने को इसके रक्षक कहते हैं। वास्तव में वहाँ की जो स्वर्णिमता है उस पर इन की नजर गिद्ध की नजर बन कर टिकी रहती है। ये नोच खाएँगे फिर भी आत्म प्रचार में कहेंगे रक्षा इनका आदर्श है। मैंने अपने देश में देखा है धर्म के नाम पर लोगों ने पैसा माँगा है, लेकिन उस पैसे से अपने लिए शराब की दूकान खोल ली है। इन से शायद वही होना छूट गया है जिसके लिए वक्त आ भी सकता है किसी गरीब लड़की की शादी के लिए लोगों से पैसा माँगें और इन के मन में हो उस लड़की को कोठे

में बिठाने का अपना उद्देश्य पूरा हो जाने वाला है। कैसे पच जाते हैं लोगों को इतने सारे पाप, इतने सारे कुकर्म। आज मेरे देश में पंडित मुर्दा जलाये तो उसमें इतना तब होता है मृतक के गरीब परिवार से पाँच सौ रूपए की बजाय हजार माँगे और वह उसे मिलना चाहिए। बात यह है इन्होंने ही गरीब के मन में टाँक रखा है लेने वाले हमीं हैं और देने वाले तुम ही हो। देने में चूको तो शाप से नरकवासी बनने के लिए तैयार रहो। यह सब देख कर और इस तरह की लीलाओं की गलियों से गुजरने पर मेरी आत्मा बार बार कचोट अनुभव करती है। मेरा समाज इस तरह के गलीजपन से खड़ा हुआ नहीं है। यह समाज तो ठोस धार्मिक इरादे से ही निर्मित हुआ है, लेकिन अब के युग में गलत हाथ उगते चले जा रहे हैं जो समाज की मजबूत भित्तियों को चरमराने की स्थिति में पहुँचा रहे हैं। गरीब जनता हाय में पड़ कर यह सब देख रही है। जलजला कभी आए तो वह न जाने कैसा होगा।

बेशक, राजनीति से भी मेरे देश का एक वर्तमान है। विशेष कर चुनाव के दिन आएँ तो तब यहाँ राजनीति का सही धमाका देखने को मिलता है। राजनेता घर घर खुशहाली का चिराग जलाने का संकल्प करते नजर आते हैं। झूठे भाषणों से मुँह में कीड़े पड़ना ईश्वरीय विधान होता तो अब तक इस परिभाषा के न जाने कितने विप्लव आ चुके होते। भगवान होता हो तो अवश्य उसने रस्सी ढीली छोड़ रखी है इसीलिए बेमौसम और बेवजह मानो कुकुरमुत्ते यहाँ वहाँ पनपने के अवसर पा लेते हैं।

मॉरीशस मेरी जन्मभूमि होने से मैं बहुत कुछ देखता आया हूँ। अपने देश के बारे में व्यंग्य लिखने से मेरी एक आश्वस्ति यह है सड़े हुए तालाब में पत्थर फेंक तो रहा हूँ। कमल न खिले न सही, पत्थर होने से उस का वजूद अक्षुण्ण तो रहेगा।

मॉरीशस हिंदी साहित्य में काव्य विधा समृद्ध है तभी तो डॉ भगवत शरण उपाध्याय कहते हैं—"मॉरीशस के प्रवासी कवियों में मातृ देश के प्रति घनी श्रद्धा प्रकट है। हिंदी और हिन्दुस्तान के सम्बन्ध में भी भावुक कविताओं का सृजन हुआ है, जिसकी ओर हिंदी प्रेमियों का ध्यान आकृष्ठ हुए बिना नहीं रह सकेगा।" आपने साहित्य की सभी विधाओं में लेखनी चलाई है पर क्या कारण है कि आप कविता विधा से दूरी बनाए हुए हैं।

रामदेव धुरंधर : 'सुबह' शीर्षक से मेरी एक गद्य-क्षणिका है जो इस तरह से है—'सुबह'।

सुबह वह पुल से पार होकर जंगल के उस कोने में गया। उसे मानव संहारक बीज बोने थे। वहाँ की धरती अभी ही जग कर अंगड़ाई ले रही थी। साँप धरती के आँगन में खेल रहे थे और शेर धरती की गोद में बैठ कर प्यारे मासूम जानवरों से खेल

खेल में अपने दाँत गिनवा रहे थे। पक्षी हवा में अपने पंखों से डोल रहे थे। नदियाँ गा रही थीं और पर्वत झूम रहे थे। सुबह जगी हुई धरती के लिए उन सब का यह वंदन था। तब तो वह आदमी बहुत गलत समय में मानव संहारक बीज बोने आया। हवा उसे लील गई और शेर अपना पेट भरा होने से डकार ले रहे थे।

इस गद्य-क्षणिका को मैं आधुनिक कविता में परिवर्तित करने की कोशिश [शायद दृष्टता भी] कर रहा हूँ।

सुबह वह पुल से पार होकर
गया जंगल के उस कोने में
मानव संहारक बीज बोने थे उसे
वहाँ की धरती
अभी ही
जग कर
ले रही थी अंगड़ाई
साँप धरती के आँगन में खेल रहे थे
और
शेर बैठ कर धरती की गोद में
प्यारे मासूम जानवरों से
खेल खेल में गिनवा रहे थे
अपने दाँत
पक्षी हवा में
डोल रहे थे
अपने पंखों से
गा रही थीं नदियाँ
और
झूम रहे थे पर्वत
सुबह जगी हुई धरती के लिए
उन सब का वंदन था यह
तब तो आदमी वह
बहुत गलत समय में
आया था मानव संहारक
बीज बोने
हवा लील गई उसे
और शेर

अपना पेट भरा होने से
ले रहे थे डकार

मेरा अपना 'गद्य' होने से मैं इसे 'गद्य' के रूप में ही संजो कर रखूँगा, लेकिन आपके प्रश्न का उत्तर करने के लिए मैंने गद्य वाक्यों को तोड़ कर इस तरह से चालाकी कर ली और मुझे लग रहा है आज की कविता तो कमोबेश इसी तरह से होती है।

'गरीब को देखने पर मेरा हृदय द्रवीभूत हो उठा' इस गद्य को कविता की शक्ल में ढालने से मुझे कौन रोक सकता है, यथा—

देखने
पर
गरीब
को
हृदय
मेरा
हो
उठा
द्रवीभूत

मैं अपनी बात कर रहा हूँ और मेरे कहने में यह बलबस्ती आ जाना चाहता है आज की कविताएँ प्राय: गद्य के ही दूसरे रूप हैं। छंद मुक्त कविता का यह एक लाभ है जिसे कोई छोड़ना नहीं चाहता। पर छंद मुक्त कविता की अपनी छवि तो है। यदि बीस लोगों ने आधुनिक कविता को खेल बना कर रख दिया है तो दस लोग तो हुए जिन्होंने आधुनिक कविता को बड़े प्यार से सँवारा है। जिसने वाकई आधुनिक छंद मुक्त कविता को सँवारा है उनके शब्द शब्द कविता की आत्मा रखते हैं। उन्हें पढ़ने से आनन्द आता है, शिक्षा वरण होती है और कहने के लिए ओठों पर चढ़ जाता है कुछ तो पढ़ा। मैं कविताएँ खूब पढ़ता हूँ। निकृष्ट कविता पढ़ने के लिए मिल ही जाती है तो नाक दबा कर पढ़ लेता हूँ, लेकिन जो मन में उतरने लायक और शाश्वत सा मूल्य रखने वाली कविता होती है मैं अपने दिल से जानता हूँ ऐसी कविता मेरे ज्ञान की खुराक जैसी होती है। बल्कि मुझे ईर्ष्या सी होती है मैं क्यों न ऐसी कविता के लिए अपनी लेखकीय क्षमता को माप पाता हूँ। पर यह जो मैं कह रहा हूँ अच्छी कविताओं के लिए यह मेरा आदर और सम्मान है, लेकिन मुझे कवि बनना नहीं है। मैंने गद्य से लिखना इसलिए शुरू किया था क्योंकि मुझे कहानियाँ लिखने का शौक हुआ करता था। नित्य मेरे भीतर कहानी का कथ्य जन्म लेता था और मैं उसे लिखने के लिए अपने को तत्पर पाने लगता था। मेरे छुटपन में मेरे पिता ने मेरे लिए स्याही वाली लेखनी खरीद दी थी और मैं अपने घर के द्वार से लगे हुए आम के पेड़ के नीचे चटाई पर बैठ कर अपनी बचपनी सूझ-बूझ से कहानियाँ लिखता था। वह राजा

रानी की कहानी, प्यार की कहानी, त्याग तपस्या की कहानियाँ तो अवश्य ही हुआ करती थीं। पर मेरा बचपन तो खूब अस्त व्यस्त हुआ करता था। अपने पास चटाई पर रखी हुई स्याही का ढक्कन बंद करना मुझसे अकसर छूटता था। स्याही चटाई पर गिर कर पुत जाती थी। तब तो पिता की डाँट कहानी लेखन के मेरे भूत अथवा देवता को हमारे आँगन से बहुत दूर भगा देती थी। पर वे लौटते भी थे, क्योंकि मेरी पुकार से उन्हें पिघलना ही पड़ता था।

मैंने कहानियाँ लिखीं तो वे उपन्यास तक पहुँच गयीं। मैं कवि होता तो शायद महाकाव्य तक के लिए मेरी दौड़ हो सकती थी, लेकिन मेरी पेचीदगी यह होती कविता की शुरुआत तो मुझसे होती ही नहीं। मैं आज पीछे पलट कर अपने लेखन की परिभाषा पर गौर करता हूँ तो मुझे लगता है गद्य ने मुझे अपने सीने से बहुत कस रखा था। मैंने अपने आत्मकथ्य में लिखा है लेखन के लिए फ्रेंच और अंग्रेजी में मैं जा न सका था तो इसलिए कि हिंदी ने मुझे चुरा लिया था। कौन जाने गद्य की भी मेरे प्रति यही साजिश हो। पर साजिश ही हुई तो मेरे मन से हुई। मैंने गद्य को थाम ही लिया या उसने स्वयं मुझे जकड़ लिया मेरे लिए ये दोनों पर्यायवाची हैं।

मेरे देश में बहुत से कवि हैं। इन्हें कवि सम्मेलनों में कविता सुनाने के लिए बुलाया जाता है और मैं ज्यादा से ज्यादा कभी कभार श्रोता के रूप में अपनी उपस्थिति दे मारता हूँ। कविता को खुश करना न सही, लेकिन कवि मित्रों को खुश करने की यह मेरी सद्भावना अवश्य होती है। अब मैं देखता हूँ गद्य ने मुझे देश विदेश के सम्मानों से मेरी एक खास दुनिया बना दी है। कोई नहीं कहता कविता लाओ तो तुम्हें सम्मान का अधिकारी मानेंगे। अब तो गद्यात्मक उपन्यास, कहानी, व्यंग्य वगैरह मेरी पहचान के लिए आगे आगे चलते हैं और मैं पीछे चलते उनसे पूछता हूँ मुझे लिये कहाँ चले जा रहे हो। वे बताते हैं मुझे कहाँ ले जा रहे हैं। वह समुंदर पार भारत होता है जहाँ मैं सम्मान स्वरूप अपने गद्य की फसलें काटने पहुँच जाता हूँ। एक बात मेरे साहित्यिक जीवन में शान से टँकी होती है गद्य की मैंने पूजा की और उसने वरदान स्वरूप मुझे अभयदान दिया छः खंडीय 'पथरीला सोना' उपन्यास लिखना शुरू करो उसमें सफलता की मुहर लगाने स्वयं शारदा देवी आएगी। यह मेरी भावुकता का स्वर नहीं है, बल्कि यह तो मेरे अपने गद्य लेखन का स्वाभिमान है।

माना जाता है कि बाल साहित्य समाज के बालकों के चरित्र निर्माण में सहायक होता है साथ ही उनमें सृजन का बीजारोपण होता है। आपने महात्मा गाँधी संस्थान में कार्य करते हुए 'रिमझिम' बाल पत्रिका की नींव रखी और सफल भी हुए। आपका रचनाकर्म बाल साहित्य के कितने करीब है और कुछ दूरी है तो इसका कारण क्या है?

रामदेव धुरंधर : बाल साहित्य पर आपने अच्छा मुद्दा उठाया। बालक ही तो कालांतर में बड़े होने पर समाज के दृढ़ स्तंभ जैसे होते हैं। बच्चे अच्छे भी बनते हैं और खराबियों में भी अपने हाथ सेंकते हैं। यह समाज का घातक पक्ष होता है इसलिए परिमार्जन की आवश्यकता यहाँ ज्यादा पड़ती है। बालक प्रह्लाद जैसा बन जाए तो कहानी ही खत्म। पर कहानी वहाँ शुरू होती है जब बालक में दुर्योधन जैसे विकार समाते गये हों। लेखक इस मुद्दे पर अधिक गंभीर पाये जाते हैं जो यह दर्शाता है लेखक बालक को समाज से जोड़ कर अपनी बात सामने रख रहा है। आधुनिक संदर्भ में शायद एक राम सब का घर उजाला न कर सके, लेकिन एक रावण सब के घरों की चूलें हिला सकता है। एक बालक घायल चिड़िया को पानी पिला तक जीवितावस्था में लाने की कोशिश कर रहा हो तो भावना इस तरह से बन सकती है समाज के कोमल फूल अभी मुरझाये नहीं हैं। यहाँ हृदय इस तरह से गदगद हो सकता है कि आगे के लिए हृदय में आशंका अथवा दुश्चिंता के लिए जगह शेष न बचे। पर एक बालक किसी की जेब का पैसा पाने के लिए उसकी आँखों में तेजाब फेंक कर उसे अंधा करे तो यहाँ वर्तमान के कलंक तो मन को मथेंगे ही, भविष्य तक भी ध्यान जा सकता है। ऐसी परिस्थिति में किसी का भी प्रश्न इस रूप में मानो सिर पटक कर उत्तर की आकांक्षा कर रहा हो कि कोई तो बताये जो भविष्य धरती की गोद में अवतरित होने वाला है क्या उसे सुरक्षित माना जा सकता है?

बाल साहित्य इसी कोण से उपयोगी होता है अर्थात बेहतर भविष्य की बुनियाद बच्चों से ही संभव हो सकती है तो उसके बचपनी मन में यह संस्कार टाँका जाए कि भविष्य तुम्हें अच्छाई में पाने के लिए तुम्हारा रास्ता तकने वाला है। बाल साहित्य का निर्माण इसी उद्देश्य से होता आया है और इसका समुचित स्वागत हुआ है। आज के दिनों में एक बात तो हमें माननी पड़ेगी हम उम्रदाँ लोगों ने जिस बाल साहित्य से अपना सामंजस्य बना रखा था उसके दिन अब लद गये हैं। आधुनिक वैज्ञानिक उपकरणों ने बाल मन में खेल और मनोरंजन का सैलाब मढ़ रखा है और बच्चे अपने को इसमें मद मस्त पा रहे हैं। पैसे की दृष्टि से ऐसा मनोरंजन बहुत महँगा पड़ रहा है। पर गरीब बच्चे भी इससे मुक्त नहीं हैं। वे मुक्त हो भी नहीं सकते क्योंकि पैसे की फसल काटने वाले लोग लुभाने की गजब की शक्ति रखते हैं।

हमारे जमाने में तो बस आदर्श बच्चों में ही बाल साहित्य को विराम लग जाता था। बच्चे आदर्श कैसे बनें इस के तमाम नुस्खे होते थे। बच्चों को पढ़ाया जाता था कि बुराई करो तो बाज़ उड़ते आएँगे और तुम्हारे कान काट कर अपने पंजों में दबाये आकाश में उड़ जाएँगे। बहुत अंशों में वह डर का बाल साहित्य होता था। हमारी मान्यता में यह बहुत घुला मिला रहता था कि बच्चे आतंकित हों तभी सद्भावना का उनमें उदय होगा। ऐसा भी होता था माँ बालक को डरावनी कहानी सुनाते हुए

थपकियाँ देकर सुलाती थीं। बच्चे के मन में तब यह ठोस हो चुका होता था कि नींद ही अपने कल्याण का मार्ग है। नींद न आए या स्वयं नींद से बगावत करें तो निश्चित ही आकाश मार्ग से बाज आएँगे और कान काट ले जाएँगे।

बेशक, ऐसी कहानियाँ तो हजारों-लाखों लिखी और बच्चों को सुनायी गयी हैं जिन में आदर्श बच्चों के होनहार करिश्मे दर्ज हैं। उन कहानियों का मतलब है हमारे अपने बच्चे भी उन कहानियों के प्रभाव में आकर उस तरह के सपनों में जीना सीखें। बल्कि सपना ही अंतिम न होकर उससे आगे अपने बच्चों का जीवन स्वयं वैसा बन जाए। धनवान अपने बच्चे को हवाई जहाज में सफर करता हुआ देखना चाहेगा। पर गरीब पिता जिसने हवाई जहाज के भीतर का नाक नक्श न जाना हो वह अपनी कल्पना से आकाश में पहुँच जाता है। आकाश के आँगन में उसे बालक खेलते हुए दिखाई देते हैं और वह उन बच्चों में अपने बच्चे की उपस्थिति मान कर अपने को खुश और संतुष्ट मानता है। इसमें अतिशयोक्ति नहीं, अपितु यह बच्चों की दुनिया की सच्ची कहानी है।

अपनी इन सारी बातों के साथ अपने मॉरीशस के हिंदी बाल साहित्य को मिला कर मैं सोच रहा हूँ क्या इसकी भरपाई हमारे यहाँ हो रही है? कुल बात यह है जब हिंदी लेखन के अभाव का दौर यहाँ चल रहा है तो बाल साहित्य की कल्पना कहाँ तक की जा सकती है। बाल साहित्य का इधर के दिनों में मेरा अध्ययन बिल्कुल नहीं है। मैं चौदह साल पहले अर्थात महात्मा गांधी संस्थान के अपने कार्य काल में बाल साहित्य से जुड़े अपने अनुभव पर कुछ कहना चाहता हूँ। प्रश्न है भी यही कि महात्मा गांधी संस्थान में कार्य करते हुए मैंने 'रिमझिम' बाल पत्रिका की नींव रखी और सफल भी हुआ। मैं मानता हूँ मैं सफल हुआ, लेकिन वह मेरे अकेले की सफलता नहीं थी। पत्रिका तो महात्मा गांधी संस्थान की थी और हम रिमझिम पत्रिका से संबद्ध बुद्धिजीवी थे। संस्थान की बुनियादी आशंका थी सरकार के विरुद्ध कुछ छप जाए तो हलचल मच जाएगी। अब हम ठहरे कविता, कहानी और उपन्यास के रचनाकार। हमारा अपना मन सामाजिक विडंबनाओं और सरकार के प्रति आक्रोश से खलबलाये रहता था। पर महात्मा गांधी संस्थान के कर्मचारी होने से हमें समझौता तो करना पड़ता और वह हम करते भी थे। 'रिमझिम' पत्रिका के बारे में मैंने बार बार कहा है यह मेरा दिया हुआ नाम था। नाम मेरा तो मेरी कल्पना भी ऐसी होती थी रिमझिम फुहारों जैसी रिमझिम पत्रिका का अक्स हो और उसमें बाल स्वभाव की मधुर रचनाओं का प्रकाशन हो। मेरी इस भावना की पूर्ति तो मेरे देश के लेखक ही करते। बड़े ही निवेदन से सूचना प्रसारित की जाती थी रिमझिम के लिए रचना भेजें। रिमझिम त्रैमासिक पत्रिका थी। एक साल में चार अंक निकलते थे, लेकिन बाल कहानियाँ तो हमें एक साल में बहुत ही न्यून मात्रा में प्राप्त होती थीं। रचनाएँ अजीब भी होती थीं जैसे कि चुन्नू मुन्नू अनाड़ी, खेल खेल बचवा, पढ़ पढ़ बचुआ वगैरह

वगैरह। मैं यहाँ अपने देश के किसी बाल रचना के लेखक का नाम नहीं लेना चाहता। उनके यश को इस सोच से दबाये रख लेता हूँ, क्योंकि उनके अपयश का पर्दफाश हो तो उनका यश स्वयं कहीं मुँह छिपाने के काबिल न रह पाए। मैं हट्टे कट्टे मर्द को बाल कहानी के साथ अपने दफ्तर में हाजिर पाता था। पर ऐसे मर्द की बाल कहानी बकरी जैसी मेमियाहट लिये हुई हो तो सही मायने में देश के बाल साहित्य का जन्म जहाँ हो रहा हो उसका अंत भी एकदम वहीं उसका इन्तजार कर रहा हो। महिलाओं ने बाल कहानियाँ लिखीं। मुझे याद है एक आधुनिक सुन्दर महिला बाल कहानी लेकर आयी थी। कहानी का भाव था माँ कचर कचर कपड़ा धोए। बबुआ के मुँह में दूध भात हुड़ूक। रिमझिम पत्रिका से मुझे एक दृष्टि मिली थी। लोगों को बाल कहानी लिखने के लिए कहा जाए तो उनकी पृष्ठभूमि यही होती थी।

'रिमझिम' पत्रिका निकालना तो महात्मा गांधी संस्थान की मजबूरी के तहत था। 'वसंत' पत्रिका का प्रकाशन भी तब से लेकर अब तक मजबूरी की ही परिणति है। भारत सरकार ने महात्मा गांधी संस्थान बनाने में पैसे से लेकर तमाम सहयोग का ज्ञापन किया था। बस भारत सरकार को बताना था आपकी प्यारी मधुर एवं भारतीय जन जन की भाषा माँ हिंदी के प्रति हम अपने मॉरीशस में कितना अपनापन रखते हैं। इसी ढर्रे पर इन दो पत्रिकाओं का प्रकाशन शुरू हुआ था और उस का यही ढुल मुल संस्कार रह गया। [ध्यातव्य रहे वसंत का पहला अंक शायद 1975 में निकला था और अभी मैं 2020 में यह लिख रहा हूँ] अनत, नेमा और धुरंधर से शुरू हुई इन दो पत्रिकाओं का अपने समय में प्रकाशन तो हो गया। बाद में महात्मा गांधी के प्रकाशन विभाग में अच्छे भी आए, लेकिन मेरा रोना इस बात को लेकर है कि बुरे तो बहुत आए।बुरा कह रहा हूँ तो इसका एक उदाहरण भी देता हूँ। मैंने 'रिमझिम' नाम तो व्याकरण की दृष्टि से महात्मा गांधी संस्थान को ठीक ही दिया था। बीस तीस साल की हिंदी की अपनी डिग्री और मंत्री की सिफारिश पर जो महिला हिंदी प्रकाशन विभाग की हेड और संपादक बनी थी उसने रिमझिम को 'रीम झीम' लिख कर अपना हिंदी ज्ञान प्रमाणित किया था। इसमें झूठ नहीं है। उसकी हिंदी यही थी जैसे कि माहातमा, इन्द्रधनुष, बाल शाहित्य वगैरह।

रही मेरी बात, मैं बाल साहित्य के कितने करीब हूँ या दूर हूँ, यह मुझे बाल साहित्य के संदर्भ में अपना मंथन करने के लिए विवश कर रहा है। मेरा अपना मंथन त्वरित रूप से मुझसे कह रहा है बाल साहित्य को अनदेखा करना मेरा अपराध भी हो तो उस अपराध की सीमा रेखा को अब मैं पार कर नहीं सकता। मैंने अपने छुटपन से बहुत गरीबी देखी। किशोर और युवा उम्र के बीच दो चार फ्रांसीसी शक्कर प्रतिष्ठानों में मजदूर रहा। खून चूसने वाले अपने जैसे भारतीय मूल के जमींदारों के खेतों में भी मजदूरी की। आर्थिक विपन्नता ने तो मेरा बहुत पीछा किया। यह सब मेरे माथे में शोले ही भड़काते थे इसलिए लिखने की मेरी भाषा संभवत: रूखी हो गयी। पर

मैं समझता हूँ मेरी भाषा को तो यही होना चाहिए था। मेरा मन कहता है मेरी भाषा ऐसी है तभी हिंदी जगत में मुझे पहचाना जाता है। पर मेरे देश के बालक मुझे माफ करें, उनके लिए मेरे पास बस 'रिमझिम' पत्रिका का नाम था और रिमझिम फुहार जैसी संगीतमयी भाषा के लिए मेरी आत्मा में कोई खास पट खुल न पाने से बच्चों के लिए, मैं ज्यादा लिख न पाया।

धुरंधर जी आपने लंबी कथाओं का प्रणयन किया है, पर कुछ समय पूर्व मैंने आपकी लघुकथाओं के संग्रह दो खंडो में क्रय किए। मेरा मानना है कि अब तक तो आपने लगभग तीन हजार लघुकथाओं की रचना कर दी होगी और यह हिंदी साहित्य के लघुकथा लेखन में मिसाल होगी। आपका मन इस विधा के लेखन की ओर कैसे उन्मुख हुआ और लघुकथा लिखना कितना सरल है या कठिन?

रामदेव धुरंधर : मुझे लगता है आपके एक प्रश्न के उत्तर में मैंने कहा है लेखन के लिए गद्य मेरी मूल विधा है। अत: अपने उसी उत्तर की पुष्टि के लिए मैं फिर से कह रहा हूँ गद्य की तमाम विधाओं में मेरा ध्यान बंधा रहता है। यह मुझे अपने बंधन में बांधने के लिए गद्य की साजिश नहीं है। बल्कि यह तो गद्य पर मेरे अपने लेखकीय समर्पण की परिणति है। मैं गलत गद्य भी लिखूँ तो एक तो गद्य इस लिहाज से मुझे माफ कर देगा अपने ही घर का बेटा है, इसलिए अपना यह बेटा स्वागत का अधिकार तो रखता ही है। दूसरी महत्वपूर्ण बात यह है मेरी बहुत सारी उम्र लेने वाले गद्य ने बड़े प्यार से मुझे स्वीकार किया है। पर यह एकतरफा नहीं है। मेरा भी कुछ कहने का हक होता है। उस हक के भरोसे मैं गद्य से कहता हूँ मेरे प्रति तुम्हारा भी एक सम्मोह था। तुमने मुझे कहीं जाने नहीं दिया क्योंकि मेरे जाने से तुम्हें लगता तुम्हारे वटवृक्ष का एक पत्ता दरक गया। तुम्हारे अपने लाखों पत्तों में से एक दरके तो तुम्हें स्मरण रहता है। तुम्हारी इस भावना से मेरा सामंजस्य इस रूप में पैठता है कि मैं तुम्हारे वटवृक्ष का पत्ता भी हो जाऊँ तो टूटना मेरा दुर्भाग्य न बने, बल्कि तुम में विलयन का मुझे आत्म गौरव महसूस होगा।

मैं और मेरा एक मित्र हम दोनों ने साथ ही लेखन शुरू किया था। हम दोनों हमउम्र थे। जिन दिनों की बात मैं करने जा रहा हूँ उन दिनों हम बीस साल के थे। हम लिखते थे, लेकिन तब हमारा कहीं कुछ प्रकाशित हुआ नहीं था। पर लिखने से हम प्रकाशन के बड़े बड़े सपनों में जीते थे। मेरे उस मित्र ने एकदिन अचानक मुझसे कहा था उसने लेखन के लिए भारत से पत्राचार द्वारा प्रशिक्षण लिया है। बड़ी अजीब मित्रता थी। प्रशिक्षण पूरा हो जाने पर जब हवाई जहाज से सफलता का प्रमाण पत्र

उसे मिला था तब वह मुझसे कह रहा था। उसने अपनी बात की पुष्टि के लिए अपना प्रमाण पत्र मुझे दिखाया था। मैं सच कह रहा हूँ मैं अपने नाम से वैसे प्रमाण पत्र के लिए तरस कर रह गया था। यह भी सच कह रहा हूँ मुझे उस पर क्रोध नहीं आया था। पैसे का मामला होने से मुझे मानो क्रोध आना वर्जित था। उसने जितना खर्च मुझे बताया था निर्धनतावश मैं उतना खर्च कर नहीं पाता। निर्धनतावश एक कोण से मेरे क्रोध का समाधान तो हो गया था, लेकिन एक दूसरा कोण शेष तो रहता। उस कोण का एक बड़ा ही विकट प्रश्न था कि क्या मित्र ऐसा हो सकता है? पल भर के लिए मैं इस सोच से डिग गया था मित्र ने बड़े ही सुलझे हुए तरीके से छिपे-छिपे लेखन में मुझसे बाजी लगा ली और अब मैं उसकी बराबरी कर नहीं सकता।

पर कालांतर में लेखक तो मैं ही बना और मेरा मित्र कहता फिरता था लेखन की डिग्री की बदौलत एक दिन वह देश में छा जाने वाला है। इतना गरूर, इतनी बौराई। अब उसकी बात छोड़ता हूँ और अपनी बात पर आता हूँ। मैंने जनजीवन में रह कर और बहुत सारी पुस्तकें पढ़ कर लेखन सीखा। मैं आज भी शाम के वक्त घर से निकल कर लोगों के बीच जा मिलता हूँ। खूब कहकहे लगते हैं और दुनिया भर की बातें होती हैं। लेखक के नाते मुझे आश्चर्य होता है वे लोग अनपढ़ होकर इतना कुछ जानते हैं और उनके बीच मेरी स्थिति मूर्खता की होकर रह जाती है। पर मैं अपनी मूर्खता का संतोष तो करता हूँ। घर लौटता हूँ तो मेरी मूर्खता की झोली में अवश्य एक दो रचनाओं के कथ्य होते हैं।

भाषायी व्याकरण तो मुझे सीखना पड़ा बाकी जनजीवन और पुस्तकों से मानो टपक कर लेखन मेरी मुट्ठियों में उतरने लगा। लेखन का मतलब मेरे लिए बस यही था मुझे कहानी लेखन में मास्टर होना है। मैंने अपनी उम्र के लोगों को एक कालेज में मध्यमा, उत्तमा आदि कक्षाओं के लिए गुरु बनकर पढ़ाया है। विद्यार्थियों का गुरु होने से मेरा पाला पद्य से पड़ता था। तब तो डिंगल, पिंगल, अलंकार, छंद वगैरह मानो तोता रटन जैसे उन्माद से मेरे ज्ञान के हिस्से हो जाते थे। कविता मैंने नहीं लिखी, लेकिन कविता में 'चौपाई' होती है तो 'चौपई' भी होती है, कविता की यह गूढ़ता तो मानो मेरे ज्ञान के सरोवर में कमल बनकर खिली रहती थी। कहानी और उपन्यास पढ़ाना मेरे लिए कठिन तो न होता था, लेकिन कविता ने मानो मेरा बहुत दोहन किया है। प्रसाद और महादेवी की कविताएँ हों तो कैसे पसीना न छूटे। पर मैंने पढ़ाया तो सीखकर और आत्म विश्वास से।

आज मेरे देश में बहुत कवि हैं। कभी-कभी मेरे मन में आता है एक दो से पूछूँ डिंगल पिंगल तुमजानते हो? पर अपने इस प्रश्न को वाहियात भी मानता हूँ। लोग तो बिना लाइसेंस के ताउम्र मोटर चला लेते हैं। कविता किस खेत की मूली है।

दीपक जी, यह सही है मैंने लंबी कथाओं का प्रणयन किया है। संभवत: आपका इशारा मेरे उपन्यासों की ओर भी हो। पर ऐसा नहीं है कि मैंने लंबी रचनाओं

पर ध्यान दिया हो तो एक वही लेखन की मेरी कसौटी हो। मैंने शायद आपके ही एक प्रश्न के उत्तर में कहा है मैं महात्मा गांधी संस्थान में जब नौकरी करता था लंच के वक्त अपने स्वयं के वक्त में लघुकथा लेखन किया करता था। शायद अटक-अटक कर ही मैंने लघुकथा में ध्यान दिया हो, लेकिन बाद में उसके प्रति मेरा आत्म विश्वास प्रबल होता ही गया। आज चाहे मेरी लघुकथाओं को जैसे भी आँका जाए मैं स्वयं अपने अंकन से मानता हूँ मैंने लघुकथा में कुछ नाम तो कमाया है। इसमें कोई झूठ नहीं अब तक की मेरी लघुकथाओं की संख्या पाँच हजार के आस पास आकर ठहरी हुई है। यह सीमा रेखा नहीं है। मैं इस संख्या को बढ़ाकर स्वयं धन्य होना चाहता हूँ। मेरी आने वाली लघुकथाएँ तब अवश्य विहँसकर मुझसे कहेंगी बढ़ोत्तरी की उन्हें मुझसे बहुत उम्मीद थी।

मैं लघुकथाओं की ओर कैसे उन्मुख हुआ इसका उत्तर भी मैंने किया है। कमलेश्वर के संपादन में चलने वाली 'सारिका' से मेरी लघुकथाओं का प्राणबिंदु रहा है। पर वह शुरुआत थी जबकि आज लघुकथा ने विशालता का एक मुकाम हासिल कर लिया है। मैं उसकी विशालता से ही अपना तारतम्य बिठाने की कोशिश करता हूँ। अब चलें वह बात करें क्या लघुकथा लिखना कठिन होता है? मेरी दृष्टि से तो हाँ, लघुकथा लिखना बहुत कठिन होता है। कठिनाई इसलिए कि वह छोटी रचना तो होती है, लेकिन उसे बहुत बड़े अर्थ की अपेक्षा रहती है। यह अर्थ ही लघुकथा के लिए बहुत बड़ी पेंच है। मुझे तो लगता है बिना कथ्य के मैं उपन्यास शुरू कर सकता हूँ और वह लेखन प्रक्रिया में उपन्यास का अक्स लेता जाएगा। मैंने यह प्रयोग किया है और विशेषकर अपने छः खंडीय पथरीला सोना उपन्यास में। इतना जरूर था कहानी मेरी आँखों में जैसे डोलती थी और यही वह रहस्य रहा कि मैं छः खंडों का यह उपन्यास लिख पाया। फिर भी मेरा दावा है कथ्यविहीनता से भी मैं उपन्यास में प्रवेश कर सकता हूँ। पर यह मुद्दा यहाँ न होने से मैं लघुकथा पर ही लौटता हूँ। लघुकथा के परिप्रेक्ष्य में मेरा एक अनुभव है उसके लिए कथ्य सहजता से नहीं मिलता। किन्तु हाँ, किसी के लिए चाय पीने और चाय के भाप में अपना चेहरा भिगोना लघुकथा का लेखन है तो ऐसे लघुकथाकार के बारे में कुछ लिखने के लिए मेरे पास शायद शब्द होते न हों।

अब के दिनों में बड़े कहे जाने वाले लघुकथाकार अकसर स्वयं अपनी लघुकथा के प्रचारक होते हैं। एक लघुकथाकार का नाम खूब चर्चित रहा है। फेसबुक में मैंने पढ़ा था उस लघुकथाकार ने एक लघुकथा गोष्ठी में यह कहकर अपनी लघुकथा सुनायी थी कि वह उसकी श्रेष्ठ लघुकथाओं में से एक है। यहाँ तक कि उसने अपनी उस लघुकथा को कालजेय कहा था। पर श्रोताओं ने लगभग सम्मिलित रूप से कहा था वह लघुकथा तो थी ही नहीं। एक ओर से स्वीकृति और दूसरी ओर से अस्वीकृति यह आम बात है। पर लघुकथा बीच में जो रस्साकशी झेलती है इस पर

गौर तो किया जाए। लघुकथा की जुबान होती तो कौन जाने वह कह पड़ती स्वीकृति और अस्वीकृति के दोनों पक्ष निराधार हैं। वास्तव में मैं जो लघुकथा हुआ करती हूँ, स्वयं को समझने का मेरा एक संक्रमण युग चल रहा है। लघुकथा लिखी जा रही है लेकिन यह मानो दो किनारों पर सिर पटकने की पहल जैसी है। वास्तव में बीच की धारा से जो मैं लघुकथा हुआ करती हूँ मुझे बस थामने की कोशिश की गयी है जबकि पकड़ से तो मैं अब भी बहुत दूर हूँ।

आजकल ऐसा होता है रचनाकार फेसबुक का फायदा उठाते हुए कहते हैं उन्होंने जबरदस्त लेखन कर लिया। ऐसा साहित्यिक बयान जिसके वजूद से बाहर आता है इस पर कहने वाला लेखक मैं हो नहीं सकता। पर मुझे लगता है प्रेमचंद होते तो वे भी किसी लेखक की इस आत्ममुग्धता का खंडन नहीं कर पाते।वास्तव में लेखकों ने अपनी हवा ही ऐसी बहायी है उन्हें ब्रह्मा भी कहे कि इस तरह अपनी पीठ ठोंका न कर तो वे कहेंगे ऐ ब्रह्मा अपनी सृष्टि से मतलब रख क्योंकि मैं अपनी रचना वाली सृष्टि की दुंदुभी बजाने के लिए पर्याप्त हूँ।

मुझे याद नहीं किस बड़े लेखक का कहा मैंने पढ़ा था। उसने कहा था उसकी बड़ी रचना तो अभी आयी नहीं। वह अपनी बड़ी रचना के आने के लिए स्वयं अपना खून पसीना एक कर रहा है। भगवान करे उस लेखक की भाषा मेरी भाषा बन जाए। यह मैं बराबरी के लिहाज से नहीं कह रहा हूँ। यह तो मैं सीखने के लिहाज से कह रहा हूँ। अत: मेरी धारणा अक्षुण्ण बनी रहे मेरी श्रेष्ठ कृति तो अभी आने वाली है।

लघुकथा के बारे में मैंने कहा उसकी जुबान होती तो वह कहती स्वयं को समझने का उसका संक्रमण काल चल रहा है। स्वयं लघुकथाकार होने और तमाम लघुकथाएँ पढ़ते रहने से मुझे लगता है अपने संक्रमण काल के बहाने से लघुकथा कह रही है वह दुविधाग्रस्त है। मतलब उसे लघुकथा के रूप में गढ़ा जा रहा है, लेकिन कमियों के साथ। तब तो कौन जाने लघुकथा का भी यही आत्मकथ्य हो श्रेष्ठ लघुकथा तो अभी आने वाली है।

भविष्य की गोद में जो अभी अनदेखा है उसमें श्रेष्ठता ही होगी, बात ऐसी भी नहीं है। यह मात्र लघुकथा की बात न होकर हर साहित्यिक पहलू की बात है। स्वयं ईश्वर की संरचना यह जो प्रकृति है इसकी स्वच्छता में अब मानवी प्रदूषण का दबदबा बनता चला जा रहा है। अत: ऐसे मैं मैं कौन होता हूँ जो भावी लघुकथा के लिए ऐसा चित्रण करूँ मानो उसका मुखड़ा स्वर्णातीत हो। साहित्य सर्जन तो मनुष्य के अनुपात से होता है। मनुष्य स्वयं को बनाए, साहित्य उसी अनुपात से मनुष्य का अनुगमन करेगा।

मॉरीशस समाज में भारतीय गीत-संगीत का प्रभाव देखा जाता है। क्या

आपके लेखन में भारतीय गीत संगीत का कोई प्रभाव है और किस स्तर तक? यह प्रश्न इसलिए कर रहा हूँ क्योंकि लगभग 170 साल पहले भारत से मॉरीशस/ त्रिनिदाद/ सूरीनाम/ गुयाना/ अफ्रीका आदि देशों में पहुँचे गिरमिटिया मजदूरों के पास उपनिवेशवादियों के कोड़ों की मार सहने के लिए उनके साथ पहुँचे लोक-संगीत ने उन्हें आपने आप को गढ़ने की शक्ति दी। कालांतर में आधुनिक तकनीकों के कारण भारतीय गीत-संगीत सभी देशों में अपनी पकड़ मजबूत की है।

रामदेव धुरंधर : भारत के लोग जब जीव यापन करने के उद्‌देश्य से दूसरे देशों के लिए निकले थे स्वत्व के नाम पर अपनी भाषा, अपनी संस्कृति, खान-पान का अपना आस्वाद, जीने की पद्धति सब उनमें गुंफित हुआ करते थे। संसार के तमाम देशों में उनका जाना हुआ और इतिहास इस बात का साक्षी है आपदाओं से उनकी मुठभेड़ पहले होती थी इसके बाद जैसे तैसे जीने लायक सुविधाएँ उनके हाथ लगती थीं। स्वत्व के नाम पर उनका शरीर अपना तो होता था, लेकिन उस स्वत्व में मानो पहरे के ताले लगे होते थे। पहरे के उस ताले से भिड़ना बड़ा विकट होता था। उनकी आखों से अविरल आँसू बहते थे और असह्य पीड़ा से जान तक जाती थी। भारतीय जहाँ भी मजदूर के रूप में गये उन्होंने अपनी इस दारुण नियति को स्वीकार किया। पर स्वीकार समर्पण नहीं था, बल्कि वह विद्रोह का प्राण बीज था। उन पर प्रहार की जो साजिश रची जाती थी यह उन्हें बहुत उक बिक करता था। उन्हें लगता था और यह सच भी था मजदूर हुए तो अपने पसीने की बूँदों को तो लूटा ही जाएगा साथ ही भारतीयता की जो अपनी धरोहर है उस पर प्रहार होता रहेगा। उस इतिहास का निचोड़ यह था संपदा और शक्ति जिसके हाथ में थी वह अपनी चाल तो चलता रहता था और समांतर रूप से भारतीय अपनी पहचान में दृढ़ बने रहने के लिए हर संभव प्रयास में लगे होते थे।

मॉरीशस पहुँचे हुए भारतीय मजदूरों के बारे में मैंने यथासंभव खोज करने के बाद ही कुछ लिखा है। लिखते वक्त मैंने बहुत गहरे अनुभव किया है उनकी वेदना मेरे लिए इतनी सुनी सुनायी है कि वह मेरी अपनी हो गयी है। आज जब मैं थोड़ी सुख सुविधा से अपने को आनंदित पाता हूँ तो मेरे मन में आता है मैं पूरी रोटी तो खा रहा हूँ और वे जो मेरे अपने थे उन्हें आधी रोटी भी मयस्सर न होती थी। इसी तरह बूँद बूँद उनके दुख में उतरकर मैंने उनके स्वत्व को अपनी धमनियों से एकाकार किया है। मैंने उनके बारे में जो लिखा वह मेरा लिखा हुआ तो है, लेकिन लिखित शब्दों से परे जब अपनी आत्मा से उसका अनुशीलन करता हूँ तो मुझे लगता है मेरे शब्द जैसे मूक हो जाते हैं और बस उन लोगों की वेदना अपनी गुहार से सारा श्रेय ले लेती है। वास्तव में श्रेय तो आद्यंत उन्हीं का है। मैं बस उनके श्रेय का शब्दकार

होने के साथ उनका गायन करने वाला उन्हीं का संतति स्वरूप मॉरीशस की माटी का एक छोटा सा जीव हुआ करता हूँ।

भारतीयों ने मॉरीशस आने पर जरूर गीत गायन से अपने ओठ स्पंदित किये थे। सुख के उनके गीत होते थे। उनके बीच शादियाँ होने के अवसर पर मानो खुशियों के टिमटिमाते तारे उनके घर आँगन को जगमग कर रहे हों। झोंपड़ीनुमा घरों में बच्चे जन्म लेते थे जो माता पिता के लिए मानो आनन्द कीदिपदिपाती लौ हो। होली, दिवाली ये सारे त्योहार मानो हौले हौले उन्हें छूकर पाँवों से जमीन पर थाप देने और हाथों से तालियाँ बजाने के लिए प्रेरित करते थे। पर दुख के गीत मानो बाजी मार जाते थे। जीवन पीड़ा से सुबक रहा हो तो गीत भी सुबकने के लिए बाध्य हो जाते थे। मैंने छः खंडीय 'पथरीला सोना' उपन्यास लिखने की प्रक्रिया में भारतीय मजदूरों के सुख और दुख दोनों प्रकार के गीतों पर ध्यान बराबर दिया है। यह दूसरी बात है मैंने गीतों को शब्दशः उद्धृत करने का ज्यादा मोह करना उचित नहीं समझा, क्योंकि मेरे लिए दो बातें सर्वोपरि थीं, पहली बात भारतीयों का दुख और दूसरी बात भारतीयों का संघर्ष। पर मैं अवश्य कह सकता हूँ भारतीयों के गीत संगीत पर मेरा यह खंडीय उपन्यास बहुत गंभीरता से टिका हुआ है। मेरा एक पात्र है जो दुखों से विह्वल हो जाने पर पागल सा हो जाता है और बिरहा गाता फिरता है। पथरीला सोना उपन्यास के तमाम पन्ने रामायण गान से भरे पड़े हैं। मेरे पात्र अपनी बस्ती से निकलकर दूसरी बस्ती में जब रामायण गान के लिए जाते थे तो उनका भव्य स्वागत किया जाता था। यह तो रामायण की बात हुई, लेकिन लोक गीतों को मैंने कहीं अधिक आत्मसात किया है और उसी के अनुरूप पथरीला सोना उपन्यास का लेखन आगे बढ़ता चला गया है।

मैंने अपने आत्मकथ्य में लिखा है पथरीला सोना चाहे मैंने लिखकर पाठकों को समर्पित कर दिया, लेकिन अपने इस उपन्यास से मेरे इस जीवन में मेरी मुक्ति नहीं है, बल्कि मैं स्वयं उससे मुक्ति के लिए आकाँक्षा नहीं रखता। अभी जब मैं अपने पूर्वजों के जीवन में समाहित गीत संगीत की बात कर रहा हूँ तो मुझे ऐसा लग रहा है उन्हें प्रत्यक्ष गाते मैं सुन रहा हूँ। यही सब तो मुझे अपने पूर्वजों से बांधे रखता है और मैं उससे मुक्ति के नाम पर इस तरह विद्रोही हो जाना चाहता हूँ कि कोई चाहे तो मेरे वर्तमान जीवन का कोई वैभव मुझसे माँग ले और मैं उसे दे भी दूँ, लेकिन वह मुझे इस शर्त में न बाँधे अपने पूर्वजों से मुझे मुक्त होना है।

'जँतसार गीत' तो मेरे पूर्वजों के जीवन का अहम हिस्सा था। महिलाएँ रविवार के दिन गोरों के खेतों में मजदूरी करने के संत्रास से थोड़ा वक्त पाने पर पेडों की छाँव में बैठे घर के कपड़ों में पैबंद चढ़ा रही हों और लगे हाथ सत्तू के लिए जाँता चलने के क्षण में जँतसार गीत का समा बँधा हुआ हो, क्या यह लिखे बिना मेरा पथरीला सोना उपन्यास पूरा हो सकता था?

एक लोटा हरदी
बांदर के सादी

जाहिर है यह ऊँटपटाँग गीत है, लेकिन मैंने पथरीला सोना द्वितीय खंड में बच्चों से इस गीत को गवा कर जरूर इसे जानदार बना दिया है। दुख के क्षण में समूहगत बच्चे इस गीत को गाते मानो बंदरों पर ताने मारते हैं। बड़े लोगों की गरीबी के अपने आहत क्षणों का यह गीत होता तो वह इस तरह से होता—

एक चुटकी हरदी
एही में हो जाए
गरीब के सादी।

मॉरीशस में अभी हाल में भोजपुरी का एक गीत खूब मशहूर हुआ था। उस गीत की पहली पंक्ति के शब्द इस तरह से हैं, "ऐ लंगड़ो जियरा जरे ला त बोली ला ऐ लंगड़ो।" लोगों का मानना है यह गीत हाल में किसी ने लिखा हो और वह गाकर पूरे देश के भारतीय भोजपुरी मानस में छा गया हो। पर वास्तविकता यह है भारतीय आप्रवासियों के आरंभिक दिनों से यह गीत उनमें समाया हुआ था। अबके दिनों में इस गीत से हम ज्यादा से ज्यादा अर्थ यह निकालते हैं अपनी पत्नी को मारने वाले पति से दिल दुखी होने के कारण यह गीत गाया जाता है। सच्चाई यह है भारतीय मन अब इतना परिवर्तित है कि इस गीत से लोगों की तालमेल बैठ नहीं पाती। इस गीत की वास्तविक आत्मा का साक्षात्कार करना हो तो हम इस देश के भारतीय आप्रवासियों के युग में अपना विलयन करके तो देखें। गोरों के खेतों की कमरतोड़ प्राण जाने जैसी मजदूरी से लौटने पर पति का अपना घर होता था। उसकी पत्नी भी तो मजदूरी से घर लौटती थी। दोनों की अपनी गृहस्थी होने से पत्नी भात पकाने में ध्यान दे तो पति के हिस्से आए भोजन पकाने के लिए जंगल से लकड़ी लानी है और राशन पानी के लिए उसे भागमभाग में लगना है। पर पति तो हड़बड़ी में घर से चल निकले और जा मिले अपने मिंतरों में। सबके सब या तो ठर्रे की चिंता में पड़ें या गपशप में अपना वक्त काटें। यहाँ होता था यह गीत "ऐ लंगड़ो जियरा जरे ला त बोली ला ऐ लंगड़ो।" किसी महिला का पति लंगड़ा होगा और उस महिला ने रो रोकर इस तरह से गाया हो। इस गीत का एक दूसरा कोण इस तरह से हो सकता है पति लंगड़ा न हो, लेकिन वह निठल्ला तो खूब भारी भरकम हो। पत्नी अपने पति के निठल्लेपन को लंगड़ा शब्द में ढाले और गा गाकर औरतों को सुनाए। यह तो मानो अपने घर के खट्टे दही का प्रचार अपनी जुबानी बाहर में होने के समान हो। अब यह गीत उस औरत के लिए भी हो जाए जिसका पति लंगड़ा न हो, लेकिन निठल्ला तो खूब हो। हर निठल्ले मर्द पर 'लंगड़ा' शब्द इस तरह सार्थकता पाने लगे मानो वह लंगड़ा है तभी तो लंगड़ा कह कर उसकी औरत उस पर ताने मार रही है। तब तो जो मर्द भागते गिरते पानी लाने चल दे, अपनी औरत का कहा मानने में वह

आदर्श हो, एक वही लंगड़ा शब्द से बरी हो बाकी सारे मर्द तो लंगड़े हों। आश्चर्य नहीं, लंगड़े शब्द से विद्रोह ठानने वाले मर्दों ने अपने घर परिवार के लिए अनमोल और मन भावन काम किये हों तभी तो उनकी पत्नियों ने सुख के क्षणों में गाया हो—

हमर पति न लंगड़ा रहल न लूल्ला
हमर पति त हमर जियरा के देवता
पल में चाँद
पल में सूरज।

एक जमाना था औरत का पति मर जाए तो उसकी औरत अपनी रुलाहट में गीत का मिश्रण कर देती थी। अब उस तरह के गानों का प्रचलन न के बराबर रह पाया है। उन दिनों का एक मृत्यु गीत प्रस्तुत है—

अब हमर माथे के ई सेंदूर
उतर गईल रे मोर सुगा।
पति से हमार गहना रहल
अब गहना हो गईल माटी

मुझे यह भी याद आता है अपने बचपन में मैंने अपने चाचा की मृत्यु के दुखद अवसर पर गाँव के रमैया मौसा को रात जगी के वक्त सब के बीच गाते सुना था—

पंछी छोड़ गईल बसेरा

रमैया मौसा बस इसी तरह से गाते रहते थे। उनका अपना परिवार होता नहीं था। पत्नी थी तो चल बसी। एक बेटी थी जो बीमारी की चपेट में आ जाने से कालगत हो गयी।अब मेरे लिए कहने को यही रह जाता है अनपढ़ रमैया चाचा मेरे लिए सूर्यकांत त्रिपाठी निराला हुए।वे निराला, जिनकी पत्नी और बेटी की मृत्यु ने उन्हें तोड़ दिया और वे दुख के आँसुओं से लिख कर हिंदी के अमर कवि निराला हो गये।

मैं इस तरह से कह सकता हूँ मेरे छः खंडीय पथरीला सोना उपन्यास में तमाम 'गीत' हैं।

रह जाए बात 'संगीत' की तो उन दिनों झरनों की आवाज सुन कर कहा जाता था ईश्वर ने संगीत की ऐसी नेमत से मॉरीशस को सुन्दर बनाया है। मैंने इतिहास को लेकर पन्ने दर पन्ने लिखने की प्रक्रिया में उसगीत संगीत को सुना है, बल्कि झेला भी है।

आपने चर्चा के दौरान बताया कि आपने मॉरीशस के टेलीविजन और रेडियो के लिए बहुत से नाटकों का सृजन किया और उनका मंचन एवं प्रसारण सुनिश्चित किया है।आपके ये कार्यक्रम बहुत रोचक, प्रभावी और सराहे गए तभी तो लगातार दस वर्षों तक इनका प्रसारण हुआ इतने वर्षों के लिए प्रति सप्ताह एक नाटक लिखना कितना श्रमसाध्य रहा।

एवं

क्या कारण है कि आपके नाटक पाठकों को पढ़ने के लिए उपलब्ध नहीं हैं। आपने तो इतने नाटक लिखे पर नाटकों को प्रकाशित न करने का क्या कारण है?

रामदेव धुरंधर : दीपक जी, नाट्य विधा से संबंधित आपके ये दोनों प्रश्न एक दूसरे के इतने आसपास हैं, बल्कि एक दूसरे के इतने पूरक हैं कि मैं दोनों का मर्म लगभग एक सा महसूस कर रहा हूँ। मैं इस निष्कर्ष पर पहुँच रहा हूँ आपके इन दोनों प्रश्नों को एक बनाकर समन्वित रूप से उत्तर करना मेरे लिए सहज होगा। पर उत्तर में जाने से पहले अपनी कुछेक बातों का खुलासा करने का मुझे एक मोह सा हो रहा है। यह मोह नाटक से अलग नहीं है। बल्कि नाटक मेरा साहित्यिक अंग होने से मैं अपने अंग की ही बात करने का विचार कर रहा हूँ।

मैं विनम्रता पूर्वक एक बात कह लूँ नाट्य शास्त्र के बल पर कुछ कहने की मुझमें क्षमता नहीं है। मैंने लिखते पढ़ते नाटक के बारे में जो जाना है वही इस विधा के लिए मेरी शिक्षा है। मैंने नाटक के क्षेत्र में कुछ करने का विचार किया तो जो कुछ शिक्षा स्वरूप नाट्य विधा के रूप में मेरे पास संचित था मैंने उसी से काम लिया। मेरी शिक्षा के अंतर्गत यह बात प्रमुखता पर थी नाट्य विधा जनता के संपर्क में जाने का एक सशक्त माध्यम है। जनता से सीधे जुड़ने के लिए नाट्य विधा हुआ करती है तो मेरे जेहन में कुछ इस तरह से कौंधा होगा तब तो कहानी और उपन्यास में उलझे रहना मेरे लिए पर्याप्त नहीं हो सकता। कहानी अथवा उपन्यास लिख दूँ और वह छपे तब लोग उसे पढ़ेंगे। पढ़ने वाले तो वे ही होंगे जिनके हाथ मेरी रचना पहुँचे। उलझन इस बात से भी हो सकती है लोग पढ़ने में रुचि न लें तो रचना का छपना एक छलावा बनकर रह जाए। पर नाटक के साथ बात एकदम दूसरी होती है। वहाँ दृश्य होता है। जैसे कि फिल्म हो, अनपढ़ भी सिनेमा हॉल पहुँच कर टिकट खरीदे और फिल्म देखने में तन्मय हो जाए। वहाँ विद्वान अथवा अविद्वान की सीमा रेखा होती नहीं है। नाटक की प्रस्तुति की बात हो तो फिल्म जैसा ही वातावरण होता है। अंतर मानें तो इतना ही कि फिल्म पर्दे पर चलती है और नाटक मंच पर। मैंने जब नाटक लिखने का मन बनाया हो तो मंच का ही अक्स मेरे मन में रहा होगा। इसके साथ पात्र, रिहर्सल, मंच की व्यवस्था, प्रस्तुति इन सबका प्रारूप मेरे मन में खड़ा होना स्वाभाविक रहा हो। यह तो नाटक प्रस्तुत करने की एक निर्धारित व्यवस्था होती है, लेकिन इससे पहले नाट्य लेखन से गुजरना होता है। इस कोण से मैंने अपने ही बिंदु पर खड़ा होकर सोचा हो क्या मैं नाटक लिख सकता हूँ? पर यदि सोचा भी हो तो मुझे ऐसा न लगा होगा एक विस्मयकारी काम में हाथ डालने जा रहा हूँ। जो भाषा कहानी और उपन्यास के लिए मेरे पास पहले से सुनिश्चित हो चुकी थी उसी

भाषा से तो मुझे नाट्य विधा के दुर्ग में प्रवेश करना होता। बस विधा में अंतर होने से इसका मुझे खयाल रखना पड़ता। नाटक में बोलना होता है अतएव बोलने लायक भाषा में न लिखें तो वह नाटक ही न हो।

मैं नाटक के बारे में इस वक्त जो कुछ यहाँ लिख रहा हूँ नाट्य विधा की मेरी शिक्षा यही थी और मैं इसी शिक्षा के बूते नाटककार के रूप में अपनी स्थापना का स्वप्नदर्शी होने जा रहा था। लगे हाथ मैं बताता हूँ नाट्य विधा में मेरा ध्यान जाने का विशेष कारण क्या था। मॉरीशस में सरकारी स्तर पर नाट्य प्रतियोगिता का आयोजन होता था। [अब भी होता है] सरकारी स्कूल में हिंदी अध्यापक होने के अलावा मैं एक कालेज में अपनी उम्र के लोगों को हिंदी पढ़ाता था। इस कोण से नाटकों के पात्र मेरी आँखों के सामने थे। मैंने एकांकी लिखे और अपने विद्यार्थियों से कहा चलें प्रतियोगिता में भाग लेते हैं। यह कुछ ऐसा था मानो मैंने पिकनिक का आयोजन किया और उन लोगों से कहा चलो आनन्द मनाते हैं। 'पिकनिक' शब्द को हटाकर मैं 'आनन्द' शब्द पर आता हूँ। वयस्क लड़के लड़कियाँ जो भी मुझसे पढ़ रहे थे नाटक में पात्र बनना उनके लिए विचित्र रूप से आनन्ददायी था। मैंने तीन एकांकी एक साथ तैयार किये थे और तीनों का रिहर्सल पूरा करने के बाद वक्त आने पर हमने प्रतियोगिता में भाग लिया।

उस साल दस तक पुरस्कार हमारे हिस्से आए थे। मुझे लेखक का पहला इनाम मिला था। राजेन्द्र अरुण जी ने उस साल के नाट्योत्सव पर आधारित एक विस्तृत लेख लिखा था जो धर्मयुग में प्रकाशित हुआ था। उन्होंने नाटककार के रूप में मेरी भूरि-भूरि प्रशंसा की थी। नाट्य जगत में मेरे प्रवेश की वही पहली रचनात्मक घटना थी जो कालांतर में ठोस होती गयी। उन्हीं दिनों भारत में प्रथम विश्व हिंदी सम्मेलन का आयोजन हुआ था जहाँ मॉरीशस की ओर से एक नाटक मंचित होने की योजना पारित हुई थी। इसके लिए भारत के सफल रंगकर्मी मोहन महर्षि को बुलाया गया था। उनकी धर्म पत्नी अंजला महर्षि भी आयी थीं। मोहन महर्षि ने धर्मवीर भारत का नाटक 'अंधा युग' मंचित करने का विचार किया था जो स्वीकृत हो गया था। मोहन महर्षि ने अपनी पत्नी अंजला महर्षि का चयन गांधारी की भूमिका के लिए किया था। बाकी सभी कलाकार स्थानीय होते। मुझे भी टीम में सम्मिलित कर लिया गया था। उन दिनों क्रीड़ा मंत्री बसंतराय की देखरेख में नाट्य प्रतियोगिता का आयोजन होता था। उनके दिमाग में था मैंने नाट्य प्रतियोगिता में अपने लिखे एकांकी मंचित किये थे और वह कितना भव्य रहा था। अंधा युग के लिए मॉरीशस का एक सह निदेशक होना जरूरी था। बसंतराय जी ने मेरा नाम सुझाया। सरकारी स्कूल में एक सुबह हिंदी शिक्षक के रूप में मैं बच्चों को पढ़ा रहा था कि शिक्षा मंत्रालय की कार में मंत्रालय का एक अधिकारी आया था। उसने मुख्याध्यापक से बात की और मुझे दफ्तर में बुलाया गया था। मुझसे कहा गया इसी वक्त मुझे शिक्षा मंत्रालय पोर्ट लुईस

उनके साथ जाना होगा। मुझे काम बता दिया गया नाटक अंधा युग के लिए मैं सह निदेशक होता। मुझे तनख्वाह के साथ एक भत्ता दी जाती। मुख्याध्यापक ने मुझे खुशी खुशी विदा किया। यह संयोग तो हुआ मैं भी नागपुर जाता। नागपुर जाने के लिए मेरा एक और संयोग हुआ। एक दिन बो बासें के त्रिवेणी हॉल में नाटक के रिहर्सल के वक्त जब मैं पहुँचा था मोहन महर्षि जी ने मुझे सूचित किया था धर्मवीर भारती जी ने अपनी ओर से सम्मेलन में भाग लेने के लिए मेरा नाम पारित करवाया है। यह मेरे उस श्रम का प्रतिदान था जो कहानीकार के रूप में धर्मवीर भारती के धर्मयुग में मात्र एक कहानी के प्रकाशन के बल पर मेरी थोड़ी पहचान बन गयी थी।

प्रसंगवश एक और बात का जिक्र कर दूँ। नागपुर में हमारे देश के शिक्षा मंत्री खेर जगतसिंह ने धर्मवीर भारती से मेरे लेखन के बारे में विस्तार से जाना था। मैंने किसी लेख में पहले जो लिखा वह यथावत यहाँ लिख रहा हूँ। नागपुर में ही बात तय हुई थी अभिमन्यु अनत नागपुर से लौटें तो महात्मा गांधी संस्थान में उनकी नौकरी होगी। प्रकाशन विभाग उनकी देखरेख में चलता। मैं नागपुर में था और ये बातें मेरे सामने ही हो रही थीं। धर्मवीर भारती जी ने मंत्री खेर जगतसिंह से कह दिया मुझे भी महात्मा गांधी संस्थान में भेजें। खेर जगतसिंह ने कालांतर में यह किया। नागपुर से लौटने पर मैं स्कूल की अपनी नौकरी में जा लगा था। एक दिन शिक्षा मंत्रालय का अधिकारी कार में आया। उसने मुख्याध्यापक से बात की और मुझे दफ्तर में बुलाया गया। मुझसे कहा गया कल से महात्मा गांधी संस्थान के लिए मेरा स्थानांतरण हो रहा है।

यहाँ भी वही बात मैं फिर से लिख रहा हूँ जो मैंने अन्यत्र लिखा है। दो शब्दों का लेखक होने से मेरी इतनी पूछ हो रही थी। मंत्री बसंतराय ने मेरे नाट्य हृदय को पहचाना था। धर्मवीर भारती ने समंदर पार के मुझ कहानीकार को अपना मानस पुत्र बना लिया। अब रह जाते हैं मंत्री खेर जगतसिंह। उन्होंने धर्मवीर भारती को दिये हुए वचन का निर्वाह किया। कहीं लुका छिपा मेरा कोई भगवान होता होगा जिसने इतने योजनाबद्ध तरीके से मेरे लेखकीय संमार्ग को प्रशस्त किया होगा।

दीपक जी, मैंने ऊपर की पँक्तियों में लिखा आपके दोनों प्रश्नों को एक बनाकर उत्तर करना चाहता हूँ। तो उत्तर इस रूप में हाजिर है मैंने वर्षों रेडियो, टी।वी और मंच से जुड़कर नाट्य क्षेत्र में इतना कुछ किया है, लेकिन नाट्य संदर्भ का मेरा कोई संग्रह प्रकाशित नहीं हुआ है। मेरे हृदय की बात मानिये मैं रेडियो में हर सप्ताह पैसे के लिए नाटक प्रस्तुत करता था। वहाँ हालत ही ऐसी थी नाटक को न सोचें, सोचें तो पैसे को। मॉरीशस की सामाजिक, पारिवारिक इस तरह के तमाम संदर्भों को मैं चलती फिरती भाषा में नाटक बना देता था और पात्रों से रिहर्सल करवाकर प्रस्तुत कर देता था। पर मैंने कफन, बड़े घर की बेटी तथा पाश्चात्य की अनेक कहानियों का नाट्य रूपांतरण किया और रेडियो से उन्हें प्रसारित किया। आधे घंटे का नाटक होता था जो दस साल तक हर सप्ताह मैंने रेडियो से जनता के बीच पहुँचाया। पर

उन नाटकों को मैंने अपना साहित्य न माना, बल्कि रेडियो केंद्र के हिसाब से पैसा माना और उसका अर्जन किया। वह पैसा मैं अलग रखता था और दस साल के बीच मेरे पास शानदार मोटर खरीदने के लिए पर्याप्त पैसा हो गया था। पर मेरा दावा है वह बेईमानी का पैसा नहीं था। राजनीति और परिवार के बल पर जिसका चलता था रेडियो में पंद्रह मिनट के बेसिर पाँव के कार्यक्रम से वह जितना पाता था आधे घंटे के अपने कार्यक्रम के लिए उसकी अपेक्षा मुझे आधा मिलता था।

दीपक जी, मैं मन वचन और कर्म से अपने को हिंदी साहित्य का एक सेनानी मानता हूँ। इस दृष्टि से आपका प्रश्न मुझे कुरेद रहा है नाट्य प्रकाशन के क्षेत्र में मैं शून्य क्यों रह गया हूँ? मैं बेबाकी से एक बात कह रहा हूँ मॉरीशस का हिंदी लेखक होने से मैं अपने आप को दिशाहीनता का शिकार मानता हूँ। यह तो अब हो रहा है मैं भारत में सम्मानित होता हूँ, मेरी पहचान का दायरा विस्तृत है। पर इस संदर्भ का मेरा एक अतीत होता था। मेरे उस अतीत ने अकसर मुझे रुलाया है। भारत में छपना होता है तो हाल ऐसा मानिये जैसे भी जिस तरह से भी छपने की सुविधा हुई है उसी हिसाब से मैं भारत में अपनी रचनाएँ छपवाता रहा हूँ। अब मेरा सबसे बड़ा संघर्ष होता है बिना पैसा दिये पुस्तक छपवाऊँ। शुरू में मेरा पैसा गया है, लेकिन अब एक सेंट भी नहीं जाता। पर यह संघर्ष मेरे लिए काटों पर चलने जैसा साबित होता रहा है।

'आधुनिक साहित्य' नाम से प्रकाशन चलाने वाले मित्र आशीष कंधवे के यहाँ से 'अंतर्धारा' नाम की मेरी एक कृति प्रकाशित हुई है जिसमें गद्य विधाओं की मेरी रचनाएँ संकलित हैं। उसमें 'आत्मन्' शीर्षक से मेरा एक वृहत प्रयोग नाटक संकलित है। मुझे लगता है भारत में मंच पर प्रस्तुत होने की क्षमता से वह भरपूर है। अपेक्षा करता हूँ नाट्यकर्मियों का ध्यान उस पर जाए।

फिलहाल आपको एक संतोषजनक उत्तर दे रहा हूँ एकांकी तो नहीं, अपने तीन वृहत नाटक छपवाने के प्रयास में लगा हुआ हूँ।

मॉरीशस में नाट्य साहित्य (सभी भाषाओं) की क्या स्थति है और नाटकों के मंचन के प्रति समाज की क्या प्रतिक्रिया है?

रामदेव धुरंधर : मॉरीशस को अंग्रेजों से 1968 में आजादी मिली और तब से अपने पाँवों पर खड़े होने का हमारा एक जुनून बन आया है। पर ऐसा भी नहीं कि हर पग पर हमें सफलता मिली हो। बहुत से दायरों में हम असफल भी हुए हैं जिसका मुख्य कारण राजनीति, आपराधिक तत्व, ईर्ष्या, मनोविकार, भेद भाव, ज्ञान में अज्ञानता, मित्रता में शत्रुता, हँसी में जहर, जातिगत विषमताएँ आदि हैं।

विशेषकर 'राजनीति' पर दो शब्द कह लूँ। राजनीति की नियति शायद यही

होती है कोई एक प्रगति की बात करे तो किसी दूसरे को बस अप्रगति का रोग लगा हुआ हो। हमने अपने छोटे से देश में देखा है राजनीति के नाम पर रोड़ा अटकाने वालों को अवसर मिला है तो देश गंभीर रूप से पिछड़ा है। पर देश की प्रगति की बात करने वाले भी हाथ के ज्यादा धुले नहीं होते। चुनाव में जयी होने पर वे जब सत्तासीन होते हैं तो अपनी खामियों से वे लैस रहते हैं। सत्ता के शीर्ष हों और भाई भतीजावाद के लिए अवसर मिले तो वे चूकते नहीं हैं। मान लें स्वयं शिक्षा मंत्री हों तो अपनी श्रीमती को मंत्रालय के किसी शीर्ष स्थान पर बिठाने का भूत मन में कुनमुनाने लगे। विडंबना यह कि श्रीमती प्राइमरी स्कूल के स्तर से ज्यादा डिग्री धारिणी न हो, लेकिन मंत्री का सपना होने से वह सपना कैसे खाली जाए। व्यंग्य की भाषा में मुझे तो इस तरह से भी लिखने का दम है पत्नी शारीरिक प्रेम के लिए शर्त लगा दे मुझे कुछ बनाओ तभी मेरे तन में मुँह मारने का जोश दिखाना।

विश्व स्तर पर यह बात तो स्वयंसिद्ध है नाट्य परंपरा का हर देश ने पोषण किया है। पर जैसे कि किसी भी उत्कर्ष की अपनी ढलान भी होती है इस परिभाषा से नाटक मुक्त नहीं है। मानना होगा सिनेमा के प्रचलन से नाटक को बहुत क्षति पहुँची है। पर सिनेमा को बुरा कहने का कोई आधार नहीं दिखता। सिनेमा विज्ञान की एक पराकाष्ठा है जो मानवी मन में रच बस गया है। पर इस तरह कहना भी न्यायसंगत नहीं बैठता आज नाटक का पर्दा गिर गया है और उसके उठने का आसार शेष न हो। ऐसी बात न होकर नाटक के प्रति आज भी सम्मान निर्बाधित रूप से कायम है। पर यह जो नाटक की दुनिया है इससे जुड़ने वाले साक्षर लोग हैं। साक्षर शब्द की व्याख्या को आगे बढ़ाने की प्रक्रिया में इस तरह से कहा जा सकता है नाटक बुद्धि की परीक्षा का दूसरा नाम है। नाटक के मंचन की व्यवस्था करने वाले बुद्धि को ही केंद्रित करते हैं और नाटक देखने वाले स्वयं की बुद्धि को आजमाने के लिए दर्शक के रूप में नाट्यशाला में अपनी उपस्थिति दर्ज करते हैं। यह मैं काफी हद तक अपने अनुभव से कह रहा हूँ। भारत में मेरे मित्र राजेन्द्र मिश्र मुझे एक नाटक दिखाने ले गये थे। उड़िया नाटक का वह हिंदी रूपांतरण था। जया बच्चन उस अवसर पर विशेष अतिथि थीं। नाटक के लेखक और नाटक का शीर्षक फिलहाल मुझसे विस्मृत हो गये हैं। मैं केवल उस अवसर का अपना संस्मरण यहाँ उदृत कर रहा हूँ। सही मायने में चुनिंदा बुद्धिजीवी नाटक देखने आए थे। यही मुझे 'बुद्धि' शब्द पर केंद्रित होने के लिए विवश कर रहा है।

'अंधा युग' नाटक से मैं प्रत्यक्ष रूप से जुड़ चुका हूँ। 'एवं इन्दजीत' नाटक में मोहन महर्षि के साथ काम करने का मुझे अवसर मिला है। मॉरीशस में भी नाटक के थियेटर हैं जहाँ मैंने नाटक देखने के साथ स्वयं मंचन भी किया है। मैं इसे नाटक की अपनी महायात्रा कहने की एक भावना अपने मन में सुगबुगाता सा महसूस कर रहा हूँ।

मुझे याद है मैं जब छोटा था हमारे गाँव के फुलबॉल के मैदान में नाटक खेले

जाते थे। मेरे पिता मुझे नाटक दिखाने ले जाते थे। राजा हरिश्चंद्र, रामराज्य, महाभारत, कृष्ण लीला इस तरह से तमाम नाटक मुझे देखने को मिले हैं। हनुमान की पूँछ, उसका गद्दा, राम का धनुष बाण, कृष्ण की बाँसुरी, सीता हरण का दृश्य, दुर्योधन और भीम का युद्ध यह सब मुझे बहुत प्रभावित करता था। मेरी उम्र के लड़के भी तो नाटक देखने जाते थे। हम में से जितनों ने मैदान में खेला गया नाटक महाभारत देखा हो हम मिल कर उसकी नकल पर अपने महाभारत की रचना करते थे। जिस लड़के ने न देखा हो और हमारे बीच आकर पात्र बनने की इच्छा प्रकट करे तो हम उसे दूर भगाते थे। नाटक अनदेखा होने से लड़के को मानना पड़ता था वह तो जैसे हम सब के लिए एकदम पराया है। हम यदि उसे नाटक मंचन का साथी बना नहीं रहे हैं तो दोष उसी पर जाता है। अत: अगली बार जब फूटबॉल के मैदान में नाटक खेला जा रहा हो तो जरूर देखने जाए इसके बाद नाटक के मामले में हमसे हाथ मिलाने आए। मैंने अपने 'पथरीला सोना' उपन्यास के चतुर्थ खंड में मंजरी नाम की एक महिला के माध्यम से हमारे देश में उन दिनों की भारतीय परंपरा की नाट्य विधा का विस्तृत वर्णन किया है। वह एक तरह से मेरा आँखों देखा हुआ दृश्य था जिसे मैंने मंजरी के नाम से अभिव्यक्त किया है।

मेरे देश के उस अतीत के बाद नाटक अपने वजूद से कितना टिक पाया हो या उसका वजूद खतरे में पड़ा हो इसका उत्तर मेरे पास इस तरह से है खतरा तो बहुत ही उस पर मंडराया है और उसकी हालत ऐसी भी बन आयी कि विस्तृत वजूद से वह एक बिंदु में आ सिमट गया हो। बात वही, हमारे देश में भी सिनेमा ने नाटक को बहुत मिटाया और बच न पाने की स्थिति में मानो उसने कहीं छिप जाना अपने लिए हितकर माना हो। पर मैंने पूर्व पंक्तियों में जैसा कि कहा मॉरीशस की प्रगति में शिक्षा का एक स्थान हुआ तो लगे हाथ ऐसा भी हुआ है नाटक से एक रिश्ता कायम करने की पहल तो अवश्य की गयी है। पर इसे उतना गहन न माना जाए कि नाटक ने मानो दौड़ते पाँवों वापसी की हो और उसे चाहने वालों का रेला उमड़ पड़ने वाला हो। आपने मॉरीशस में प्रचलित सभी भाषाओं के साक्ष्य में यहाँ के नाटकों के प्रमाण की अपेक्षा की है। मैं आपसे कहूँगा प्रमाण को आप धुंधला ही मानें तो बेहतर होगा। फ्रेंच और अंग्रेजी में यहाँ कभी कभार नाटक मंचित हो जाते हैं, लेकिन उससे कोई खास इतिहास की नींव पड़ती नहीं है। सच तो यह है अब मॉरीशस में फिल्मों के भवन ज्यादा आबाद रह नहीं पाये हैं। टी. वी. का घर घर प्रचलन हो जाने से लोग उसी में फिल्मों का आनन्द ले रहे हैं। ऐसे में नाटक लोगों से दूर पड़ जाए तो इस हवा का फिलहान न कोई समाधान है और न नाटक के प्रति किसी के दिल में दिलचस्पी के ज्वार भाटे उमड़ने वाले हों।

मॉरिश में प्रचलित भाषाओं की एक लिस्ट सामने रखकर मैं बात करूँ तो नाटक के मामले में समझ का एक गवाक्ष खुल सकता है। अंग्रेजी, फ्रेंच, हिंदी,

तमिल, तेलुगु, मराठी, मंदरीन, उर्दू, भोजपुरी और क्रिओल यहाँ की प्रचलित भाषाएँ हैं। इन सारी भाषाओं को सरकार की ओर से मान्यता प्राप्त है। सरकारी स्तर पर पहले अंग्रेजी और फ्रेंच में नाटक यहाँ मंचित होते थे। वह सरकार की ओर से आयोजित नाट्य प्रतियोगिता थी। कालांतर में हिंदी वालों ने प्रतियोगिता के रूप में नाट्य मंचन के लिए सरकार से मांग की जो स्वीकृत हो गयी। इसके बाद एक एक करके यहाँ की अन्य भाषाओं में भी प्रतियोगिता के रूप में नाट्य प्रस्तुति के लिए आवाज उठी और सरकार ने मानने में कोई कमी न छोड़ी। तो ले देकर नाट्य प्रस्तुति के लिए बस एक यही सरकारी आह आलम शेष है और इसी के भरोसे पर नाटक को जिंदा रखने का एक संघर्ष पल रहा है।

यहाँ 'नाटक' और 'एकांकी' के अंतर को भी हमें समझ लेना होगा। सरकार की ओर से प्रतियोगिता के रूप में पालित यह जो नाट्य विधा देश में अपने वजूद की साँसें ले रहा है यह 'एकांकी' है, 'नाटक' नहीं। सरकार की ओर से हर साल प्रतियोगिता का जो मेला लगता है उसमें नियम के तहत लिखा होता है तीस से चालीस मिनट के बीच नाटक की परिसीमा को निर्धारित समझा जाए। जाहिर है यह तो एकांकी का ही कलेवर हो सकता है। इसके लिए थोड़ी राशि का सरकार की ओर से प्रावधान है। इसी में नाट्य विधा के जीवित रह जाने की एक पूरी दास्ताँ की छलछलाहट बनी हुई है।

हिंदी का आदमी होने से मैं हिंदी की बात कर रहा हूँ। मुझे याद आता है अभिमन्यु अनत और महेश रामजियावन के नाटक भारत में मंचित हुए हैं। पर तब और आज के दिनों की तुलना नहीं की जा सकती। इस स्थिति का मैं विस्तार से वर्णन कर सकता हूँ, लेकिन सच कहें तो इसमें मेरा मन जाना नहीं चाहता। लेखन से दुश्मनी बनाने की कभी मेरी उम्र रही हो, लेकिन मुझे समझ भी तो आ गया है रास्ते पर मैं अकेला ही छूटूँगा, कारवाँ मेरे पीछे न तब था और न अब है।

आपने संवाद के अंतर्गत बताया है कि आपको हिंदी साहित्य के बड़े-बड़े साहित्यकारों से मिलने का अवसर मिला है। क्या भविष्य में आपके संस्मरण हिंदी पाठकों को पढ़ने के लिए मिलेंगे।

रामदेव धुरंधर : मैंने सच ही कहा है हिंदी साहित्य के बड़े-बड़े साहित्यकारों से मिलने का मुझे अवसर मिला है। हजारीप्रसाद द्विवेदी मॉरीशस आए थे। उनसे संबंधित मेरा एक लिखित संस्मरण है। दिनकर भी यहाँ आ चुके हैं और मैंने उन पर आधारित एक संस्मरण लिखा है। संस्मरणों की एक पांडुलिपि मेरे पास तैयार है जिसे प्रकाशित करवाने की कोशिश में हूँ। आप पूछ रहे हैं क्या मेरे संस्मरण हिंदी

के पाठकों को भविष्य में पढ़ने को मिलेंगे? चलें, वर्तमान में ही एक संस्मरण से आपकी इस जिज्ञासा का शमन करता हूँ।

'संस्मरण'

महान हस्तियों के बीच

मैं संस्मरण में अपने को न अग्रगामी और न सहगामी बनाता हूँ। मैं अनुगामी बनना पसंद करता हूँ। यही मेरा स्थान होता है और इससे अधिक की मुझे कामना नहीं होती। अलबत्ता जिसे मिला कर मैं संस्मरण लिख रहा होता हूँ वहाँ कुछ बातूनी हो जाता हूँ। मैं मानता हूँ परिस्थिति के हिसाब से यह क्षम्य तो हो ही सकता है। अब जैसे कि भारत से कोई बड़ा आदमी आए और मैं उसे अपने देश की जानकारी दे रहा हूँ तो बोलना तो मुझे ही अधिक पड़ेगा।

1976 की बात है। द्वितीय विश्व हिंदी सम्मेलन का मॉरीशस में आयोजन हुआ था। भारत से तमाम लेखक यहाँ पधारे थे। उन लेखकों की पुस्तकें तो मैं पढ़ता था। अब स्वयं लेखकों के आने पर उनसे बात करने का लोभ मन में पैदा तो होता ही। महात्मा गांधी संस्थान में सम्मेलन पूरा हो जाने पर मेहमानों को भ्रमणार्थ ले जाना था। सम्मेलन में आए हुए हिंदी के यशस्वी रचनाकार अमृतलाल नागर से मेरा खूब बनता था। उन्होंने एक दिन पहले मुझसे कहा था वे भीड़ से अलग रहना पसंद करते हैं। अत: मैं ऐसी व्यवस्था करूँ ताकि वे मॉरीशस देखने के साथ यहाँ के बारे में खुल कर बात करने का आनन्द ले सकें। उन्होंने मुझे नाम भी बता दिया, यानी दो लोगों को वे अपने साथ में लेने वाले हैं। वे थे विष्णु प्रभाकर और भगवती चरण वर्मा।

उन दिनों मेरी अपनी मोटर नहीं थी। मैं टैक्सी लेकर होटल पहुँचा था तो पता चला अश्क जी भी साथ में होंगे। नागर जी ने मुझसे कहा इसने बहुत जिद की इसलिए इसे भी साथ लेना पड़ा। रात को ही अश्क जी को पता चल चुका था नागर जी घूमने की अपनी व्यवस्था अलग कर रहे हैं। उन्होंने नागर जी से कहा था मॉरीशस में छ: लोग टैक्सी में सवारी करते हैं। इस दृष्टि से उनके लिए एक जगह तो हो ही सकती है। नागर जी ने उन्हें साथ ले जाने से तो बहुत ना नुकर की थी। पर वे साथ जाने के लिए अड़ ही गए थे तो नागर जी ने अपनी अवशता स्वीकार कर ली थी।

उन लोगों की बातों से मुझे पता चला था क्यों वे अश्क को साथ ले जाने के लिए तैयार नहीं थे। अश्क जी रंगीले निजाज के आदमी थे। वे प्रेम की बातें करते और प्रेम की कविता सुनाते। नागर जी ने कहा था अश्क के साथ वे बदनाम होना नहीं चाहते। वे तो मात्र अपनी साधुता लेकर मॉरीशस आए हैं। इस पर अश्क जी ने कहा था प्रेम की बात करने में साधुता मटमैली नहीं हो सकती और यह गारंटी वे लिखकर दे सकते हैं। उनकी बातें जिस तरह से चल रही थीं मैं तीस साल का लड़का तो बड़ी कसमसाहट महसूस कर रहा था। नागर जी कह भी रहे थे अरे अश्क, मॉरीशस के इस लड़के का लिहाज़ तो कर।

उन्हें मैं 'परी तालाब' की ओर ले जा रहा था। अब उस तालाब को 'गंगा तालाब' नाम दिया गया है। कहा जाता है 'गंगा तालाब' धर्म से प्रेरित नाम है। खैर, इस नाम की व्याख्या में मुझे फिलहाल जाना नहीं है। मुझे विशेष रूप से अश्क जी के बारे में बात करनी है। बाकी, मानो मेरी बातों की गवाही भरने के लिए नागर जी, भगवती चरण वर्मा और विष्णु प्रभाकर जी होंगे। थोड़ी देर के लिए मेरे इस संस्मरण से साझा करने वे आत्माएँ मॉरीशस की धरती पर आ जाएँ तो ज़रूर उनकी सामूहिक स्वीकृति होगी मैं तो सर्वथा सच का बयान कर रहा हूँ।

अश्क जी को साथ ले जाने के लिए तत्पर न होने वाले नागर जी ने मानो उनका लोहा मान लिया था। उन्होंने कहा था अश्क को यहाँ नाराज़ कर दूँ तो यह पूरे भारत में मुझे बदनाम कर देगा। अश्क जी ने एक बड़ा ही तगड़ा उत्तर दिया था जिस पर मैं सेंसर की कैंची चला डालना ठीक मान रहा हूँ। नागर जी ने स्वयं साधुता का आवाहन कर लिया था तो मेरी सीमा रेखा वही होनी चाहिए।

अश्क जी अपनी टोपी जिस अदा से ठीक करते थे वह देखना मुझे खूब अच्छा लगता था। मैं उन्हें गंभीर लेखक के रूप में जानता था। उनका व्यक्तित्व यहाँ सामने होने पर मेरे लिए वे एक अलग ही पहचान के अश्क होते चले जा रहे थे। हम जंगल के रास्ते से आगे बढ़ रहे थे। अश्क जी ने तभी धुन पकड़ ली थी उन्हें शहर देखना है। वे मुझसे पूछते थे कितने मिनटों के बाद शहर आने वाला है। अब मैं उनसे कैसे कहता शहर तो बिल्कुल आने वाला नहीं है। हमें पूरा दिन उधर ही बिताना था। खाना तो हमने ले ही लिया था। पर चाय नहीं ली थी। सबसे बड़ा अड़ंगा यही बना। पानी और कोका कोला हमने ले रखा था। मॉरीशस की तबीयत के अनुकूल यही उपयुक्त होता है। यहाँ घूमने की बेला में चाय बहुत हद तक अनपूछी रह जाती है। पर जो अनपूछा छूटता है अश्क जी का सवाल यही हुआ उनकी तबीयत के साथ मैच करने वाली चाय क्यों साथ में नहीं है? उन्होंने कह भी दिया चाय नहीं तो वे इस यात्रा को नहीं मानते।

बाकी मेहमान भी चाय के आशिक लग रहे थे। पर वे मुझ पर अश्क की तरह प्रहार करने वाले न हुए। उन्होंने अपने ऊपर दोष लेकर कहा था वे स्वयं चाय लेना भूल गए थे। नागर जी ने अश्क से पूछा था तुम ने मेरा बड़ा थर्मस देखा था कि नहीं? अश्क जी ने ज्यों ही देखने की हामी भरी थी नागर जी बोले थे तो गलती तुम्हारी है। तुम्हें चाहिए था थर्मस में चाय लेकर होटल से निकलते।

अश्क जी से तो बार-बार यही कहा जा रहा था आज की यात्रा में शहर अनुपस्थित रहेगा। पर वे कहते थे शहर को तो आगे होना ही चाहिए। विष्णु प्रभाकर जी ने गुस्साते हुए कहा था लगता है अश्क के मन में शहरी लंपटी का विचार चल रहा है। अश्क अब तो प्रभाकर जी पर बरस पड़े थे। 'आवारा मसीहा' के लेखक विष्णु प्रभाकर जी ने अश्क जी की आवारा जैसी बातों से शर्माये से होकर चुप्पी

रखी तो चुप ही रहे।

ओफ़ ओ, दुर्भाग्य ही कहें टैक्सी बीच जंगल में खराब हो गई। अश्क को छोड़ सब उदास। अश्क जी को जैसे पता ही न हो कार में खराबी आ गई है। वे कहते थे मोटर खड़ी होने का मतलब हुआ चाय ने उन्हें यहीं कहीं से आवाज़ देकर कहा मोटर से उतरो और मुझे गरम-मीठा जान कर अपने कंठ में उतारो। टैक्सी खराब होने जैसे संकट के क्षण में यह तो अश्क जी का मसखरापन हुआ। अब चाहे खूब हँसने वाले नागर जी उन्हें डाँटें, साधु स्वभाव के प्रभाकर जी उनसे रार मोल लें या भगवतीचरण वर्मा जी 'रेखा' जैसे अपने रोमांटिक उपन्यास के शब्दों से उन्हें गुदगुदाएँ, किंतु इसमें से एक भी चाय के वियोग के कारण कुछ काम आने वाला नहीं था।

ड्राइवर सिर पर हाथ रखे अपेक्षा में था इधर से कोई कार गुजरे तो उससे सहायता के लिए कहेगा। अश्क अकेले हुए जो कहते थे उधर से जो कार आए उस कार के लोगों से पूछना तो होगा उनके पास भर थर्मस चाय है कि नहीं? संयोग से एक कार आई और अश्क जी ने तो लपक कर हिंदी में पूछ ही लिया भई चाय मिलेगी? उत्तर हिंदी में ही मिला चाय मिलेगी। कार वाला अपने परिवार के साथ परी तालाब पूजा करने आ रहा था। भारतीयों को पा लेने पर उसने अपने को धन्य पाया। उसेके पास भर थर्मस चाय होने के साथ पर्याप्त गिलास थे। उसकी श्रीमती ने चाय गिलास में उड़ेलने की जिम्मेदारी स्वयं निभायी। अश्क जी चाय की चुस्की लेने की प्रक्रिया में सिर पर हाथ रखकर बैठ गए। मॉरीशस की उस आत्मीयता ने उन्हें हत्प्रभ कर दिया था। विशेषकर उन लोगों के साथ हुए हिंदी संवाद से उनका मानना था यह देश हिंदी खूब जानता है। बच्चों जैसा व्यवहार करने वाले अश्क अब मानो वट वृक्ष हों और हम सब उस वृक्ष की छाया में साँसें ले रहे हों।

हमारे ड्राइवर ने उस ड्राइवर के साथ मिल कर गाड़ी ठीक करने की कोशिश तो बहुत की, लेकिन परिणाम शून्य ही निकला। उस आदमी को पूजा के लिए जाना था। वह हमसे आज्ञा मांग कर गया। हमारे ड्राइवर ने अचानक हमें सूचित किया उसने ठोंक ठाँक कर कार ठीक कर ली। अश्क जी ने अब पूछा—गाड़ी खराब हो गई थी क्या?

लो, अश्क जी तो फिर मासूम बनने लगे !

भगवती चरण वर्मा जो अब तक चुप रहने में मानो अपना भला मान रहे थे उन्होंने अश्क से पूछा–अरे, तुम लिखते कैसे हो रे?

अश्क जी ने अपने लेखन पर गाली पड़ते देख कर कहा—ऐ पंडित, मेरे लेखन को गाली मत दो। खैर, बातें तो और भी बहुत होती रही थीं। इस बीच हम परी तालाब पहुँच गए थे। आधे दिन की यात्रा में यही एक जगह हुई जहाँ अश्क जी हँसी और खुशी से भरपूर दिखे। अब जाकर बात खुली अश्क जी जान बूझ कर इस तरह व्यवहार कर रहे थे। उनकी मंशा अपने इन मित्रों को छकाने की थी। वे जब बोले

कि तुम सबको मैं बना रहा था तो नागर जी ने उन्हें डाँटने के साथ हल्की-फुल्की गालियों से उनकी खबर ली। तीनों को इस तरह आत्मीय देखकर मुझे बहुत अच्छा लग रहा था। मेरा मूड बन आया मेहमानों को सुना दूँ यहाँ से संबंधित एक लोक कथा है। सामने में जो छोटा सा टीला है उस पर परियाँ रातों को नृत्य करती थीं। सुनने पर अश्क जी ने मुझसे पूछा-तुम ने देखा था?

मैंने कहा—मैंने तो न देखा। यहीं का हूँ न, इसलिए परियों ने मुझ पर कृपा नहीं की। पर आप लोग तो हमारे मेहमान हैं। रात को यहीं ठहर जाते हैं। परियाँ टीले पर प्रकट होंगी और नृत्य भी करेंगी। यह मेरा मज़ाक था और प्यारा मज़ाक। अश्क जी ने मेरी पीठ ठोंक कर कहा था—बेटे, तुम बहुत बड़े कहानीकार बनोगे।

अश्क जी से इतना सुनते ही विष्णु प्रभाकर, नागर और भगवती चरण वर्मा जी तालियाँ बजाने लगे थे। आज इतना ही कह सकता हूँ उस दिन मेरा लेखक ज़रूर लेखकीय सफ़र में आगे बढ़ गया था।

जैसा सर्वविदित है कि मॉरीशस एवं अन्य देशों में भारतीय मजदूर गिरमिट प्रथा के अंतर्गत आए थे और विषम परिस्थितियों से संघर्ष करते हुए अपने जीवन का निर्वाह करते रहे। इसी कुली समुदाय की दूसरी और तीसरी पीढ़ी मॉरीशस के सर्वोच्य पदों (प्रधानमंत्री /राष्ट्रपति) तक पहुँच गई है, क्या हिंदी भाषा ने इस मुकाम तक पहुँचाने में लोगों की मदद की है?

रामदेव धुरंधर : आपने बात सही उठायी भारतीय मजदूर गिरमिट प्रथा के अंतर्गत किसी भी देश में गये और दुखों के बीच उनका जीवन पलता रहा। सूरीनाम, फीजी आदि देशों में जो मजदूर गए उनके दुख कैसेरहे होंगे यह तो वहीं के लोग लिख कर उजागर कर पाएँगे। अब जैसे कि मॉरीशस के शर्तबंद मजदूरों को कोड़ों से मारा गया, उनकी बहू बेटियों पर डाके डाले गये, विरोध जताएँ तो जान से मारकर जमीन में दफना दिये जाएँ, यह सब मॉरीशस की दर्दनाक कहानी है। यहाँ की जमीन पर जन्म पाकर बड़ा होने के बीच सुनते और लेखक बनने की प्रक्रिया में अपने अंतस में झेलते इन सारी आपदाओं के प्रति एक तरह से मैं रूढ़ हो गया हूँ। यह मुझसे छूटता नहीं है तो बात ऐसी भी है मैं स्वयं इनसे छूटना नहीं चाहता। मेरे भीतर मेरे पूर्वज जिंदा रहें तो मेरा कोई घाटा होने वाला नहीं है। बल्कि उनसे छूटने से मेरा घाटा है। जीवन की इस उम्र में भी मुझे लगता है मेरे घर का दरवाजा तो उन्हीं से खुलता है। घर के भीतर प्रवेश करता हूँ तो उनके हाथों जलाये गये दीयों से मेरा घर रोशन हो रहा है। इसमें झूठ नहीं है। मेरे पूर्वजों ने चांदी का एक सिक्का न छोड़ा होता तो आज मैं दावा नहीं कर सकता मुझे स्वर्ण की पहचान हो सकती है।मैं पूरी

बात को एक संस्कृति में लौटा रहा हूँ। भारतीयों के कपड़े, उनकी कुदाल, उनकी झोंपड़ी आज सब नष्ट हो गये हैं, लेकिन जो नाशवान न हुआ वह उन की संस्कृति थी। वह संस्कृति इस देश में हिंदी से रोशन हुई है। आज मैं इसी बात पर बार बार कहता और लिखता भी हूँ मेरे देश में हिंदी भाषा हुई तो हुई, लेकिन खासकर हिंदी 'संस्कृति' तो खूब हुई। अपने प्रश्न में आप मॉरीशस के राष्ट्रपति और प्रधानमंत्री की यह जो बात कर रहे हैं इनकी जड़ में भी कभी झोंपड़ीनुमा घर रहा है, गरीबी के टिमटिमाते दीयों में इन की रातें कटी हैं। सर्वेक्षण के किसी भी कोण से हम वहीं पहुँचेंगे भारतीय संस्कृति जो स्वयं हिंदी से थी इन लोगों का साझा तो वहाँ से अवश्य ही है। पर जब बात हम इस तरह से करें कि हिंदी चाहे भाषा थी, या संस्कृति थी उसी के साक्ष्य में ये लोग देश के प्रधानमंत्री अथवा राष्ट्रपति बने यहाँ बात स्वयं एक अलग मोड़ अख्तियार कर लेती है।

मैं इतिहास के उस पन्ने को यहाँ उकेर रहा हूँ प्रो. बासुदेव विष्णुदयाल भारत से पढ़कर आए थे। मैंने 'पथरीला सोना' उपन्यास के चौथे खंड में यह विस्तार से लिखा है। विष्णुदयाल भारत से स्नातक बनकर जहाज द्वारा जब मॉरीशस के बंदरगाह पर पहुँचे थे तमाम लोग उनके स्वागत के लिए वहाँ इकट्ठे हुए थे। जो लोग वहाँ पहुँचे थे उनके भीतर भावना यही रही हो भारत से हिंदी पढ़कर आ रहे एक विद्वान का जयकारा करने पहुँचे हैं। स्वागत के उस रोमांचक क्षण से गुजरने वाले हिंदी के विद्वान विष्णुदयाल ने स्वयं एहसास किया होगा भारत की हिंदी और वह हिंदी जो स्वयं में संस्कृति है उन्हें उसकी प्रतिमूर्ति का अलंकरण वरण हो रहा है। विष्णुदयाल जो बनकर आए आजीवन वही रहे। उनके संघर्ष का सिद्धांत यही रहा इस देश को उसी भारतीयता की आवश्यकता है जो वे हिंदी तथा संस्कृति को एकलय और एकात्म के रूप में लेकर स्वदेश लौटे हैं। निस्सन्देह उनका अभियान बड़ी भव्यता से देश में चारों ओर निनादित हो रहा था। भारतीय संस्कृति के नाम पर उन्होंने पोर्ट लुईस में एक महायज्ञ संपन्न किया था जिस में भारतीय मन के हजारों ने भाग लिया था। उन दिनों वाहन की ज्यादा सुविधा तो थी नहीं। लोगों ने एक दिन पहले घर से चलना शुरू किया था और अगले रोज यज्ञशालाके समक्ष पहुँच पाये थे। हमारा इतिहास गवाह है अंग्रेज सरकार उस भव्यता से चिहुँक पड़ी थी। विष्णुदयाल ने स्वयं अनुमान लगा लिया था इस देश के वे अग्रणी नेता के रूप में अपनी पहचान कायम करने के रास्ते पर हैं। पर कालांतर में बात वैसी न रह पायी। कहानी तो बहुत लंबी है, लेकिन मैं उस विस्तार में न जाकर आपके प्रश्न पर लौटता हूँ। प्रश्न में विशेष रूप से यह है राजनीति में नाम कमाने वाले लोगों ने हिंदी से अपना तारतम्य कहाँ तक बनाये रखा? प्रश्न के उत्तर में मैं इस तरह से कहूँगा हिंदी भाषा तो इनके लिए नगण्य रही, लेकिन हिंदी जो संस्कृति भी थी इसका नाम इन्होंने खूब लिया। हमारे राष्ट्रपिता शिवसागर रामगुलाम हुए उन्हें नाममात्र के लिए हिंदी आती थी और वे इसे अपना स्वाभिमान

मानते थे। हिंदी से संस्कृति में आते यहाँ भी वे श्रद्धावान ही हुए। ऐसा तो कह लिया जाता है वोट के लिए उनका यह चेहरा था। पर मेरी दृष्टि में उनकी आत्मा वही थी भारतीय संस्कृति को गाएँ। उनका ही चला तो हिंदी चाहे तो भाषा और चाहे तो संस्कृति के रूप में आबाद रह सकी। अन्यथा संसद में तो ऐसा स्वर उठा था हिंदी के नाम पर पैसा बरबाद करना बंद किया जाए। प्रधानमंत्री के रूप में वे शिवसागर ही हुए जिन्होंने इस जहर को हिंदी के लिए जहर बनने से रोक लिया था।

मुझे याद आता है मैंने फेसबुक में यह सारा कुछ लिखा था। आपका प्रश्न होने से मैं वही लिख रहा हूँ और इसमें किसी प्रकार का घुमाव फिराव नहीं है। शिवसागर इंग्लैंड से डाक्टर बनकर आए थे और यह उनके खाते में कुछ अधिक अंक जमा करने में बहुत काम आया। बासुदेव विष्णुदयाल इसी बात पर उनसे दूर रहे क्योंकि भारत और इंग्लैंड की परिभाषा से विद्या की दोनों की जमीन दो थी। बासुदेव विष्णुदयाल ने खुलकर कहा शिवसागर अंग्रेजों के एजेंट हैं। यह सच हो या झूठ हो, लेकिन देश पर तो शिवसागर की पकड़ ही मजबूत होती गयी और एक तरह से बासुदेव विष्णुदयाल पर्दे के पीछे होते चले गए।बासुदेव विष्णुदयाल के बारे में एक बात सच तो है वे अपने परिवार से अकेले भारतीय स्नातक हुए। उनके परिवार से कोई दूसरा भारतीय स्नातक हुआ हो तो यह मैं नहीं जानता। पर मैं सुदृढ़ रूप से जो जानता हूँ वह यह है कि कालांतर में उनके परिवार के जो लोग इंग्लैंड से पढ़कर आए इस देश में वे बड़े बड़े पदों पर आसीन हुए।

फेसबुक में मेरा लिखा लोगों को याद हो तो वे मानेंगे इस बार भी मैं वही लिख रहा हूँ हिंदी के हमारे तमाम अग्रदूत जिन्होंने हिंदी के नाम पर सम्मान बटोरा और पूज्य हुए उनके बच्चे इंग्लैंड, फ्रांस, अमेरीका आदि देशों के डाक्टर, वकील, इंजीनियर वगैरह हुए। मॉरीशस 1968 में स्वतंत्र हुआ था। उन दिनों प्रथम प्रधानमंत्री राष्ट्रपिता शिवसागर रामगुलाम और उनकी पार्टी के जो लोग मंत्री हुए उन सबमें कुछ-कुछ हिंदी बनी रही। बाद में जो भारतीय वंशज देश के मंत्री, प्रधानमंत्री, राष्ट्रपति वगैरह बने 'अप्रत्यक्ष' रूप में वे हिंदी से आत्मीय लगाव रखते हों तो मैं उनके प्रति माथा नत करना अपना धर्म मानूँगा। पर सच यह भी है 'प्रत्यक्षता' से इनमें हिंदी ढूँढ़ना अमावस में चांदनी रात का सपना देखने जैसा होगा। आज की तारीख में प्रधानमंत्री और राष्ट्रपति दोनों भारतीय वंशज हैं। गंगा तालाब में शिव की भक्ति करते ये दिख जाएँगे यह इनकी संस्कृति होगी, लेकिन हिंदी भाषा नहीं। हिंदी के समारोहों में एक दो वाक्य ये हिंदी में बोल लेंगे। पर यह इस कोण से राजनीति मात्र है क्योंकि उर्दू के स्थानों में ये उर्दू में सलाम करते हैं। चीनी लोगों के पर्व में इन्हें दावत हो तो चीनी में ये एक दो शब्द अवश्य कहेंगे और इसके लिए तालियाँ तो निश्चित ही बजेंगी। अब तो मुसलमान अरबी के बहुत पक्षधर होते चले जा रहे हैं। इस कोण से देश के सर्वोच्च भारतीय वंशज नेता अरबी में भी सलाम ठोंकने की राजनीति से अपने

भविष्य का अंडा सेंक रहे हैं।

यहाँ मुझे व्यंग्य के तेवर में एक बात कहना समीचीन लग रहा है। यदि भारतीय वंश का कोई राजनेता हिंदी में कहीं भाषण दे और फ्रेंच अखबारों में अगले दिन छप जाए कि वह हिंदी का पक्षधर लगता है तो उसे अपनी राजनीति में संकट के कीड़े मँडराते नजर आने लगेंगे। यह कैसे हो कि वह हिंदीमना हो जाए और बाकी देश उससे छूट जाए। देश की एकता के नाम पर यह भी एक छली लबादा है जिसे राजनेता अपने कंधों पर ढोते फिर रहे हैं। मैं अपने उत्तर में पूरी बातों का निचोड़ यही सामने रख रहा हूँ भारतीय वंशज प्रधानमंत्री, राष्ट्रपति जैसे देश के सर्वोच्च पदों पर पहुँचे हुए लोगों के लिए हिंदी से जो संस्कृति है उसी से इनकी खानापूर्ति समझा जाए। बाकी बिना कागज के मौलिक रूप से हिंदी के दो चार व्याकरण सम्मत वाक्यों की इनसे अपेक्षा न की जाए।

मॉरीशस में हिंदी के प्रसार-प्रसार में कौन-कौन सी संस्थाएं हिंदी के लिए समर्पित होकर कार्य कर रही हैं? और आप इनकी गतिविधियों से संतुष्ट हैं? मॉरीशस में हिंदी साहित्य को समृद्ध करने में किन-किन साहित्यकारों का ऋण स्वीकार करते हैं?

रामदेव धुरंधर : आपके दो प्रश्न मेरी ओर से उत्तर के लिए प्रतीक्षित हैं और मैं स्वयं मान रहा हूँ उत्तर करने से मुझे एक निवृत्ति की अनुभूति हो सकती है। कुछ ऐसा जो मन में परेशानी का सबब बना हुआ हो और उसी पर बोलने के लिए अवसर की संभावना बन रही हो तो अच्छा हो बोल ही लिया जाए। मैं ऐसा तो नहीं कहूँगा वह नासूर जैसा हो जो न बोलने से मुझे मृत्यु जैसी स्थिति में पहुँचा दे। बल्कि वह जैसा भी है उसके साथ मैं जी सकता हूँ, लेकिन यहाँ लोगों से अपने विचार बाँटने की बात है जो मेरी ओर से उद्घाटित होने पर एक तो यह सत्य परिभाषित होगा कि मेरे देश के बारे में जैसा सोचा जाता है वैसा नहीं है और वैसा नहीं है तो उसका 'कारण' क्या है। मैं मानता हूँ 'कारण' हों तो उनके निदान के लिए एक तत्परता स्वयं मुखर हो सकती है, लेकिन फिर मैं ऐसी सोच के धरातल पर भी पहुँच सकता हूँ कि नदी के दो तट जब खंडित हो रहे हों तो नदी के प्रवाह पर किसी का वश रह नहीं पाता।हिंदी ऐसी नहीं है कि मानो उस पर चूहों के दाँतों का खतरा जान कर इधर से उधर खिसका दें और उसे सुरक्षित मान लें। हिंदी की सामाजिक प्रभुता है। तब तो उसे समाज के अक्स में देखा जाना चाहिए। समाज उसे माने तो वह देव, अन्यथा पत्थर। आप पूछ रहे हैं हिंदी के प्रचार-प्रसार में कौन सी संस्थाएँ हिंदी के लिए समर्पित होकर कार्य कर रही हैं? मैं इनकी गतिविधियों से अपने को संतुष्ट मानता हूँ

कि नहीं? मैं बात वहाँ से शुरू कर रहा हूँ जब मॉरीशस में हिंदी 'भारतीय संस्कृति' और 'हृदय' से हुआ करती थी। अबकी सच्चाई यह है मॉरीशस की हिंदी सरकार पर आश्रित है। यह अवसरवादियों का करिश्मा है। सरकार पैसा दे तो अवसरवादी मानो हिंदी को अपने सिर पर लादे सरकारी हो जाएँगे। इस कोण से मैं यह बताने में असमर्थ हूँ कि कौन सी संस्था हिंदी के लिए सबल रूप से काम कर रही है। वैसे, दो तीन संस्थाएँ मेरे ध्यान में हैं जिनकी चर्चा करना मुझे आवश्यक लग रहा है, लेकिन बात ऐसी भी है कि जो तथाकथित बहुरूपिये अपने को हिंदी के मामले में बड़बोले दिखाते हैं उन्हें मिर्च का तीखापन चढ़ जाएगा। यह ऐसा है स्वयं संकीर्णता में लिप्त हों, लेकिन हिंदी का लबादा ओढ़े हों तो मानो उन्हें चमत्कृत होने का अपने आप प्रमाणपत्र मिल जाता है। मैं अपने देश की हिंदी के इतिहास को साक्ष्य बनाकर बात सामने रख रहा हूँ। शायद इससे मॉरीशस की वर्तमान हिंदी को समझने में थोड़ी सुविधा हो सके। एक समय था जब लोग हिंदी के प्रेम में आत्मविभोर होकर अपनी जमीन दान कर देते थे ताकि बैठका बनाकर हिंदी की पढ़ाई की जा सके। अपवाद स्वरूप इस तरह के हिंदी प्रेमी यदा कदा अब भी मेरे देश में होते हों तो मैं उन्हें प्रेम और श्रद्धा से अपना नमन समर्पित करना अपना धर्म मानूँगा। पर जलजला स्वरूप जो क्रूर सत्य देश में छलछलाया हुआ है उसे मैं अनदेखा भी नहीं कर सकता। आज ऐसा है सरकार से या समाज से हिंदी के नाम पर चंदा वसूल करेंगे, लेकिन बदले में अपने लिए बंगले की खरीदारी में उस पैसे का इस्तेमाल करेंगे और यहाँ तक ढीठ बनकर इस तरह से भाव प्रदर्शित करेंगे कि हिंदी की लकुटी और धोती हजम करने के लिए सीने में बाल होना चाहिए। हिंदी को लूटने में महिला हो, बल्कि निश्चित ही एक-दो साड़ीदार महिलाएँ होती हैं, लेकिन उनकी प्रताड़ना के लिए फिलहाल मुझे कोई विशेषण सूझ नहीं रहा है।

मैं मॉरीशस की वर्तमान हिंदी के प्रति यह जो चिंता जाहिर कर रहा हूँ यह चिंता देश के बहुत से लोगों के जेहन में भी हो सकती है। ऐसा होना भी चाहिए क्योंकि यह हिंदी के मामले में एक ज्वलंत प्रश्न है। मैं केवल इतना जानता और मानता भी हूँ हिंदी सरकारी हो और पैसे से शुरू होकर पैसे पर ही टिकी रह जाए यह हिंदी के कल्याण के लिए शुभ लक्षण हो नहीं सकता। यहाँ हिंदी को दिल से सींचा गया है और अबके दिनों में यही मजाक बन जाए तो आगे अँधेरे पक्ष से ही हमारी मुठभेड़ होगी। अब मॉरीशस में विश्व हिंदी सचिवालय की स्थापना हो जाने से विश्व हिंदी का ध्यान इस पर केंद्रित होना स्वाभाविक है। यह सचिवालय मॉरीशस की हिंदी के लिए एक नगीना है, तथापि इस तरह से भी हो सकता था अमेरीका, यूरोप, ऑस्ट्रेलिया आदि महादेश समूहों को ध्यान में रखते हुए वहाँ-वहाँ हिंदी सचिवालय का एक-एक केंद्र खोला जाता। जितना पैसा यहाँ लगा है उतने पैसे में इतना कुछ हो जाता और हिंदी का झंडा वहाँ-वहाँ बड़ी शान से फहर रहा होता। अब तक मॉरीशस में स्थापित

विश्व हिंदी सचिवालय के कार्यक्रमों पर एक बार दृष्टिपात तो करें। ग्यारवाँ विश्व हिंदी सम्मेलन यहाँ आयोजित हुआ, लेकिन विश्व हिंदी सचिवालय उस सम्मेलन के सहयोगी के रूप में कुछ खास उभर न पाया। विश्व हिंदी सचिवालय की ओर से एक दो बार लघुकथा प्रतियोगिता का आयोजन हुआ। पहली बार विश्व लघुकथा प्रतियोगिता थी। निर्णय का एकल अधिकार मुझे दिया गया था। मेरे सामने लघुकथाकारों के नाम नहीं थे। बाद में जब मुझे नाम मालूम हुए थे मैंने फक्र महसूस किया था जिन लोगों को मैंने विजयी घोषित किया था वे पहले से लघुकथा में अपनी पहचान बना चुके थे। दूसरी बार विश्व हिंदी सचिवालय में लघुकथा की जो प्रतियोगिता रखी गयी थी वह विश्वीय न होकर स्थानीय थी। इस बार भी निर्णायक मुझे ही बनाया गया था। निर्णायक के रूप में मेरे सामने सौ तक लघुकथाएँ थीं जिनका मैंने पहले की तरह बहुत ही बारीकी से अनुशीलन किया था। दूसरी बार लघुकथा पर एक कार्यशाला भी रखी गयी थी। लघुकथाकारों का मार्ग दर्शन करने के लिए मुझे ही बुलाया गया था। लघुकथा में मेरी पहुँच देखकर मुझे यह सम्मान दिया गया था और मैंने विश्व हिंदी सचिवालय के मान सम्मान को अपनी ओर से यथा संभव शीर्ष बनाने का प्रयास किया था। पर विश्व हिंदी सचिवालय ने अब एक ढर्रा अपना लिया है। वह कहानी प्रतियोगिता या कविता प्रतियोगिता से आगे बढ़ न पा रहा है। कुछ डॉलर का ईनाम रखा जाता है और विश्व हिंदी लेखन के नाम पर इसका पोषण चल रहा है। लगे हाथ विश्व हिंदी दिवस के अवसर पर किसी देश के एक हिंदी विद्वान को बुलाकर भाषण करवा लिया जाता है। मेरा प्रश्न है विश्व हिंदी सचिवालय क्या इसी तरह के कूप मंडूकी चाल चलन के लिए आकार में आया है? एक बात और भी बहुत ही गंभीर है। सचिवालय की संचालन कमिटी में सरकारी पदों के अंग्रेजीदाँ होते हैं। मैंने पहले भी लिखा विश्व हिंदी सचिवालय को अंग्रेजी से मुक्ति के लिए पहले लड़ना होगा। पर अंग्रेजी का यह किला वहाँ ध्वस्त हो सकेगा इस पर संदेह तो बना रहेगा। कथा सम्राट प्रेमचंद का नाम और इस देश में पागल आदमी का नाम भी प्रेमचंद हो सकता है। इस अंतर का पर्दाफाश सबसे पहले विश्व हिंदी सचिवालय में हो, इस के बाद हिंदी के बड़े कामों के लिए रूपरेखा तैयार की जाए।

दीपक जी, अंत में इस बात पर आता हूँ मॉरीशस में हिंदी साहित्य को समृद्ध करने में किन-किन साहित्यकारों का मैं ऋण स्वीकार करता हूँ। सच कहें तो हिंदी प्रेमियों का ऋण मैं अपने ऊपर मानता हूँ। यह ऋण देश की हिंदी के कंधे पर भी आसीन है। बैठकाओं में ककहरा की पढ़ाई हुई जो बच्चों को संस्कारित करने के उद्‌देश्य से मानो देश की चहुँ दिशाओं में नाद मचाता था। शाम को बच्चा रास्ते पर खेल रहा हो तो उसके माँ बाप से कहा जाता था अपने बच्चे को सायंकालीन हिंदी की पाठशाला क्यों नहीं भेजते हो। 'मैं' स्वयं इस संस्कार की उपज हूँ। मेरे देश के सभी वयोवृद्ध जीवित लेखक अथवा स्वर्गवासी हो चुके हिंदी प्रेमी व लेखक हिंदी के

उस अतीत के ऋणी हैं।आप जिस संदर्भ में ऋण शब्द मेरे सामने रख रहे हैं इसका उत्तर भी मेरे पास है। मैं हिंदी लेखक और प्रचारक प्रोफेसर बासुदेव विष्णुदयाल का ऋण अपने ऊपर मानता हूँ।

आपका कहना है कि मॉरीशस हिंदी साहित्य की तिकड़ी रामदेव धुरंधर, अभिमन्यु अनत और पूजानंद नेमा हिंदी के डिग्रीधारी नहीं रहे। क्या डिग्री न होने का कोई अफसोस है? आज तो आप तीनों सर्वाधिक पढ़े जाने वाले प्रवासी हिंदी साहित्यकार के रूप में प्रतिष्ठित हैं, आपके साहित्य सृजन के संयोजन/सुगठन में डिग्री कहीं बाधक नहीं लगती।

रामदेव धुरंधर : आपके प्रश्न के आधार पर अभिमन्यु अनत और पूजानन्द नेमा का मैं स्पष्टता से उल्लेख कर रहा हूँ। और फिर हम तीनों का सत्य यही है हम डिग्रीविहीन हिंदी के लेखक हैं और हमारे देश में इसकी यथावत चर्चा होती है। हम तीनों ने महात्मा गांधी संस्थान में साथ नौकरी करते अपने पास डिग्री न होने की अकसर चर्चा की, लेकिन क्षोभवश नहीं। इतना अवश्य है अभिमन्यु के पास डिग्री न होते भी उसे डिग्री वालों से अधिक ही मिला। रहे पूजानन्द नेमा और मैं, डिग्रीधारी होने से हमें वेतन में कुछ रूपए अधिक मिलते। इस देश का झगड़ा यही है। जिसने पढ़ाई के बल पर डिग्री हासिल की उसका लक्ष्य ऊँचा वेतन पाना ही रहा।

मैं अपनी बात सिद्ध करने के लिए 30-40 साल पहले के इतिहास में जाना सही मान रहा हूँ। हिंदी में डिग्रीधारी 'तब' और चाहे 'अब' भी मॉरीशस के माध्यमिक स्कूल, स्थानीय रेडियो, टी। वी, महात्मा गांधी संस्थान और इस तरह के यत्र तत्र कुछेक सरकारी अथवा गैर सरकारी प्रतिष्ठानों में जाने भर की कल्पना कर सकते हैं। मैं 30-40 साल पहले की जो बात करना चाहता हूँ उन दिनों डिग्रीधारी होकर महात्मा गांधी संस्थान में जाना किला फतह करने जैसा होता था।

मैं कहने में अपने को निर्बाध मान रहा हूँ महात्मा गांधी संस्थान में उन दिनों हिंदी के जो डिग्रीधारी आए अभिमन्यु अनत से वे अपनी प्रतिस्पर्द्धा मानते थे। उन्होंने सवाल उठाया जिस पद पर डिग्रीधारी को होना चाहिए वहाँ अनत कैसे हो सकता है? अभिमन्यु अनत, पूजानन्द नेमा और मैं जिस विभाग में कार्यरत थे उसी विभाग से हिंदी लेखन जुड़ा हुआ था। वसंत और 'रिमझिम' का प्रकाशन हमारे विभाग से ही होता था। सवाल यह भी उठता था डिग्रीविहीन लोग कैसे प्रकाशन की जिम्मेदारी संभाल सकते हैं। डिग्रीधारियों ने मंच से अनत को सुनने तक से किनारा काटा, क्योंकि उनका मानना था उसे हिंदी आती नहीं है। पर आज हिंदी के जिस उत्कर्ष से मेरा व्यक्तित्व होता है और यहाँ से मैं उन दिनों का खाका अपने सामने खींच रहा

हूँ तो मुझे कहने से संकोच नहीं अभिमन्यु अनत आधा घंटा धाराप्रवाह बोले तो न उसमें अटकाव होता था और न व्याकरण की कोई त्रुटि।

2004 में मेरे साथ एक वाक्या हुआ था। मुझे और महात्मा गांधी संस्थान के एक पी-एच.डी. महोदय को नेहरू संग्रहालय दिल्ली की ओर से एक गोष्ठी में भाग लेने का आमंत्रण मिला था। तब अनत नौकरी से अवकाशग्रही होकर चले गए थे। मैं जिस महोदय की बात कर रहा हूँ अनत की जगह पर उसे हमारे विभाग का संपादक बनाया था। दीपक जी, आपके एक प्रश्न के उत्तर में मैंने उसकी चर्चा की है। मैंने आपको बताया था गाजियाबाद के डा. धनन्जय सिंह जैसे विद्वान मुझसे मिलने आए थे और वह रास्ता रोककर कहने लगा था मैं उसके साथ काम करता हूँ अत: पहले उसे पूछा जाए इसके बाद वह चाहे तो मेरी बारी आ सकती है।

संस्थान में प्रकाशन विभाग का हेड होने से उसे दिल्ली का बुलावा आया था। आमंत्रण मेरे लिए भी था। अब मैं जाता तो उसके लिए अवरोध यह था मैं उसके विभाग में काम करता था। मुझे बुलाया गया था तो मेरे अपने लेखन के बल पर। हम साथ गये और उसने मेरे साथ दूरी ही ज्यादा बनाकर रखी। पर भारत की जमीन पर मेरे स्वागत का जो सिलसिला चला हिंदी का वह तथाकथित सम्राट मानो अज्ञातवास काटने के लिए विवश होता चला गया था। हमें दिल्ली के जनपथ होटल में ठहराया गया था। लेखक मुझसे मिलने आते थे और मुझसे पूछते थे वह कौन है। यह 2004 की बात है और मैं 2003 में सुरीनाम में सम्मानित हुआ था। मेरी तमाम रचनाएँ प्रकाशित हो चुकी थीं। मेरे साथ का महोदय चाहे मुझे लेखक न माने, लेकिन लोग मुझे लेखक मानकर मुझसे मिलने आते थे। हालात ऐसे बन आते थे कि वह अनाथ सा बच्चा बनकर रह जाता था। नेहरू संग्रहालय में कार्यक्रम के एक सत्र की अध्यक्षता के लिए राजेन्द्र यादव जी को बुलाया गया था। अपने वक्तव्य के अंतर्गत उन्होंने अनेकों बार मेरा नाम लिया था। यह मेरे दोस्त को बहुत चुभता था। वह मुझसे कह भी देता था यह सुनने वह नहीं आया है। वह संस्थान के जिस पद की गरिमा से आया है इसका बखान तो हो। हमें दिल्ली के गवर्नर के यहाँ खाने पर बुलाया गया था। शायद गवर्नर महोदय का हस्ताक्षरी नाम कपूर था। वहाँ मेरी प्रशंसा होने पर मेरे मित्र के गले में खाना अटकने लगा था। उसने मुझसे कह दिया था अब इस तरह के आमंत्रण के लिए उसे रुचि नहीं रही। उसने एक दो जगहों में जाने से मुझे मना भी किया। पर मैं तो बराबर जाता था। मेरे सम्मान का प्रश्न जो था। वह जाए कि न जाए जैसे दो धारों में बँटने की अपनी मानसिकता से स्वयं क्षुब्ध होकर उसने मुझसे कहा था अब से वह बराबर जाएगा। प्रायश्चित स्वरूप उसने मुझसे कहा था उसका ध्यान रखूँ क्योंकि वह मेरे साथ आया है। मेरा भगवान जानता है मुझे शॉल मिलने पर मैंने उसके साथ बाँटा था।

पर कहते हैं कुत्ते की पूँछ सीधी नहीं होती। हिंदी जगत के कुत्तेपन का एक

उदाहरण देता हूँ। भोपाल के राज राजुरकर जी मेरे अच्छे मित्र हुआ करते थे। उन्होंने मुझे भोपाल आने के लिए कहा था। मैंने तथाकथित अपने मित्र से कहा था चलो। वह गया। वहाँ राजुरकर जी अपने दो चार मित्रों को लिये पुष्पमालाओं के साथ हमारे स्वागत के लिए खड़े थे। मेरे दोस्त के गले में भी मालाएँ पड़ीं। वह बहुत खुश हुआ था। उसने कहा था उसे यहाँ वाकई लग रहा है मेरे साथ आया है। रात में एक कार्यक्रम रखा गया था। कवि राजेश जोशी आए हुए थे। सूरीनाम में हमारी मुलाकात हो चुकी थी। उन्होंने बोलते वक्त मेरा नाम लिया। मित्र राजुरकर का भाषण तो मुझ पर ही केंद्रित रहा। कहने के लिए अपनी बारी आने पर मेरे मॉरीशसीय मित्र ने मानो डंके की चोट पर राजुरकर को संबोधित करते हुए कहा था जिसकी इतनी प्रशंसा कर रहे हो वह तो मेरे अधीन काम करता है।

खैर, इतना लिखते मुझे लगता है मुझे चिड़चिड़ेपन का राग होने लगा है। मैं उससे अपने को मुक्त करता हूँ और इस बात पर लौटता हूँ आपने मुझसे पूछा डिग्री न होने का मुझे कोई अफसोस है? बात वही कहूँगा पैसे की जब कमी पड़ती थी तो मुझे अफसोस होता था। आज इस उम्र में मैं धनवान नहीं हूँ, लेकिन अफसोस मुझे अब तो रत्ती भर छूता नहीं है। मैं अपने को लेखक मानता हूँ और मेरा यह परिचय अब किसी प्रकार के शिकवे गिले से बहुत परे है।

वैसे मुझे संशय है डिग्रीधारक होने से मैं लेखक बन पाता। पर लेखन के मामले में मेरा दृढ़ मत है तमाम पुस्तकें पढ़ने से ही लेखन का गुण मुझे आया है। हिंदी में डिग्री पाने के लिए मुझे निर्धारित पाठ्य पुस्तकों से जुड़ना पड़ता जब कि हिंदी का लेखक बनने के लिए मेरा आदर्श था मुझे तमाम पुस्तकें पढ़नी हैं तभी लेखन का मेरा व्यक्तित्व निखार पा सकता है।

मैं बीस साल तक साप्ताहिक धर्मयुग और मासिक सारिका का पाठक रह चुका हूँ। मैं कह सकता हूँ धर्मयुग ने मेरी भाषा बनायी है। सारिका के एक अंक में बीस तक कहानियाँ होने से मुझे कहानी का आस्वादन चढ़ता था और लगे हाथ कहानी लिखने के लिए मेरे अस्तित्व में एक विचित्र सी ऊर्जा का समावेश होता था।

मैंने प्रेमचंद की सारी कहानियाँ और उनके उपन्यास पढ़े। अमृतलाल नागर जी के उपन्यास 'नाच्यौ बहुत गोपाल' और 'बूँद और समुद्र' ने मुझे लेखन सीखने का अभ्यास करवाया। यशपाल का उपन्यास 'झूठा सच' पढ़ने की प्रक्रिया में मेरे भीतर प्रश्न पैदा होता था क्या इस तरह की भाषा मुझे आ सकती है? प्रसाद, निराला, रेणु, धर्मवीर भारती, कमलेश्वर, राजेन्द्र यादव, हजारीप्रसाद द्विवेदी, शरतचंद्र तथा और भी तमाम तमाम लेखक मेरे पठन और पठन से आगे लेखन के लिए मेरे शब्द ब्रह्म हुए। अनत और नेमा की पठन वृत्ति की भी मैं बात कर सकता हूँ। हम लेखकों को पढ़ते थे और उनके बारे में बातें खूब करते थे। इस मामले में हमारे बीच तकरार भी होती थी। अभिमन्यु भारतीय लेखकों में केवल शरतचंद को मानते थे। बाकी पाश्चात्य

के अंग्रेजी लेखकों की विशाल सूची उन्हें जुबानी याद रहती थी। भाषण के दौरान वे उस सूची का बखान इस तरह से करते थे कि सुनने वालों को वहम हो सकता था हिंदी लेखक की झोली भारतीय लेखकों से इस तरह खाली क्यों है। अनत को मॉरीशस का प्रेमचंद कहा गया जो उसके गले उतरता नहीं था। विशेष रूप से अनत को प्रेमचंद कहने वाले डॉ. कमल किशोर गोयनका हुए। यह मैं मॉरीशस में हमारे बीच की बात उजागर कर रहा हूँ। गोयनका आज इस बात को झुठला नहीं सकते अनत को जब भी वे मॉरीशस के प्रेमचंद कहते थे वे इस अलंकरण को नकारते बुरी तरह बिगड़ने लगते थे। पर गोयनका को क्रोध आता नहीं था। अंदरुनी बात यह थी अनत के ही कंधों से होकर गोयनका मॉरीशस के लेखकों तक पहुँचते थे और लोगों को पुस्तकें छापने की प्रेरणा देते थे।

अभिमन्यु अनत की भाषणीय अंग्रेजीपरस्ती पर बात करते हुए मुझे एक बात याद आ गयी। भारतीय विद्वान आलोचना जगत के नामी गरामी नामवरसिंह जी को महात्मा गांधी संस्थान की ओर से अतिथि के रूप में बुलाया गया था। उन्हें तीन दिन लेखकीय गोष्ठी का संचालन करना था। मुझे आश्चर्य हुआ था वे भारत के किसी लेखक के वर्चस्व को स्वीकार करते ही नहीं थे। उन्होंने पाश्चात्य लेखकों से अपने भाषण मढ़ रखे थे। उन्होंने यही कहा और यही सिद्ध किया। मैं अपने आपसे पूछता था भारतीय लेखक वाकई अपनी रचनाओं से इतने कंगाल हैं या यह कंगाली स्वयं नामवर सिंह जी की अपनी है?

दीपक जी, आपने कहा प्रवासी लेखक के रूप में हम तीनों प्रतिष्ठित हैं। आपने मेरे बारे में कहा साहित्य सृजन के संयोजन / सुगठन में डिग्रीधारी न होना कहीं बाधक नहीं लगता। अब तो आपके साथ प्रश्नोत्तर के अंतर्गत मैंने स्वीकार कर लिया है मैं हिंदी, फ्रेंच और अंग्रेजी तीनों में डिग्री की परिभाषा से शून्य हुआ करता हूँ। अब जब हिंदी में अपनी डिग्रीविहीनता का सत्य स्वयं उजागर कर रहा हूँ तो हो सकता है मेरे बारे में लोगों की सोच में परिवर्तन आए कि मेरा लेखन भी उसी अनुपात से कमजोर होता होगा। पर मैं अपने लेखन की वकालत तो करूँगा और इसमें किसी प्रकार की अतिशयोक्ति अथवा बनावट नहीं होगी। मेरा हृदय जानता है हिंदी लेखन को मैंने साधा है। लिखने के लिए शब्द मुझे खेल खेल में भी मिले हों तो मेरी तप निष्ठा पहले है और खेल तो बहुत बाद में। लेखन की अपनी शैली मैंने दिन में जागकर तो बनायी ही हो, रात की नींद में भी मैंने अपनी शैली को तराशा है। अपनी रचना के लिए मुझे सही शब्द न मिलते हों या आगे लिखते जाने में फीकेपन का आभास हो रहा हो तो मैं बहुत गहरे व्यथित होने लगता हूँ। इस कोण से शब्द मेरे लिए वाकई ब्रह्म हैं और अपनी कृति मेरी लेखकीय तपस्या की सृष्टि है। मेरी सृष्टि को मेरे बाद रहना है तो जम कर उसका निर्माण करूँ ताकि आने वाली पीढ़ी कहने का दिल रख सके रामदेव धुरंधर नाम का एक लेखक कभी हम सबके मॉरीशस के

एक गाँव में वास करता था।

कृपया अभिमन्यु अनत और पूजानंद नेमा जी के साथ साहित्यिक संबंधों के रोचक किस्से बताइए।

रामदेव धुरंधर : आपने मेरे मन के मुताबिक ही नेमा, अनत और धुरंधर हम तीनों के बीच साहित्यिक संबंधों का प्रसंग प्रश्न के रूप में मेरे सामने रखा। मैं उत्तर लिखूँगा, लेकिन भूमिका के तौर पर पहले कुछ और लिखता हूँ। यह आपके प्रश्न के उत्तर की परिपुष्टि में सहायक होगा।मैंने कभी एक कहानी लिखी थी। मेरी उस कहानी के अनुरूप कालांतर में हमारे गाँव में एक घटना घटी। उसी घटना से जुड़ा चिट्ठा लेकर 'ज्ञानी' नाम का खूब-पढ़ा लिखा आदमी मुझसे मिलने आया था। मुलाकात होते ही उसने कहा था, "जो आज हुआ तुम ने पचास साल पहले लिख दिया था।" उसका आशय था जोगिया की औरत चमकिया आज सुबह यहीं के ओठ कटवा मूंगेरा के साथ भाग गयी।उसी दिन जोगिया दनदनाते मेरे घर आकर मुझे धिक्कारने लगा। धिक्कार का कारण यह था कि ज्ञानी ने उससे कहा था मैंने उसकी भागी हुई औरत को लक्ष्य करते हुए कहानी लिखी है।

जोगिया रो कर मुझसे कह गया उसके कलेजे में आग लगी हुई है और मैं हूँ कि उसके दुख को अपने मतलब के लिए भुनाकर कहानी लिखी है।
जोगिया से अगले रोज मुलाकात होने पर मैंने नमस्ते की तो उसने मुँह फेर लिया। साले ज्ञानी के कारण ऐसा हुआ।

मैं आग लगावन 'ज्ञानी' को लक्ष्य में लेकर यह जो लिख रहा हूँ इससे मैं कहना यह चाहता हूँ न जाने कब कहाँ कैसी हुड़दंग मच जाए कि निर्दोष होना भी एक दोष बन जाए। दीपक जी, आपके प्रश्न से मुझे यह कहानी याद आयी तो चलें स्पष्ट रूप से लिखता हूँ ऐसा क्यों मेरे मन में आया। नेमा, अनत और मेरे बीच ऐसी तमाम बातों का जुड़ाव है कि मेरे लिए उसमें एक उपन्यास की संभावना है। परंतु मुझे तो उसी से बचना है। अनत का अपना परिवार है, नेमा के अपने लोग हैं और मैं अब न रहे इन दोनों पर कुछ लिखूँ तो 'ज्ञानी' की तरह न जाने कितने झपटमार लोग इस पर कूद पड़ेंगे। साहित्य लिखें तो कौन पढ़ेगा। पढ़ेगा भी तो कलेजे के दर्द से उसका हाल बेहाली में बदल जाएगा। 'ज्ञानी' जैसा रोग ऐसों को सताए तो वे बात में नमक मिर्च मिला कर वहाँ पहुँचा देंगे जहाँ लोगों को लगना स्वाभाविक होगा ऐसी बात है तभी तो उनके पास पहुँच रही है। इसका पुष्ट प्रमाण मेरे पास है भी। नेमा की मृत्यु होने पर महात्मा गांधी संस्थान में श्रद्धांजलि मनाने के लिए हम सब जुटे थे। अनत

आए नहीं थे। इसका हमें दुख हुआ था। मैंने इसी बात पर कुछ कहा था और यह उसी दिन फोन से अनत के पास पहुँच गया था। अनत ने मुझसे प्रत्यक्ष शिकायत नहीं की। बात मुझे किसी और से मिली।

मुझे याद आता है मैंने एक व्यंग्य रचना लिखकर छपवायी थी। एक नामी हिंदी लेखक ने शाबाशी से मेरी पीठ ठोंककर कहा था मैंने हिंदी के एक घमंडी आदमी को केंद्र में रखकर सौ प्रतिशत सच लिखा है। उसने मुझे आदमी का नाम बताया था। यह तो मेरे लिए महान आश्चर्य की बात थी। मैंने लिखा तो था, लेकिन उसे ध्यान में रखकर नहीं। वे दोनों हिंदी के परम ज्ञानी, लेकिन दोनों में बनती नहीं था। मुझे डर तो लगा था मनमुटाव दूर करने के चक्कर में वह जाकर उस आदमी के गले मिल ले और 'ज्ञानी' की तरह बनकर पिट्रोल छिड़क दे तो एक माचिस की बदौलत मेरी लंका से लेकर अयोध्या तक जल कर खाक हो जाएँगे।

तो जैसा कि मैं कह रहा हूँ 'ज्ञानी' टाइप के पुरुष तो पुरुष, स्त्री [नेमा को श्रद्धांजलि समर्पित करने के उस जुटाव के अवसर की मेरी बात फोन से अनत तक पहुँचाने वाली एक स्त्री थी] से भी मुझे डर लगता है तो जाहिर है आज मैं हम तीनों के बीच के किसी प्रसंग की चर्चा करूँ और यह उलट कांड की परिभाषा से दोनों के परिवार तक पहुँच जाए तो मैं मुसीबत में फँस सकता हूँ। मुसीबत के अलावा मेरी यह पीड़ा निश्चित है जिनके साथ महात्मा गांधी संस्थान से लेकर अलग से भी वर्षों का हमारा साथ रहा लेखन के आवेश में उसे दागदार करूँ। पर आप का प्रश्न दिलचस्प होने से इसके उत्तर के लिए भरपाई किसी और कोण से करना चाहता हूँ। मैंने ऊपर की पँक्तियों में कहा भी आपने अपने प्रश्न में 'साहित्यिक संबंधों के रोचक किस्से' का बंधन रखा है जिस का मैं पालन करूँगा। तो लीजिए मैं एक रोचक किस्से में प्रवेश करता हूँ। एक बार की बात है अभिमन्यु अनत ने अपना उपन्यास 'अपनी ही तलाश' के कुछ पन्ने लिख लेने पर हम दोनों को सुनाने के लिए अपने दफ्तर में बुलाया था। उसने सुनाना शुरू किया ही था कि नेमा ने न सुनने की जिद पकड़ ली थी। अभिमन्यु चाहे हमारे हेड थे, लेकिन साहित्य के मामले में हम उस पर तो खूब टूटते थे। हम कह भी देते थे प्रोमोशन न मिले कोई बात नहीं, लेकिन साहित्य के मामले में तुम्हें शह न देंगे। ऐसा करके मैं मानता हूँ हमने अभिमन्यु को अपनी रचनाओं में बहुत हद तक संशोधित करने के लिए विवश किया है।

उस दिन नेमा ने अनत का लिखा न सुनने का अपना कारण बताया था शाम को उसके घर में पूजा होने वाली है। नेमा अकसर इसी तरह से बातें करता था। नमक की बात हो तो मानो शक्कर का मिश्रण करना उसके लिए जरूरी हो। अपने उपन्यास का अंश सुनाने का अभिमन्यु का मूड अब तो मद्धम पड़ गया था। उसने नेमा से पूछा था मेरे उपन्यास से तुम्हारे घर की पूजा का क्या संबंध है? नेमा ने संबंध की बाबत बताया था। वह शाम की पूजा के लिए सुबह स्नान करके नौकरी पर

आया था। बस में चाहे महिलाओं से कंधों की छू छा हो जाए उसके स्नान में इतना बल होगा कि शाम की पूजा तक वह ब्रह्मचारी भावना से साफ सुथरा ही रहेगा। वैसे इतना तो हम मानते वह साधु स्वभाव का आदमी है अत: स्नान के बल पर उसका मानो ब्रह्मचर्य खंडित होगा नहीं। पर वह अब यह तो बताए अनत ने अपने लिखे में से ऐसा क्या सुना दिया जिस की पूँछ नेमा के घर की शाम वाली पूजा तक लंबी खींच जाए। नेमा ने थू थू करके बताया अनत बहुत अश्लील सुना रहा है। यही उसके स्नानी शरीर और शाम वाली उसकी घरेलू पूजा के लिए रुकावट है। उस वक्त हम नेमा को नाटकबाज कहते या कुछ और कहते, लेकिन अनत अश्लील तो सुना रहे थे। औरत स्नान घर में स्नान करते वक्त नंगे शरीर कामुक हो गयी थी और दीवार से अपना सिर फोड़ रही थी। अनत ने कुछ ऐसा ही तो लिखा था। रहा स्नान से पवित्रता का दावा करने वाला नेमा, मानो कोठे में नंगे बदन की औरतों की पीठ पर अपनी अंगुलियाँ सरसरा कर कह रहा था तुम्हारे लेखन का सार तत्व तो यही मेरी पकड़ में आ रहा है।

अनत को तो हम किसी भी बात में अटल ही जानते थे। पर उस दिन वह अटल न रह कर मानो नेमा के रंग में रंग गया था। उसने हँसकर साहित्यिक अंदाज में नेमा से कहा था सुबह के तुम्हारे स्नान और शाम की तुम्हारी पूजा का सम्मान करने के लिहाज से स्नान घर में कामुक बनी हुई औरत को वहीं अकेले में दीवार से सिर फोड़ने के लिए उसी के जिम्मे छोड़ता हूँ और स्वयं बिना स्नान के तुम्हें दुआ देता हूँ शाम वाली तुम्हारी पूजा सफल हो। पर बेटे कल पूजा का प्रसाद लाना भूलना नहीं।

अगले रोज नेमा आया तो उससे पूछा गया था प्रसाद कहाँ? नेमा ने देर न करके अपने बस्ते से दोना निकाला था। हम उसके मुरीद कैसे न हो जाते। हमारा नेमा वाकई हमें खिलाने में उस्ताद था। जहाँ खाने पीने में पैसा लगाना हो वह ज्यादा ही लगाता था। पर उस वक्त वह पूजा वाला प्रसाद न लाकर बाजार से रसगुल्ला, गुलाब जामुन वगैरह खरीद कर लाया था। नेमा को जहाँ तक मैं जानता था बातें गढ़ना और झूठ बोलना उससे सीखा जाए। पर उस दिन मानो स्नान का धुला नेमा आर पार सच ही निकला था। उसने बताया था उसके यहाँ पूजा रखी नहीं गयी थी। पूजा के नाम से उसने झूठ कहा तो यह स्वयं उसे पच नहीं पा रहा है। वह ईश्वर का भक्त है अतएव उसे लग रहा है वह भगवान का दोषी हो गया है।

ईश्वरवादी नेमा मेरा प्रिय मित्र था। हम दोनों दफ्तर में आमने सामने बैठते थे। वह अकसर काठ की माला जपता था। मैं अनास्था का ढोंग कभी रचता नहीं था। नेमा अपनी गंभीर बातों से मुझे भगवान दिखाता था तो मुझे भगवान के दर्शन होते थे।

अनत, नेमा और धुरंधर से जुड़े एक और साहित्यिक प्रसंग का हवाला देना मेरा सम्मोह बन रहा है। यह बड़ा ही हँसाऊ प्रसंग है। नेमा ने एक दिन दफ्तर आने पर अपना बस्ता मेज पर रखा था और मुझसे हाथ मिलाने के बाद टॉयलेट गया था।

वहाँ से लौटने पर वह कड़ी धूप, बस की परेशानी, दफ्तरी काम और महात्मा गांधी संस्थाननुमा तामझाम की बातें मुझसे कर रहा था कि तमिल विभाग का चिन्नापा हमारे दफ्तर का दरवाजा धड़ाम से खोलकर भीतर आया था। उसने परेशान स्वर से नेमा से पूछा था क्या हुआ था भई?

चिन्नापा बात करने लगा था तब जाकर मेरी समझ में आया था मामला तो गंभीर है। चिन्नापा शोक प्रकट कर रहा था नेमा जैसे शांत और शालीन आदमी के साथ ऐसा होता है तो दुखपूर्वक कहना तो पड़ेगा देश नर्क में परिवर्तित होता चला जा रहा है। शोकातुर और देश के नाम आधे प्राण के होते चले जा रहे चिन्नापा ने नेमा को मुँह खोलकर बताने के लिए कहा था। नेमा ने लजाते, परेशान होते किसी तरह मुँह खोल कर बताया था। कुछ दूर में बैठा मैं देख रहा था नेमा के मुँह में तो गंभीर रूप से एक फाँक है। चिन्नापा की बातों से अब तक मैं समझ गया था किसी ने नेमा को घूँसा मार कर आगे का उसका एक ऊपरी दाँत तोड़ दिया है।

चिन्नामा के जाने के बाद नेमा अब झँटवा फँटवा करते झल्लाने लगा था। उसके मुँह से बार बार निकल रहा था इसे कहते हैं—

'साला महात्मा गांधी संस्थान।'

नेमा अपने क्रोध के बीच बीच मुझसे कहता गया था उसका एक ऊपरी दाँत न होने से उसने नकली दाँत का मुलम्मा चढ़ा रखा है। थोड़ी देर पहले टॉयलेट गया था तो भंगू से उसकी मुलाकात हो गयी थी। वह बड़े से आईने में देख देख कर अपने मुँह का जायजा ले रहा था तो भंगू ने हक्का बक्का होकर कहा था अरे तुम्हारे मुँह में तो एक दाँत होता ही नहीं है। पर जहाँ तक उसे याद है कल इसी जगह मुलाकात हुई थी और उसने देखा था नेमा के मुँह में तो पूरे दाँत थे।

संस्थान में कई प्रमाण थे भंगू किसी भले जीवित के मरने की बात चला दे तो शोकातुरता के मारे लोगों का कलेजा कटकर गिरने लगे। इस बार यही हुआ था। कल तक नेमा के पूरे दाँत थे और आज एक दाँत नहीं था तो किसी ने नेमा को मार कर इस तरह बेदाँती आदमी बना दिया था। गजब यह कि भंगू ने नेमा के मुँह से बहता हुआ खून देख लिया था।

चिन्नापा ने भंगू से सुना और हमें सुनाकर प्रस्थान किया ही था कि अब तो लोग धड़ाधड़ हमारे दफ्तर का दरवाजा खोलकर भीतर आने लगे और जानने के लिए प्रश्न करने लगे यह सब हुआ कहाँ, बस में या बस से कहीं बाहर? नेमा उस दिन मुँह खोलकर महिलाओं से बात नहीं करता क्योंकि उसके मुँह में फाँक थी। पर महिलाएँ तो आयीं और नेमा ने किसी तरह मुँह छिपा छिपा कर उनसे बातें कीं। अब नेमा का किसी से झगड़ा हुआ था तो लोगों के लिए स्वयंसिद्ध था बिना रोक टोक के मार तो उसे पड़ी ही होगी क्योंकि वह इतना सुधा आदमी है कि कुत्ता उसे काटे तो विनम्र बनकर कहेगा काट ले बेटा और कटाई पूरी हो जाने पर इसे अपनी

सिद्धि मानकर मुझसे दूर हट जाना। मैं गरीब और निर्बल अपने आपमें यह मानकर संतोष कर लूँगा सुधा आदमी होता ही इसलिए हूँ कि कुत्ता मेरी तंगड़ी चीर सके।

नेमा ने मुझसे कहा था एक दाँत सड़ जाने से उसे नकली लगवाना पड़ा है। आज सुबह उसने घर में नकली दाँत मुँह से निकाल कर धोया था, लेकिन दफ्तर आते वक्त दाँत मुँह में लगाना भूल गया था। बात मेरी समझ में तो आगी दाँत वहाँ घर में आराम कर रहा है और यहाँ महात्मा गांधी संस्थान के चरित्र के अनुकूल उसकी छत्र छाँव में कितना कुछ होता चला जा रहा है।

नेमा ने महात्मा गांधी संस्थान की धमा चौकड़ी जैसी अपनी खोटी तकदीर पर खीजकर अचानक मुझसे कहा था एक कविता लिखने का उसका मूड बनता चला जा रहा है। वह नेमा था और उसका मूड कवितापरक हो रहा था तो वह सच्ची माँ का ऐसा अटल पुत्र था कि कविता तो लिख कर रहता। मैं जानता था कठिन परिस्थितियों में कविता के लिए नेमा का मन मचलता था तो मानो वह एक असंभव शिव हो जाता था जिसके सिर पर गंगा चाहे न अँटे, लेकिन नेमा है कि कविता उसके मन में अँटेगी और कागज पर कविता का अवतरण होकर रहेगा। बात यह भी थी वह नेमा होने से कविता लिखता तो उसका उसका चेहरा तेजोमय हो जाता। मानो उसके चेहरे पर अलादीन का चिराग जल रहा हो। मैंने उसे कभी कविता लिखते देखने पर उससे यह कहा था तो वह बहुत खुश हुआ था। उसने प्रण किया था कविता खूब लिखेगा ताकि उसी अनुपात से उसके चेहरे पर अलादीन के चिराग की दीप्ति बनी रहे। हमारा यह विचार हमें हमारे सामान्य जीवन में ले जाता था। पैसे के लिए तरसने वाले प्राणी थे हम दोनों। अलादीन के चिराग की दीप्ति ही हमारी सही।

नेमा कविता लिखने में तन्मय हुआ था और शुक्र था इस बीच उसका दाँतनुमा हालचाल पूछने कोई नहीं आया था। उसकी कविता की सेहत के लिए यह कारगर ही तो था। जब तक वह कविता लिखता रहा मैं सिर झुकाये महात्मा गांधी संस्थान के तथाकथित अपने काम में लगा रहा था। कविता पूरी हो जाने पर नेमा ने मुझे बहुत जोर से पुकारा था। कविता लेखन की उसकी आदत जानने से मैं समझ गया अब वह मुझसे भिड़कर जानना चाहेगा कविता ही लिखी है या घास लिखी है। पर मैं उसके प्रति ईमानदार तो होता इसलिए घास न कह कर कविता ही कहता। मैंने बिना सुने कविता कह दिया और उसने मान लिया बिना सुने का भी अपना महत्व होता है। बस अब सही सही सुन कर मुझे उसकी कविता में मानो अपने अनदेखे त्रिशूल से गोदना चढ़ाना था अर्थात हमारे मॉरीशस की धरा पर शाश्वत कविता का अवतरण हुआ।

अब वह कविता को कविता मानकर सुना रहा था और मैं कविता को कविता मानकर ही सुन रहा था। कविता थी—

मेरा दाँत

हूू

मेरा मुँह
हू
महात्मा गाँधी संस्थान
हू
भंगू
हू

नेमा की कविता इतने में ही पूरी हो गयी थी। अब वह मुझसे पूछ रहा शीर्षक क्या रखे—

दाँत
कि
मुँह

हम इन दो शीर्षकों में से एक पर सहमति से पहुँच ही जाते कि अनत ने अपने दफ्तर से आकर हमें कहा था—चाय के लिए केंटीन चलें।पर हम दोनों तो शीर्षक के दीवाने बने आपस में माथापच्ची करते रह गये थे। जब तक हमें सही शीर्षक न सूझता हम हू हू करते रहते। अनत को हमारा हू हू अटपटा लगने से उसने कहा था—साले तुम दोनों क्या हू हू कर रहे हो। मैंने कहा था नेमा ने एक कविता लिखी है उसी कविता के शीर्षक के चक्कर में हम हू हू के चक्कर में पड़े हुए हैं।

हमने अनत को बताया था नेमा के घर पर छूटे हुए दाँत के कारण महात्मा गांधी संस्थान में कैसी लटक मटक मची हुई है। अब अनत से यह बात भी हो गयी थी इस अवसर पर नेमा ने एक कविता लिखी है। अनत को वह कविता सुनने की उत्सुकता हुई थी। नेमा ने कविता सुनायी थी। उस कविता में जहाँ जहाँ हू हू थी अनत और मैंने यह उवाचने में नेमा का पूरा साथ दिया था। बल्कि कविता पूरी हो जाने पर हम तीनों बहुत देर तक एक साथ हू हू करते रह गये थे।

अब सवाल था क्या इस कविता को हमारी महान पत्रिका 'वसंत' में प्रकाशित किया जा सकता है? हम तीनों का विचार एक ही हुआ था वसंत में छापने की न सोची जाए। हम समझ रहे थे वसंत में यह कविता आने से और विशेषकर नेमा की कविता होने से लोग मानेंगे यह प्रयोगवादी कविता है। तब तो इसका आविष्कार एक नेमा ही कर सकता था। ऐसे में होगा यह कि इसी ढर्रे की कविताएँ लिखी जाने लगेंगी और प्रकाशित होने के आह आलम के रूप में एकमात्र महात्मा गांधी संस्थान की वसंत पत्रिका को जानने से डाक द्वारा हमारे दफ्तर में कविताओं की रिमझिमी फुहारें तो फुहारें, ओले भी बरसने शुरू हो जाएँगे।

हम चाय के लिए केंटीन चले तो महात्मा गांधी संस्थान का नजारा वही था, अर्थात दफ्तरों में बैठकर काम करने वाले बहुत से लोग कहीं दो-दो में तो कहीं चार-चार में आँगन में खड़े बातें कर रहे थे। स्त्रियों की टोलियाँ अलग अलग भी

थीं और वे पुरुषों में समन्वित भी थीं। बल्कि ऐसा भी था पुरुष वर्ग ने स्त्रियों में अपने को समन्वित कर रखा था। बातें तो वे ही हो रही थीं देश में आम चुनाव हो तो क्या होगा? पर बातों में बड़ी सावधानी थी। महात्मा गांधी संस्थान होने से सबकी अपनी-अपनी राजनीतिक पार्टियाँ थीं। आग लगावन भी तो यहाँ के लोग होते ही थे। न जाने किस मंत्री के पास कब कौन सी बात पहुँच जाए। किसी को प्रमोशन प्राप्त हो तो वह सरकार की यशोकीर्ति में मस्त दिखे और जिसे प्रमोशन न हो वह सरकार की अपकीर्ति में जुबानी भड़ास का परिचय दे रहा हो। बातें इस तरह से भी हो रही थीं राजनीति में भीषण परिवर्तन आ जाए तो हमारा क्या होगा कालिया?

आज चूँकि दाँत के मामले में नेमा का नाम सबकी जुबान पर थिरक रहा था इसके तहत हुआ यही कि लोग नेमा से कहने लगे उसने अब तक यह उत्तर तो दिया ही नहीं किस गाँव घाट में या किस शहरी हाट में उसके दाँत पर प्रहार हुआ?नेमा के दाँत के संदर्भ में खोलने के लिए मेरे पास बातें तो अब भी बहुत हैं। पर अब और कितना खोलूँ। खोलने में जाहिर है महात्मा गांधी संस्थान ही खास रूप से खुलता। आखिर मेरी रोटी भी तो वहीं से थी। मैंने वर्षों वहाँ काम किया। रोटी की जड़ता कैसे मुझे न जकड़ती।

नेमा के दाँत वाले प्रसंग का अंतिम अंश मेरे पास इस रूप में जमा है अगले रोज वह दफ्तर आया था तो अपना मुँह खोलकर मुझे बताया था। वाकई उसके मुँह में फाँक न रह कर वहाँ दाँतनुमा तंदुरुस्ती लहलहा रही थी। अब वह छाती में मर्दाना जोश लिये दफ्तर से बाहर गया था। मतलब उसे भंगू को ढूँढना था। पर भंगू उसे न मिलने पर वह निराश होकर दफ्तर लौट आया था। वह मुझसे कह रहा था उसके दाँत को हंगामा बनाने वाला भंगू इस वक्त टॉयलेट में न था, अपने ऑफिस में भी नहीं था तो फिर कहाँ था?

भंगू के ठौर ठिकाने का पता लगने में हमें ज्यादा वक्त लगा नहीं था। भंगू के ही दफ्तर के चेंगू ने हमें बताया था हम सबके महात्मा गांधी संस्थान में अंग्रेजी पढ़ाने वाली भंगू की औरत चंद्रमुखी ने रात को घर में प्रसव पीड़ा से गुजरकर अस्पताल में पुत्र रत्न को जन्म दिया है। भंगू इस वक्त इसी मामले में हमारे निदेशक से बधाई प्राप्त करने उनके ऑफिस में घुसा बैठा हुआ है।

धुरंधर जी, भारत के हिंदी लेखकों तथा विदेशों में रहने वाले भारतवंशी लेखकों की परिस्थितियों /जीवन शैली /भौतिक सुख-सुविधाओं / सांस्कृतिक मूल्यों /जीवन के तनावों और संघर्षों में पर्याप्त अंतर है।अत: दोनों प्रकार के हिंदी लेखकों का संवेदन /जीवन दृष्टि /और साहित्य को रचने की संकल्पना एक समान नहीं हो सकती। इस पर आपके क्या

विचार हैं।

रामदेव धुरंधर : भारत और मॉरीशस के हिंदी लेखक हिंदी की व्याकरणिक दृष्टि से एक हैं। पर लेखन में बात व्याकरण तक ही सीमित नहीं रहती। लेखन में व्याकरण के अलावा और भी बहुत कुछ होता है। इसी बात पर कहा जाता है लेखन व्याकरण की सीमा को तोड़ता है। पर यह समझने की बात है। व्याकरण टूटने का मतलब यह नहीं होता भारत में आम शब्द पुल्लिंग और मॉरीशस में स्त्रीलिंग होता है। व्याकरण टूटने का मतलब है जिस देश में हिंदी लेखन हो रहा है उस देश की शब्दावली का प्रयोग होने से वहाँ की खुशबू उस रचना में समाहित हो सकती है।

मेरे देश में एक कहावत बहुत ही प्रसिद्ध है—

जियरा जरे ला त बोलि ला ए लंगड़ो।
जियरा कलपे ले त रोई ला ए लंगड़ो

यह इस देश की भोजपुरी की बड़ी ही हृदयस्पर्शी बानगी है। मैं स्वयं भोजपुरी भाषी हूँ। इस कहावत को उसकी पृष्ठभूमि से जानने से मैं एक तो इससे रोमांचित होता हूँ और यह बखूबी जान रहा होता हूँ इसके कितने अर्थ हो सकते हैं। पर मैं यही लिखूँ और भारतीय पाठक इसे पढ़ें तो हो सकता है भाषायी अर्थ उनकी समझ में आ जाये, लेकिन मॉरीशस की यथावत परिभाषा से यह उनके दिल को जीत नहीं सकेगा।

हमारे पूर्वजों के जमाने में एक मुहावरा चलता था—

जीरी पूस फ़ाम।

यह यहाँ की क्रिओल भाषा का मुहावरा है। जीरी—चावल। पूस—खदेड़ना। फ़ाम—औरत।

मतलब—

चावल औरत को खदेड़ देता है।

सुनने में यह अटपटा लगे लेकिन यह अटपटा है नहीं। मैंने बचपन में यह खूब सुना था। लोग बात पीछे यह मुहावरा बोल लेते थे। संदर्भ था उन दिनों एक किस्म का कठोर चावल होता था जो पकाने से सीझे तो मानो एक जुग लेकर। पर गरीब को तो वही चावल मिलता था। अब मुसीबत तो बस औरत के लिए। खिसाहा पति कहे भात दो और औरत हो कि भात सिझाने के लिए फूकनी से चूल्हे की आँच पर आँच लहका रही हो। मैंने सुना था एक औरत ने रंज में आकर चूल्हे से देगची उठायी थी और अपने पति का राम नाम सत्य करने के लिए उसे घर आँगन में दौड़ाया था। पति दुख सितम का मारा हो जाने से अपने आगे का मास्टर झुलाते और पीछे के नितंब से हवा फड़फड़ाते बस भाग ही भाग रहा था। औरत ने उसे न पाने पर देगची धड़ाम से फेंक दी थी। वह पूरे गाँव को अपने अनसीझे चावल से लेकर अपने पति के झुलौनेपन की कथा बाँचते अपने मायके चली जा रही थी।

यह कहानी उन दिनों घर घर की कहानी हो गयी थी। घरेलू ठान ठून के कारण औरत मायके चली कि कह दिया जाता था 'जीरी पूलस फाम' से पाला पड़ा होगा।

मैं 'जीरी पूस फाम' की यह जो कहानी लिख रहा हूँ इसमें मेरा तन मन आप्लावित होता चला जा रहा है। मुझे लग रहा है मेरे देश का वह इतिहास मुझे जकड़ बैठा है और मेरी मुक्ति का कोई मार्ग बचता ही नहीं है।

पर मुझे नहीं लगता भारतीय मेरे देश के इस मुहावरे पर मेरी तरह आत्म विभोर हो सकते हैं। बात उधर से भी है भारत का हिंदी में सब लिखा मुझे छूने में समर्थ होता नहीं है। पर वह हिंदी है और मैं यहाँ स्वयं हिंदी हूँ तो मेरे लिए ताल मेल बैठ जाता है।

एक बात इस तरह से भी कह लूँ भारत के लोग बरसात में भीगने का मजा लेते हैं जबकि यह हमारे यहाँ अर्थहीन होता है। पर ध्यातव्य तो है दोनों हिंदी के दो तट जैसे हैं।

इस संदर्भ में 'मानक' आड़े आ सकता है। मानक आड़े आता है भी। आलोच्य कृति अथवा गंभीर निबंधों में मानक का हाथ पकड़कर चलना खुशबुदार होता है क्योंकि यही होने से उन रचनाओं के लेखकों की विद्वत्ता सबको हतप्रभ कर रही होती है। मैं उपन्यास और कहानी इन दो विधाओं से अपनी बात का सरोकार मान रहा हूँ। यहाँ व्याकरणिक अटलता तो हो अर्थात आम शब्द का निर्धारण पुल्लिंग में हो गया तो इसके पार जाने में वर्जन अनिवार्य है। पर देशी शब्दों से बचा नहीं जा सकता और बचाव का उपाय होना भी नहीं चाहिए। इस संदर्भ में एक लांछन का खतरा हो सकता है, लेकिन लेखक अपने देश के प्रति वफादार, यथार्थपरक और संवेदनशील हो तो लांछन उसके लिए कोई मायने नहीं रखता। मैं स्वयं अपने उदाहरण से इस बात का विश्लेषण करने की कोशिश कर रहा हूँ। मैं अपने मॉरीशस के हिंदी गद्य शिल्पी के नाते मानक हिंदी से उतना ही लेता हूँ जहाँ तक शाब्दिक व्याकरण का तकाजा होता है। बाकी अपने देश की हिंदी से मेरा लेखन होता है और मैं तो इतना तक कहता हूँ अविचल चट्टान सी हिंदी की मैं मुट्ठी खोलकर उसमें अपने देशी शब्दों के दाने बोता हूँ। ऐसा नहीं कि हिंदी मेरा तिरस्कार करती हो। बल्कि हिंदी ने तो मान लिया है उसकी बगिया में मुझसे नित नये शब्दों का अंकुर फूटता है। अपने हिंदीमना स्वत्व का मेरा इतना विश्वास है कि मैंने जाने अथवा अनजाने में भी उस तरह से हिंदी का चीर हरण न किया जो मेरी अपनी ही नजर में मेरे लिए पाप जैसा हो।

आपने भारत और मॉरीशस द्वय देशों के हिंदी लेखकों की लेखकीय असमानता की बात सामने रखी है जो एक बिंब सा बनकर मेरी आँखों के सामने छाता चला जा रहा है। असमानता का बोध तो मेरे मन में बना ही रहता था, लेकिन मैंने सोचा नहीं था इस पर कुछ लिखने के लिए मेरे जीवन में अवसर आने वाला हो। आप यह प्रश्न मेरे सामने न रखते तो यह बोध लिखित शब्दों से परे यूँ ही मेरे अंतस में सुप्त पड़ा रह जाता। पर अब प्रश्न के तहत मानो मुझे इसे लिखित शब्दों के बल

पर खंगालना है। पर मेरा दावा उतनी दूर तक जाने की स्थिति में होगा नहीं कि मैंने जैसे निदान का छोर पा लिया हो और अब उसके बारे में कहने के लिए कुछ छूटा न हो। बल्कि इस संदर्भ में एक प्रश्न तमाम प्रश्नों के कारण बन सकते हैं और एक उत्तर से तमाम प्रश्नों का जन्म हो सकता है। ऐसा होना घाटे का द्योतक नहीं बल्कि लाभ का संकेत होगा।

मेरे पूर्वज भारत से मॉरीशस आये और इसी देश के हो गये। उनके साथ भारतीय संस्कृति आयी और उन्होंने उसी से अपना तारतम्य बनाये रखा। एक पीढ़ी से दूसरी पीढ़ी तक आते-आते उनमें कोई खास परिवर्तन आया नहीं होगा। पर बाद में परिवर्तन के दौर तो निश्चित ही आये और हमारी पीढ़ी तक आते आते परिवर्तन के जैसे ज्वार भाटे उमड़ पड़े। भारत अपनी संस्कृति से हम पर आच्छादित रहा, लेकिन खुलकर कहूँ तो वह इस तरह से होगा भारत से हमारी रोटी तो नहीं थी। रोटी का अक्स तो हमें अपने देश में ही दिखाई देता और अपने देश को अपने जीवन का लक्ष्य मानकर हम इसी को जीते और इसी को मरते। हाँ भारत का राग हममें बना होता क्योंकि पूजा पाठ के लिए कभी का वीरान पड़ा हुआ मॉरीशस अपनी जमीन से हमें न कोई मंत्र दे सकता था और न ही मंदिर बनाने की कला से हमें निपुण कर सकता था। इस मंदिरी ढाँचे को तो भारत से ही आना था और आने में शिव, पार्वती, विष्णु, दुर्गा, हनुमान इन सब का अपना समावेश था। रामायण गान इसी भारतीय भावना से मॉरीशस में प्रचलित है। कालांतर में स्वामी दयानन्द अपने सत्यार्थ प्रकाश के बूते आये और आये तो उनके जाने का सवाल ही पैदा न हुआ। कहने का मेरा मतलब है सत्यार्थ प्रकाश, भारतीय मंदिर और मंदिरों में स्थापित देवी देवता ही यहाँ भारतीयता के आधार हुए और यही यहाँ भारतीयता की पहचान है। हिंदी को भी इसमें मिला लें, हमारे दादे परदादे ने हिंदी को गुना और हमें भाया तो हमने उसे अपना लिया। वर्तमान में भारत के लोग हम भारतीय वंशजों में यही देखने आते हैं और हम स्वयं चाहते हैं वे हममें यही देखें।

आज जिस तारीख के साक्ष्य में इतना कुछ लिख रहा हूँ इस तारीख में मॉरीशस अपना अस्तित्व कायम रखने के लिए बहुत गंभीर संघर्ष से गुजर रहा है। यह संघर्ष यहाँ की विभिन्न जातियों से भी है और अपने-अपने मन के उद्वेलन से भी है। लेखक के नाते मेरी दृष्टि इसी पर टिकी रहती है। इसका समाधान स्वयं मॉरीशस से है इसलिए हमें मानना पड़ेगा चारों ओर से समुद्र से घिरे हुए देश के या तो हमीं तारणहार हो सकते हैं या इसे विनाश के कगार पर खड़ा करने वाले हमीं इसके बदजात पुत्र हो सकते हैं।

मैं अपनी जन्मभूमि की समस्याओं पर बात करने की प्रक्रिया में इसी पर केंद्रित रहना चाहता हूँ। मैं वह राजनेता नहीं हूँ कि अपने देश की गरीबी पर बोलते बोलते फक्र से सीना ताने कहने लगता है दूसरे देशों की हालत और भी बदतर होने

से हम अच्छे ही हैं। मेरी अपनी बात है हम अपने देश में ठीक से नहीं हैं तो दूसरे देशों की गरीबी हमारी बैसाखी नहीं है जिस पर सिर टिका कर हम कहें तुमसे हम अच्छे ही हैं। जैसा कि मैं कह रहा हूँ मॉरीशस की समस्याओं पर बात करते मैं इसी पर रहना चाहता हूँ तो बात आईने की तरह साफ है मेरा ध्यान भारत पर जाने वाला नहीं है। वैसे, भारत की बात तो मैं कर लूँगा और मैंने इसका खुलासा दिया भी पूजा पाठ और अन्यान्य धार्मिक अनुष्ठानों के संदर्भ में भारत मेरे सिर पर बैठ कर बोल सकता है। पर समस्याओं में भारत स्वयं के लिए है और मेरी मातृभूमि पूर्णत: स्वयं के लिए। भारत के हिंदी लेखक वहाँ के और यहाँ मॉरीशस में मैं भी हिंदी का लेखक, मेरा दो टूक कहना है वैतरणी अपनी-अपनी। इस बात को एक दूसरे कोण से स्पष्ट कर रहा हूँ—जो भी आदमी आँखों के खतरे जैसे बियाबान से गुजर रहा हो अपनी आँखों की रक्षा तो उसे स्वयं करनी हो। अब जैसे कि भारत में अभी हाल में महाराष्ट्र में चुनाव हुआ और उसी के समांतर मॉरीशस में चुनाव का निर्वहन हुआ। पर दोनों के चुनाव एक जैसे नहीं थे। दोनों देशों के मंत्रियों की छवि में तो और भी अंतर है। खैर, इसमें अधिक जाऊँ तो मेरी भाषा शायद इस तरह से बन जाए कहाँ राजा भोज और कहाँ गंगू तेली।

जी हाँ दीपक जी, भारत के हिंदी लेखक और मुझ मॉरीशस के हिंदी लेखक में समस्याओं की परिभाषा से साम्य बैठ नहीं सकता। निस्सन्देह, मेरे देश के अपने लोगों के साथ मेरी भी अपनी जिजीविषाएँ गुंफित हैं। यहाँ मुझे ठंड लगती है तो मैं भारत से कंबल आने की प्रतीक्षा नहीं करता। मुझे इसका त्वरित समाधान चाहिए और इसके लिए मैं अपने देश से ही गुहार करूँगा। संवेदना हो, जीवन मूल्य हो, पाप हो, धर्म हो, संघर्ष हो, सुख सुविधा हो सब का दारोमदार एक मेरा ही देश है। मैं अपने देश पर इस हद तक केंद्रित रहता हूँ कि मैं दावा नहीं कर सकता हिंदी का लेखक होने से भारत पर आधारित कोई उपन्यास लिख सकूँ। पर यह लेखकीय पराजय मैं केवल भारत के महानगरों के परिप्रेक्ष्य में स्वीकार कर रहा हूँ। अन्यथा विशेषकर दिल्ली महानगर तो मुझे बुलाकर कह सकती है मेरे वक्ष पर बैठ कर लिखो। मैं इस वक्त बिहार जैसे इलाके की बात कर रहा हूँ जहाँ से मेरे परदादा मॉरीशस आ गये और उनका भाई वहीं रहा। अपने परदादा के भाई की मैं बस कल्पना कर सकता हूँ। बिवाई भरे पाँव, कहीं साँझ तो कहीं बिहान नहीं। ऐसी भारतीय कथा लिखने के लिए मेरे लेखक को अपने किसी जन्म का इन्तजार करना पड़ेगा।

अभी मेरा आत्मकथ्य यह है कि क्या फायदा जिस देश की आग की तपिश या पानी की ठंडक का मुझे सही पता न हो मात्र हिंदी शब्दों के बल पर उस देश को लिखूँ। मेरे लिए बात वहाँ लौटती है मेरे देश का कर्ज बहुत है मेरे सिर पर। यह कर्ज ही बहुत है चुकता करने के लिए। मैं हिंदी लेखन की अपनी यही व्याख्या हिंदी जगत को समर्पित कर सकता हूँ।

आप लम्बे समय से साहित्य सेवा में रमे हैं। आपने पाया होगा कि हिंदी साहित्य को विविध खांचों में रखकर मूल्यांकन की परम्परा चल पडी है जैसे—नारी विमर्श, दलित विमर्श, प्रवासी साहित्य विमर्श, ग्रामीण विमर्श, आदिवासी विमर्श, आदि आदि, इस प्रकार के मूल्यांकन को आप कहाँ तक उचित मानते हैं?

रामदेव धुरंधर : जहाँ तक मैंने किसी भी भाषा के साहित्य को समझा है वह अनेक स्रोतों से अपना अस्तित्व बनाता है। मतलब कहानी, कविता, लेख, निबंध इस तरह से उसके अस्तित्व के अनेक रूप होते हैं। यह तो मैं नयी बात नहीं कह रहा हूँ कि क्यों पुराने समय में न्यून शब्दों में अपनी बात कहने के लिए कविता का अवलंबन स्वीकार किया जाता था। या ऐसा भी कि सीमित रूप में लिखा जाता था और गहन रूप से विस्तारपूर्वक समझने की अपेक्षा की जाती थी। अब जैसे कि किसी कवि की न्यून शब्दों की कविता हो उसके प्रति समझ के इतने दावे किये जाते थे कि उस एक कविता में अनेक अर्थ गूथे हुए हैं। जहाँ पहुँचे न कवि वहाँ पहुँचे कविता के मीमांसक, इसे विद्वत्ता की पराकाष्ठा न मानें तो स्वयं मूर्खता के अलंकरण के लिए तैयार हो जाएँ। कहने का इस तरह से चलन बन जाता था स्वयं कवि ने सोचा न होगा उसकी कविता के इतने भाव विभाव हो सकते हैं। पर लगे हाथ अनर्थ का भी मानो बीजारोपण हुआ हो। कवि का सही अर्थ छूटा हो और बाहरी अर्थ से कविता का सत्यानाश कर दिया गया हो। पहले के जमाने में तो विशेष रूप से धर्म के नाम पर लिखा जाता था। तब तो यही हुआ हो जहाँ किसी का गला काटने की सख्त मनाही हो वहाँ विपरीत अर्थ इस तरह से रच दिया गया हो गला काटना तो धर्मसम्मत होता है। आश्चर्य नहीं इस तरह के विपरीत अर्थ से संसार का कंधा आज अनर्गल रूप से लदा हुआ हो परिणामस्वरूप खून बहाना धर्म बन गया हो।

जी हाँ, आपके कथनानुसार मैं लंबे समय से साहित्य में रमा हुआ हूँ, लेकिन साहित्य का मेरा ज्ञान आयातित है। मतलब जबसे साहित्य से मेरा जुड़ाव हुआ मेरा सत्य यही है बाहर से मेरे लिए साहित्य आता है और संभवत: उसे बाहर का ही मैं मानकर पढ़ता रहा हूँ। हाँ, इतना अवश्य हुआ है मैंने लिखना जब से शुरू किया अपने लिखे और बाहर के लिखे का मैंने समन्वय किया है। इस समन्वय की परिभाषा यह है कि मैं जानना चाहता हूँ मेरा लेखन उस स्तर का हो पा रहा है कि नहीं? पर इस परिभाषा से तो मुझे निराशा ही अधिक होती है और मैं मानता हूँ लेखन की विराटता मुझसे दूर ही छूटी रह जाती है। बात यह है मेरे देश ने मुझे साहित्य का वातावरण नहीं दिया है। मैं तो बस अपने साहित्य के लिए स्वयं जूझता हूँ और इस प्रक्रिया में

मुझे लगता है जैसे तैसे साहित्य का वट वृक्ष बोने का एक काम निभा रहा हूँ। यह अपने साहित्य का शायद मेरा मोह है। मैं एक हठी स्वभाव इस अर्थ में रखता हूँ अपनी जमीन में शब्दों का जो बीज मैं बो रहा हूँ मेरा देश उसे स्वीकार करे और स्वयं संसार से कहे उसकी ज़मीन पर लेखन की ऐसी करामात रची जा रही है। यह केवल मेरा अपना गर्व और स्वाभिमान न होकर इस देश में मानो सब के लिए विराट क्षितिज तना हुआ है। शब्द के बीज बो लो और इस अनुभूति के हकदार हो जाओगे कुछ तो तुमने रच ही लिया जिसकी आवाज संभवत: दुनिया के दूसरे कोने तक जाने वाली हो।

अपने लेखन की बात मैं करूँगा इससे पहले यह बात कर लूँ, जैसा कि मैंने कहा मेरे लिए साहित्य बाहर से आया है इसी बात में यह जुड़ा हुआ है 'वाद' भी मेरे लिए बाहर से ही आया है। आपने हिंदी को लक्ष्य करते हुए यह बात मेरे सामने रखी है और मैं इसे हिंदी के अर्थ में ही लेकर अपनी ओर से कुछ कहने का प्रयास करना चाहता हूँ। मैं अपने तरुण काल में आदर्शवाद, यथार्थवाद, छायावाद वगैरह जानता था और मानता था हिंदी लेखन की यह खूबी है कि वह इतने सारे वादों में होता है। प्रेमचंद, प्रसाद, महादेवी, निराला इन्हीं मनीषी रचनाकारों के साक्ष्य में मानो वादों को भुनाया जाता था। प्रेमचंद ने नारी पर आधारित 'निर्मला' उपन्यास लिखा। यह निश्चित ही सूझ बूझ का उपन्यास था अर्थात 'निर्मला' दहेज की विवशता झेलने की प्रक्रिया में कैसी त्रासदी की शिकार होकर रह जाती है। निराला ने 'वह तोड़ती पत्थर' लिखा यह रचना आज भी अपनी मूल्यवता से कायम है। प्रेमचंद ने 'ठाकुर का कुआँ' कहानी लिखी जो जातीय विषमताओं पर आधारित कहानी है। इन रचनाकारों के संसार से गए बरस बीते, लेकिन आज भी भारत में इस तरह का लेखन होता है और मैं मॉरीशस में पढ़ लिया करता हूँ। इस बात से इन्कार नहीं किया जा सकता भारत के हिंदी लेखन में 'वाद' विस्तृत हुआ है। प्रेमचंद आज धरती पर आएँ और 'निर्मला' उपन्यास की व्याख्या में नारी-विमर्श जुड़ा हुआ देखें तो संभवत: उन्हें लगे निर्मला लिखते वक्त यही तो उनके दिमाग में था। अलबत्ता 'नारी-विमर्श' उनके दिमाग में आया न था।

बात यह थी तब केवल 'वाद' में साहित्य के मूल्यांकन का प्रचलन था। अपने समय के प्रेमचंद से अधिक वाद का विवाद कौन अधिक जानता। एक किनारे में आदर्शोन्मुख प्रेमचंद होते थे और दूसरे किनारे में प्रसाद छायावाद से काव्य की सर्जना कर रहे थे। पर यथार्थवाद की बहुत आवश्यकता होते हुए भी शायद उसकी अनदेखी की जाती हो। प्रेमचंद की अपनी बात हो वे आदर्शोन्मुख और यथार्थ के बीच फँसे रहे और अंत तक निर्णय न कर पाये उनका सही रास्ता किस दिशा में खुलना चाहिए? उनका रास्ता निश्चित ही खुलता बशर्ते 56 की उम्र में जीवन के अंत को पहुँचने की अपेक्षा वे दीर्घजीवी होते। तब उनके कालजयी उपन्यास 'गोदान' से भी

आगे उनके उपन्यासों का सिला बना होता। बल्कि 'गोदान' में इसकी झलक मिलने लगी थी। उन्होंने अपने जीवन के अप्रत्याशित दुर्दांत क्षणों में होरी की कहानी लिखी जो किसान से मजदूर बन जाता है और उसके 'गोदान' की फिक्र उठाने के लिए उसकी धनिया होती है। 'गोदान' में पैसा ही जाएगा और हजम करने वाले धर्म के ठेकेदार होंगे। महाजनी और धर्मी कसाव का मारा वह होरी भारत के बेबस किसानों में जिंदा है जो अपनी यातनाओं से जूझ रहा है।

दीपक जी, आपके प्रश्न में जितने 'विमर्शों' की चर्चा है ऐसा नहीं कि उन्हें अपने देश से मिलाकर मैं सोच रहा हूँ और शायद कोई निष्कर्ष मेरे हाथ लग जाए। वास्तव में यह मेरे लिए दूरंदेशी सा एक संदर्भ है। मैं बहुत गहरे मन से यह जानने की कोशिश कर रहा हूँ क्या इतने सारे 'विमर्श' मेरे देश में संभव हो सकते हैं? नारी तो किसी भी दिशा से विश्वीय है और कमोबेश उसकी समस्याओं में गहरा सामंजस्य हो सकता है। यूरोप से समाचार इस तरह से आते हैं नारियों ने अपने हक की पहचान कर ली है और वे नित्य जुझारू बने अपने कदमों के निशाँ बनाने में सक्रिय हैं। पर यह चौंकाने वाली बात नहीं है।

वैसे पूरी दुनिया की नारियाँ आज सजग हैं और नारी-विमर्श का आख्यान साथ-साथ चल रहा है। नारी का एक पक्ष इस रूप में कमजोर पड़ जाता है क्योंकि उन पर बलात्कार बरपाये जाते हैं और वे अवश होती हैं।अभी के संसार में यह खुला ऐलान नहीं किया जा सकता नारी कहीं भी अकेले घूम फिर सकती है। बस नारी का यही सबसे बड़ा बंधन है। यह नारी-विमर्श का एक पक्ष है तो मॉरीशस में इसके साथ मेरे स्वर का ही नहीं, बल्कि मेरे लेखन का भी साझा होगा। दलित-विमर्श के प्रति मेरी स्वीकृति स्वयंसिद्ध है, लेकिन यह स्वीकृति भारतीय दलित-विमर्श का पर्याय नहीं है। भारत में 'दलित' शब्द एक वर्ग के लिए चलता है जो मॉरीशस में हमारी कल्पना से भी बहुत दूर पड़ता है। आदिवासी-विमर्श के लिए यहाँ कोई आधार नहीं है।प्रवासी साहित्य-विमर्श को मैं मान सकता हूँ क्योंकि भारतेतर हिंदी लेखक होने से यह मेरे हिस्से भी आता है।

आपके प्रश्न का अंतिम अंश है इन विमर्शों के मूल्यांकन को मैं कहाँ तक उचित मानता हूँ? मेरा उत्तर है मैं आद्यंत इस मूल्यांकन को उचित मानता हूँ। जहाँ तक मैं समझता हूँ यह हिंदी 'साहित्य का वर्गीकरण' है। मैंने 'विमर्श' को 'साहित्य का वर्गीकरण' कहा तो इसके साथ यह जोड़ना मुझे सही लग रहा है गंभीर कारणों से ऐसा हुआ होगा। रचनाकार को समाज का जो तत्व बहुत बेचैन करता है इसे लिखे बिना वह अपनी मुक्ति मानता नहीं है।

लेखक की ऐसी 'बेचैनी' उससे अकसर महत्वपूर्ण कृति लिखवा देती है। इसमें कोई शक नहीं 'विमर्श' ने भी लेखक की बेचैनी से महत्वपूर्ण रचना का रूप पाया हो।भारत एक विशाल देश है और उसी हिसाब से उसके 'विमर्श' के अनगिनत

खाते खुले होते हैं। लोग शोध इसी हिसाब से करते हैं। 'विमर्श' को रेखांकित करने के लिए गोष्ठियाँ रखी जाती हैं। समग्रता में बात इस तरह से सामने आती है भारत के जनाबादी का विस्तार जहाँ तक है उसी अनुपात से उस पर लेखन का वितान तने। जब पहले पहले नारी-विमर्श अथवा दलित विमर्श के नाम पर जुटाव के लिए लोगों को आमंत्रित किया गया हो तो हो सकता है उस आमंत्रण को शक से आँका गया हो या ऐसा भी कि लोगों के मन में आया हो यह तो हिंदी साहित्य में बँटवारा लाने की एक साजिश हो। राजनीति से भी इसे प्रभावित माना गया हो और माना ऐसा भी गया हो यह सिरफिरेपन की पराकाष्ठा है। पर धीरे धीरे समझ का दायरा बढ़ता गया हो और आज विमर्श के नाम पर इन अलग-अलग इकाइयों पर खुलकर बातें की जाती हैं। लेखन तो अनंत रूप से हो रहा है। मानो एक होड़ चल रही हो जिस 'विमर्श' को केंद्रित करते हुए लिख रहे हैं उस संदर्भ के ऐसे सत्य का निरूपण करें कि लोगों को मानना पड़ जाए बहुत गहरे मंथन से ही इस तरह के यथार्थ ढूँढकर निकाले जा सकते हैं।

सवाल यह खड़ा होता रहता है क्या लेखिका ही नारियों की अंतरात्मा जानने से नारी-विमर्श को केंद्रबिंदु बनाकर लिखे तो कृति विश्वसनीय बन पाती है? या दलित ही दलित-विमर्श पर लिखे तो उस कृति में उत्कृष्टता आ सकती है? यह विचार मंथन तो चलता रहेगा, लेकिन इस बात पर ध्यान जाना जरूरी हो जाता है 'पुरुष' प्रेमचंद ने निर्मला उपन्यास लिखा तो वह क्या नारी-विमर्श से कमतर था? 'पुरुष' रामधारीसिंह 'दिनकर' ने 'उर्वशी' की रचना की तो क्या नारी-विमर्श को सही धार देने में वे चूक गए?

मैं 'विमर्श' पर इतने विस्तार से लिख तो रहा हूँ, लेकिन स्वयं से मेरा ऐसा जवाब तलब चल भी रहा है कि क्या ऐसी बात लिख ही रहा हूँ जो प्रभावशाली प्रमाणित हो सकती है? वास्तव में मेरी हालत ऐसी है मानो ढूँढ-ढूँढ कर अपनी बात की पुष्टि के लिए लिख रहा हूँ। कारण तो मेरा देश ही है जो भारत जैसा विशाल न होने से मेरे लिए परेशानी यह खड़ा कर देता है मानो मुझे महासागर की कथा लिखनी हो, लेकिन मुझे तो बस छोटे से तालाब का अनुभव है। अत: इस रूप में समाप्त कर रहा हूँ भारत से मेरा ज्ञान इतना ही है उसके यहाँ इतने सारे 'विमर्श' चलते हैं और मॉरीशस में बैठे उस पर दो शब्द लिखने का मेरा संबल हो सकता है तो लिख कर दिखाऊँ।

धुरंधर जी, भारत से बाहर लिखे जा रहे हिंदी साहित्य का फलक दिनों-दिन विस्तृत होता जा रहा है। भारत से बाहर के हिंदी रचनाकारों की रचनाओं पर हिंदी आलोचकों का पर्याप्त ध्यान नही मिल पा रहा है, इस बारे में

आपकी क्या प्रतिक्रिया है?

रामदेव धुरंधर : मैं अपना एक आदर्श यह बनाकर चलता हूँ भारत से मज़दूर के रूप में मॉरीशस आए हुए अपने न रहे पूर्वजों से मेरा साझा अक्षुण्ण रहे। बात थोड़ी दुविधापूर्ण लग सकती है कि वे न रहे तो कैसे उनके साथ मैं अपना साझा घोषित कर रहा हूँ। पर बात बिल्कुल स्पष्ट है। वे न होते तो मैं अपनी चलती फिरती काया से मॉरीशस की ज़मीन पर हो न पाता। मेरे पूर्वज जो दुख का जीवन जीने इस देश में आए उन्होंने मेरे जन्म से पहले मानो मेरा ब्रह्म वाक्य रच दिया था "इस देश में मेरा कभी जन्म हो तो मैं चैन से यहाँ जी सकता हूँ।" मैं नहीं कहता उन्होंने मेरे लिए इतना कुछ कर दिया हो कि बैठकर मैं रोटी खाता और आराम की नींद सोता। उन्होंने जीवन-संघर्ष का एक बिंब खड़ा किया और मुझ अजन्मे से जैसे कहा हो आधा संघर्ष तो अपनी मंजिल तय कर चुका बाकी आधी मंजिल का अपना भाग्य विधाता स्वयं बनना। मुझे लगता है मैंने शेष आधे संघर्ष को अपने कर्म और आस्था से जीने का प्रयास किया है। मंजिल का पूरा अक्स अभी मुझसे बहुत दूर है, बल्कि संपूर्ण मंजिल मेरे लिए हो भी नहीं सकती, लेकिन इसका मैं क्षोभ नहीं करता। वास्तव में किसे सब कुछ मिलता है जो मैं पूर्णता का स्वप्नदर्शी बनूँ। बल्कि सतत प्रयास मेरे लिए किसी उपलब्धि से कम नहीं है।

सुनने को मिलता है विश्व पटल पर हिंदी की हालत शोचनीय होती चली जा रही है, लेकिन इसके समांतर ऐसा भी सुनने में आता है हिंदी का क्षितिज विश्वजनीन हो रहा है। इसमें आशा की संभावना है और मैं मानता हूँ इसी का विश्वास हमारे मन में कायम रहना चाहिए। इस विश्वास का अपना सार तत्व है भी। यह देश पर निर्भर करता है वह अपनी ज़मीन की भाषाओं के प्रति रवैया कैसा रखता है। इंग्लैंड का यह कथन आज भी हमारे कानों में गूँजता है उसकी अंग्रेजी जहाँ तक पहुँचती है वह अपने स्वत्व की पहुँच वहाँ तक मानता है। मैं मॉरीशस में प्रचलित किसी भाषा के उदाहरण से यह स्पष्ट तो न कर पाऊँगा यहाँ भाषा के प्रति कैसी सजगता निभायी जाती है। हालाँकि फ्रेंच भाषा अपवाद हो सकती है क्योंकि उसे मानने वाले और उसके प्रति सचेत रहने वालों की यहाँ कमी नहीं पड़ती। पर दूसरी भाषाएँ सरकारापेक्षी होती हैं,

मतलब सरकार इन भाषाओं की जीवंतता के लिए कुछ करे तो इनमें बोध आए जीवंत तो होना है। मैं बार बार कहता रहा हूँ यहाँ भाषा जाति से है। जाति पुष्ट हो और अपनी भाषा के लिए उसमें कुछ करने की लगन हो तो उसकी भाषा ऊपर उठ सकती है। पर मैं हिंदी पर आते आते आज की तारीख में यह कहना सही मान रहा हूँ कि यहाँ हिंदी ने जाति वाली जड़ता की अपेक्षा साहित्य का वजूद अधिक ग्रहण किया है और इस नाते वह सर्व मानव को एक दृष्टि से देखने का अपना एक संस्कार गढ़ता चला जा रहा है। जाति की स्तुति व गान के लिए हिंदी से ही उसकी

अपनी भाषा है, संभाषण और ऋचाएँ हैं। यहाँ उस हिंदी की बात हो रही है जो जीवन, संघर्ष, या यूँ कहें कि मनुष्य के उत्पीड़न और संवेदन से अपना सरोकार स्थापित करती है। मैं हिंदी के माध्यम से साहित्य की बात कर रहा हूँ जो हमें विश्वीय बना सकता है और हम बन भी रहे हैं।

आपके एक प्रश्न के उत्तर में मैंने पहले भी कहा है भारत से बाहर जाने वालों के दो वर्ग हैं। एक वह वर्ग है जिसमें मेरे पूर्वज जैसे लोग शामिल थे जो गिरमिटिये के रूप में दूसरे देश गए और दुखों से उनका जीवन तार तार होता रहा। एक वह वर्ग है जो भारत में पैदा हुआ और पूरी सूझबूझ के साथ दूसरे देशों में जाकर नौकरी के समांतर लेखन में भी जिजीविषा का अपना परिचय बनाता रहा। मूल रूप में यह होता चल रहा है भारत से बाहर जो जहाँ जिस तेवर से हिंदी में लेखन कर रहा है उसका उद्देश्य तो यही है वह हिंदी को कुछ दे रहा है। अब सवाल शेष यह रह जाता है जो लेखक जहाँ से जैसे भी हिंदी को अपना लेखन समर्पित कर रहा है समग्र हिंदी के परिप्रेक्ष्य में उसका मूल्यांकन किस रूप में हो रहा है। मैं समझता हूँ मूल्यांकन तो उसी की ओर से सामने आना चाहिए जो भारत में रहता है और आलोचना की बागडोर को अपने हाथों में मानता है। उन आलोचकों की अपनी साहित्यिक अवधारणाएँ होती हैं जिसके साक्ष्य में वे रचनाओं का मूल्यांकन करते हैं। पर मुझे लगता है भारत से ही उनकी खानापूर्ति हो जाती है इसलिए वे भारतेतर हिंदी लेखन को अनदेखा करते हैं। इसमें मित्रता और वाद के अपने अपने चक्कर भी होते हैं। वाद और चक्कर का मारा आलोचक ऐसे में अपने ही केंद्र का गान करे या कि भारत से बाहर के हिंदी लेखन को अपने शब्दों से मापने का प्रयास करे।

यह सही है भारतीय आलोच्य मनीषा में यह बात अभी पैठ न पायी है कि चलें उन लेखकों को मनोयोग से पढ़ें जो समुद्र पार से हिंदी लेखन में अपने को इस हद तक तपा रहे हैं। मैं तो अपने ही देश के पूरे हिंदी साहित्य की कोई निश्चित परिभाषा मथकर निकाल न पाया हूँ ऐसे में भारत से बाहर के तमाम देशों के हिंदी साहित्य पर बोलने के लिए मेरी आत्मशक्ति तो बस क्षीण ही हो सकती है। मैं मोटे तौर पर इतना ही जानता हूँ भारत से बाहर कहानियाँ खूब लिखी जा रही हैं, लेकिन उपन्यास बहुत कम। कविता लिखी जा रही है, लेकिन एक दमदार साहित्यिक मूल्य की स्थापना करने में शायद इन कविताओं की अपनी सक्षमता बन न पाती हो। वैसे भारत को भी सक्षमता की इस कसौटी पर परखा जाना जरूरी है। मैं भारत का नाम इसलिए ले रहा हूँ क्योंकि भारतेतर हिंदी साहित्य का पक्षधर किसी को होना तो चाहिए। मैं स्वयं भारतेतर हिंदी रचनाधर्मी हूँ। तो ऐसे कैसे हो सकता है समुद्र पार के हिंदी लेखन को मैं गा लूँ और अपने देश की बात हो तो नकारात्मक वृत्ति से अपना परिचय बनाऊँ। अपने देश के हिंदी साहित्य को नमन करते मैं पा रहा हूँ अपने देश के पक्ष में बोलना मुझे आता है।

दीपक जी, आप कह रहे हैं भारतेतर हिंदी लेखन को आलोचकों की ओर से नकार का सामना करना पड़ रहा है। मैं इसकी व्याख्या के लिए एक अलग सोच का सहारा ले रहा हूँ। आलोचक हमारे लेखन पर हाथ इसलिए नहीं डालते क्योंकि उन्हें लगता हो यह तो वैमनस्य का एक रूप है। एक सूत्र ऐसा भी हो सकता है भारतीय आलोचक समंदर पार दूसरे देश जाए तो वहीं के लेखकों से अपेक्षा करेगा उसके स्वागत के लिए व्यवस्था करें। आलोचक ने वहाँ के भूगोल, खान खान, होटल के कमरे, घूमने के ठौर ठिकाने आदि का पता लगा लिया हो। इस नाटक के केंद्र में जानी बूझी साजिश यह हो कि उस देश के किसी लेखक की प्रशस्ति में शब्दों का रेला बिछा दे। अपने तरीके से यह साहित्य जगत का व्यापार है। ऐसा न समझा जाए मैं अनुमान से लिख रहा हूँ। एक आलोचक से मेरा यह अनुभव है। उसने मुझसे कहा था एक बढ़िया लेख मेरे बारे में लिखकर पत्रिका में छपवाने के लिए वह उत्कंठित है। उसने मेरी साहित्यिक गतिविधियों के बारे में केवल जान रखा था। पर मेरा लिखा कुछ पढ़ा नहीं था। उसने चाहा था सारांश रूप में अपने लेखन के बारे में लिख कर भेजूँ बाकी वह सोने का लक दक पिटारा बना कर छपवा देता। जरा हम नामवर सिंर के आलोच्य तेवर को हृदयंगम करें, वे लेखक का इतना तेल निकाल कर रख दें कि लेखक को फिर से हिम्मन न पड़े अपनी रचना को 'कालजयी' कहने के दंभ पर फेसबुक में पहले आत्म प्रचार करे और बाद में उसकी रचना लंगड़ाते हकलाते हिंदी के क्षितिज पर अपनी मरियल साँसें बिखेरने के लिए विराजमान हो।

बात इस तरह से खत्म कर रहा हूँ सबके सब आलोचक नामवर सिंह नहीं होते। आज के हमारे आलोचक बंधु नामवर सिंह की अपेक्षा कमतर ताकत से मैदान में डटे हुए हैं तो ऐसे में यदि मैं कहूँ अपनी कमजोरी से भी मैं लेखक हूँ तो मुझे नहीं लगता आलोचक मेरी इस बात पर अड़कर कहेंगे जो स्वयं हार मान रहा है उससे क्या बैर मोल लेना। तो चलें, बैर न सही मित्रता ही सही। आलोचक इस नजर से देखे भारतेतर लेखक लिख रहे हैं और हम लेखक अपनी ओर से कहें अपना लक्ष्य तो हम साध ही लेंगे, क्योंकि हमारा हृदय हिंदी साहित्य की दीवानगी के अलावा और कुछ सुनने जानने के लिए तैयार नहीं है।

धुरंधर जी 'वसंत' पत्रिका में आपके संपादकीय लेख में सांस्कृतिक विघटन, राजनीतिक भटकाव और स्वभाषा विमोह की चिंता पर केंद्रित हैं। 'विपरीत हवा का विरोध' शीर्षक में आपने देश में हिंदी रचनाकारों की सिमटते जाने पर चिंता व्यक्त की है। क्या यह समस्या वास्तव में तो विकट नहीं हो रही है?

रामदेव धुरंधर : आपके इस प्रश्न में मैं मॉरीशस की हिंदी और हिंदी लेखन का एक विशाल हृदय महसूस कर रहा हूँ। जिस वसंत के संपादकीय की चर्चा आप कर रहे हैं यह 1982 में प्रकाशित वसंत पत्रिका का एक अंक है। एक संयोग होता था कि मैं वसंत का कभी कभी संपादकीय लिखा करता था। वैसे यह तो संपादक की जिम्मेदारी थी, लेकिन वह मुझे यह काम सौंपते हुए कहता था लिखकर प्रेस में दे दो। तब अभिमन्यु अनत इस पत्रिका के संपादक थे, लेकिन वे इस पत्रिका की देखरेख से अपने को बरी मानते थे। यहाँ तक वे कहते थे संपादकीय लिखने में भी उनकी अभिरुचि नहीं है। यह महात्मा गांधी संस्थान में चल सकता था। एक तो संस्थान के जिम्मेदार उच्चाधिकारी वसंत से अपना कोई नाता मानते नहीं थे, ऐसे में उन लोगों के लिए ठीक ही होता यह पत्रिका बंद हो जाती। अनत वसंत से अपने को मुक्त मान लें तो उनके वेतन में फर्क नहीं आता। एक तो उनका नाम हो चुका था और संस्थान में उच्चाधिकारियों से उनका पारिवारिक रिश्ता बना होता था। ऐसे में नेमा और मेरी हालत इस कोण से नाजुक बन आती थी कि हमें तो काम दिखाना पड़ता क्योंकि काम दिखाने से ही वसंत में हमारी उपस्थिति को दर्ज माना जाता और हमारे वेतन पर आँच न आती।

नोन तेल के उस चक्कर की एक सच्ची घटना का यहाँ बयान कर रहा हूँ। एक बार ऐसा हुआ था एक स्थानीय लेखक ने उन दिनों देश के प्रथम प्रधानमंत्री सर शिवसागर रामगुलाम पर भयंकर रूप से छींटाकशी की थी। नेमा ने उस हस्तलिखित रचना को पहले पढ़ा था। पढ़ने की प्रक्रिया में तो उसका पसीना बहने लगा था। उसने मुझसे कहा था पढ़कर देखो देश के 'आँड़' लेखक ने क्या लिख कर भेजा है। साला सरकारी स्कूल में हिंदी टीचर है। उसकी नौकरी जाएगी और यहाँ हम पर थू थू करते हुए कहा जाएगा साले संस्थान से भागो नहीं तो गोली से तुम लोगों को भूँजकर रख दिया जाएगा। सरकारी नौकरी थी हमारी, तब तो हम गोली खाने के ही जोग होकर रह जाते। पर बात यह भी थी हम उस रचना में काट छाँट करते और वह 'आँड़' लेखक अनत से शिकायत करता तो हिंदी का यह मास्टर हम दोनों को लताड़ने के अंदाज से कहता तुम लोग कौन होते हो किसी लेखक की रचना से खिलवाड़ करने वाले। यह बात थी तो हम दोनों ने दफ्तर में आमने सामने बैठे बैठे सीना ऊँचा करके निर्णय ले लिया था तो रचना को ऐसे ही जाने देते हैं। रचना तो वैसे ही चली गयी। एक दो सप्ताह के अंतर्गत वसंत छपा और अब असली हंगामा शुरू हुआ। प्रधानमंत्री की एक आँख नहीं थी। उस 'आँड़' लेखक ने अपना आक्रोश व्यक्त करने के लिए पूँछ उठाये खुली बछिया जैसी स्पष्ट शब्दों में लिखा था साले की एक जो आँख शेष है वह भी फूट जाए। पहले फेसबुक वाला जलवा रस घोलने के लिए होता नहीं था। अन्यथा वह जो हुआ था विश्व प्रचार का दर्जा पा जाता। प्रधानमंत्री ने संस्थान में कमिटी का आयोजन करवाया था और वे स्वयं उसमें भाग लेने आए थे।

अनत, नेमा और मुझे कमिटी में बिठाया गया था। मैं अपने दिल की बात कर रहा हूँ मैंने हिसाब लगा लिया था नौकरी तो गयी और अब मुझे मजदूर के अपने जीवन में लौटना होगा। घर पर फजीहत तो होती। पत्नी ताने मारती जिसमें लात का वजन होता। बच्चे छोटे थे लेकिन पेट रखने से उन्हें कहने की भाषा आ जाती पापा तुम ने मूर्खतावश हमारी असली रोटी गँवाकर घास की रोटी का हमारा भाग्य तो खूब रचा।

उस वक्त अनत के मुँह से तो बोली निकलती ही नहीं थी। कैसे छाती ठोंक कर कहता वह काम करता नहीं है क्योंकि वह विभाग का हेड है। अनत ने नेमा का करा धरा बता दिया था और नेमा ने कहा था वह अकेले न होकर धुरंधर भी उसके साथ है। मतलब दुख में भी नेमा का इतना सुख होता कि धुरंधर भी उसके साथ महात्मा गांधी संस्थान छोड़कर घर के लिए चला चली करे। अब हम तीनों जैसा भी खेल रचते, भगवान को हाजिर नाजिर जान कर कहते दया की लंगोटी खोल और झर झर फूल बरसा दे हम पर, लेकिन फिर भी इतना तय होता नौकरी तो निश्चित ही जाती हम तीनों की। गिरती हुई अपनी पतलून ऊपर खींचते रहने वाले पोपले बूढ़े निदेशक पर भी इल्जाम लगा था वो कैसा मूर्ख है संस्थान से ऐसा छपकर बाहर जाता है और वह यह न देखकर हा हा हो हो करने में समय बिरथा गँवाता रहता है। हा हा हो हो का इल्जाम लग जाने पर वह इसका कौन सा अकाट्य उत्तर दे पाता। पर शिवसागर की भलमनसी देखिये उन्होंने अनुवाद के माध्यम से जो जाना था उसे अपनी टूटी फूटी हिंदी में पढ़कर सुनाया था और मुस्कराकर कहा था उनकी जो एक आँख बची है उसके फूटने की कामना तो न करें। उन्हें अपनी एक आँख से देख देख कर देश को अभी स्वर्णिम बनाना है।

मैं अपनी ही बात कर रहा हूँ प्रधानमंत्री की ओर से अभयदान मेरे जीवन का बहुत बड़ा वरदान सिद्ध हुआ था। नौकरी न जाने पर मैंने उस घटना के बाद रिटायर होने तक लगभग बीस साल महात्मा गांधी संस्थान में काम किया। ऐसा नहीं कि मैंने कालांतर में कायरता ओढ़ ली हो और सत्ता के विरुद्ध नहीं लिखा। मैंने सत्ता के विरुद्ध खूब लिखा है, लेकिन साहित्यिक भाषा में। मुझे अपनी भाषा का विश्वास बना होता है इसलिए मुझे डर अथवा आतंक की छाया छू भी नहीं सकती।

अभी हाल में फेसबुक के एक भारतीय मित्र ने मुझसे एक ऐसी रचना की माँग की थी जिसमें मैंने अपनी सरकार की प्रखरता से आलोचना की हो। मैंने मित्र के लिए लिखा नहीं। इसका मतलब यह नहीं था कि महात्मा गांधी संस्थान से जुड़े मेरे देश के पूर्व प्रधानमंत्री वाली घटना ने मुझे कुरेदा हो। बल्कि मैंने भारतीय मित्र के लिए न लिखा तो इसलिए क्योंकि मेरा मानना था आलोचना के लिए आलोचना मेरे लेखन का प्रतिमान नहीं हो सकती। मैं साहित्य के प्रतिमान से बात करता हूँ। पर मेरी कोशिश ऐसी भी होती है मैं ऐसे पात्र गढ़ूँ जो समाज की बुराइयों की ओर इंगित करे। ऐसे में मेरी आलोचना का प्रतिनिधित्व मेरे पात्र कर रहे होते हैं। पर इसमें एक

संतुलन रहता है। ऐसा नहीं कि आलोचना आगे निकल जाए और साहित्य पीछे छूट जाए। हाँ, लेखन की आलोचना एकदम अलग है। लेखक की भाषा, शैली, प्रस्तुति आदि को आलोचना से मापा जाए तो इसमें मेरी स्वीकृति निश्चित है। यहाँ मैं पूरे रूप से सावधान रहता हूँ। अर्थात किसी को आलोचना के तेवर से कहने का अवसर न मिले मेरी भाषा मेरी रचना का संवहन न कर पाती है। भाषा मेरी नजर में इसीलिए रचना का प्राण बिंदु होती है।

दीपक जी, मुझे नहीं लगता मैंने महात्मा गांधी संस्थान वाले संदर्भ को अनावश्यक रूप से यहाँ उकेरा हो। मुझे अपने देश के पूर्व प्रधानमंत्री की सादगी को दो शब्द समर्पित करने का अवसर हाथ लग रहा था तो मैंने बड़ी श्रद्धा से उस अवसर को थामा और वह यथावत लिखने का प्रयास किया।आपका प्रश्न वसंत से संबंधित मेरे एक उस संपादकीय से था जिसका शीर्षक मैंने 'विपरीत हवा का विरोध' रखा था। मुझे यही बात करनी थी और मैंने आपके प्रश्न का उत्तर इसी से शुरू किया था, लेकिन नौकरी जाने की उस घटना की महिमा मैंने गा दी। मेरे देश में हिंदी लेखन को ढाँपा ढाँपा माना जाता है, लेकिन खबरदार कुछ गलत लिखा। अनुवाद के माध्यम से तो वह अधिकारियों के हाथ में चला ही जाएगा। पर जो आदमी यह करता है उसका इरादा देश का भला नहीं होता। उसका इरादा किसी को धूल चटवाना होता है। ईर्ष्या ने मेरे देश की हिंदी को खा लिया है। इसका स्पष्टीकरण बहुत विस्तार मांगता है जिसके लिए यहाँ गुंजाइश नहीं है। अत: अब कोई और बात नहीं, बस आपके प्रश्न का उत्तर मेरे लिए जरूरी हो रहा है। मेरा वह संपादकीय पूरे रूप से इस बात पर केंद्रित है हिंदी के विरुद्ध जो साजिश चलती रहती है उसकी पहचान तो हम रखें। उस संपादकीय में जो नहीं है वह यहाँ लिख रहा हूँ उन दिनों राजनीति की ऐसी हवा जोर पर थी हिंदी का मतलब हिन्दू है और हिन्दू का मतलब देश की आबादी में हिन्दू का बाहुल्य होने से सत्ता इसके हाथ में है और यह प्रक्रिया जारी है। खैर, आज जब 2020 में यह लिख रहा हूँ बदले हुए परिवेश से मैं स्वयं की सोच में अपने को ठगा सा अनुभव कर रहा हूँ। पर यह भी सही सही उकेरने से मैं अपने को बचा रहा हूँ। बात यह है जरूरी नहीं किसी की भविष्यवाणी सार्थक हो। देश जनता के एक समूह का नाम होता है, जहाँ विचारों का गहन टकराव मचा रहता है। ऐसा भी होता है बस विचार ही टकराते हैं और देश की हालत यूँ ही धरी रह जाती है।

आपके प्रश्न में था हिंदी के लेखक सिमटते जा रहे हैं और क्या मेरी नजर में यह समस्या विकट नहीं है? यह तबकी समस्या थी और मुझे लगता है आज के परिप्रेक्ष्य में हिंदी की डगमगाती नैया की मैं बात कर रहा हूँ। स्कूली पढ़ाई में यहाँ हिंदी है, लेकिन बोलचाल में हिंदी यहाँ लगभग शून्य है। लेखन में हिंदी हो तो वह मेरे संस्कार की परिपुष्टि जैसा होगा। मैंने अपने लेखन में इसी बात को तो गाया है हिंदी से इस देश में हम कुछ हो सके हैं। तब तो हिंदी को नित्य लेखन में प्रतिबिंबित होते

रहना होगा क्योंकि हिंदी हमारे लिए भाषा से कहीं अधिक हमारी सांस्कृतिक पहचान को रेखांकित करती है। मैं सुबह शाम प्रार्थना के लिए बैठने में विश्वास करता हूँ। मुझे लगता है हिंदी की कोई बिंदी मेरे माथे का अभिषेक करती है और मुझसे कहती है हिंदी को इसी तरह गाते रहो और उस गान के एक समूह में परिवर्तित हो जाने के लिए भगवान से प्रार्थना करते रहो।

लेखक को अपनी रचना की कल्पना और लेखन तक के सफ़र में बहुत समय देना पड़ता है। आपने विपुल हिंदी साहित्य का सृजन किया है और इस कार्य में बहुत समय बिताया होगा। क्या लेखन की व्यस्तता के कारण परिवार में हुई नोंक-झोंक का रोचक किस्सा बताइए।

रामदेव धुरंधर : आपके इस प्रश्न ने मुझे यह सोचने के लिए बाध्य कर दिया कि अपने प्रारंभिक लेखक से अब तक मुझे कितनी-कितनी कल्पनाओं से गुजरना पड़ा है। पचास साल से अधिक अब तक मैंने हिंदी लेखन में अपने को सक्रिय बनाये रखा है। अर्द्धशती का यह जो अपना लेखकीय गणित मैं सामने रख रहा हूँ इसमें कल्पना के न जाने कितने महल बने हैं और ढहे भी हैं। जो महल बन गया वह मेरा साहित्य हुआ और जो ढह गया वह मेरे साहित्य का रूप पाने से वंचित हो गया। अपनी प्रकाशित रचनाओं से मुझे खुशी तो होती है कि मैंने दिमाग लड़ाकर जो कल्पना की उसे रचना की काया देने में मैं सफल हुआ। पचास सालों के बीच यह एक गणित तो हुआ कि कल्पना उपयुक्त लगी तो मैंने उसे खाली जाने न देकर कृति में ढाल दिया। आज मैं यह भी सोच रहा हूँ और सोचने की प्रक्रिया में भावुक भी हो रहा हूँ मैंने न जाने कितनी कल्पनाओं को तराश लेने पर उन्हें रचना के योग्य तो माना हो, लेकिन मन ने अचानक कह दिया हो इससे भी बेहतर सोचो और तसल्ली हो जाने पर लिखो। पर यह तो मेरा लेखकीय विधाता ही जानता होगा मैंने जिसे त्याज्य समझा होगा, हो सकता है वह मेरी अद्‌भुत लॉटरी जैसी होती और जिसे मैंने महती कल्पना के गर्व से रचना में ढाला हो वह निम्न स्तर की होकर रह गयी हो।

यह तो मेरी अपनी ही कल्पनाओं के बीच हाँ-ना जैसी भिड़ंत हुई। इससे आगे और एक अहम मसला है। लेखन के लिए कल्पना का मुझे सही विश्वास हो गया हो और लग रहा हो लिखे बिना निस्तार नहीं, लेकिन अपने अन्य काम पूरा करना जरूरी हो जाने से लेखन होना छूट गया हो। वास्तव में मेरे जीवन का सच यही है घरेलू आवश्यकताओं ने मुझे बहुत छकाया है और लेखन तो बस यूँ ही चलता रहा है। मॉरीशस मेरा जन्म देश होने से मुझे इसी के केंद्र में रहकर अपने अतीत में अपने जीवन को जीना पड़ा है और केंद्रीयता का वह मापदंड आज उसी ढर्रे पर यथावत

कायम है। यह आकलन मैं अपने हिंदी लेखन के परिप्रेक्ष्य में बुन रहा हूँ। मॉरीशस में जन्म लें और हिंदी का लेखक बनें यह दूरंदेशी सपनों जैसा है। यदि यहाँ हिंदी का लेखक बन रहे हों तो अपने आप में कहना होगा शायद किसी 'कर्ज' से पाला पड़ रहा है जिससे उऋण होने का विकल्प हिंदी लेखन ही हो सकता है। पर अब जब उम्र के इस मोड़ में हिंदी लेखक के रूप में मेरी पहचान बन चुकी है तो मेरी सोच में परिवर्तन भी आया है। अब मैं सोच से वहाँ पहुँचता हूँ 'कर्ज' से मेरा पाला नहीं पड़ा, अपितु अपने अस्तित्व से पाला पड़ा। हिंदी के शब्द साध लिये, लिखने के लिए मन ने हाँकारी कर दी तो मानो जंगल में अपनी पगडंडी के निर्माण के लिए बल लगाकर देख तो लिया जाए। पगडंडी बनेगी तो राजमार्ग भी बनेगा। बस संकल्प में चूक न हो।

आज 'हिंदी लेखन' की बदौलत मेरा जो सम्मान और पाठकों से अपनेपन की मेरी जो संप्राप्ति है मैं मानता हूँ इस अनुपात से लेखन के अपने कद का परिचय स्वयं अपने हाथों से लिखने की आवाज मेरे भीतर से आती है।आप कह रहे हैं लेखक को अपनी रचना की कल्पना और लेखन के सफर तक में बहुत समय देना पड़ता है।

मैं इस बात की पुष्टि के लिए कह रहा हूँ समय तो निश्चित ही बहुत देना पड़ता है। पर कल्पना बहुत समय लेती हो ऐसी बात नहीं है। कल्पना की भरपाई क्षण भर में हो सकती है। हवा की रुन झुन जैसा कुछ कल्पना में गूँथ जाए तो उससे महाकाव्य लिखा जा सकता है। कल्पना का कोई प्रतीकात्मक बिंब अथवा अता पता न भी हो, लेकिन लिखने बैठ जाएँ तो रचना का स्वरूप खड़ा होता चला जाता है। मेरे एक मित्र ने मुझसे कहा था कल्पना के लिए उसके भीतर कुछ खनकता ही नहीं है। ऐसे में चक्षुगत देखा हुआ ही उसकी रचना का स्रोत होता है। मैं इन सारी बातों से अपना अभिमत यह सामने रख रहा हूँ लिखने के अपने-अपने तरीके होते हैं। मेरा तरीका यह है मैं कोई रचना लिखने के लिए तत्पर होता हूँ तो कल्पना उसमें मानो साँसों की तरह अपनी उपस्थिति दर्ज कर रही होती है। कल्पना का ढाँचा तैयार हो ही जाए तो अपने आपसे मेरा प्रश्न होता है कि जो मैं लिखना चाहता हूँ क्या उसमें रचना की गुणवत्ता हो सकती है? मेरा यह प्रश्न मुझे बहुत आलोड़ित करता है। कल्पना से होकर वह सही गुणवत्ता में आकर टिक जाए और मुझे चारों ओर से घेर ले तो वह मेरे लिए ऐसा होता है मानो मैंने एक पिंजड़े को अपने लेखकीय स्वत्व का समर्पण कर दिया। यह पिंजड़ापन रचना का मेरा असीम आधार बन जाता है। इसके साथ जीने का आनन्द अथवा पीड़ा जानने से मेरा मानना इस तरह से होता है रचना की कसौटी पर खरा उतरने का मैंने मंत्र साध लिया और सफलता तो अब मेरे कदम चूमने ही वाली है।

कल्पना से आगे लेखन का जो धरातल होता है असली घालमेल वहाँ होती है। लेखक कल्पना के चक्कर में पड़े तो यह किसी ने न देखा। पर लेखन में पड़े तो

खासकर अपने घर के लोगों न देखा। अब घर हो तो क्या लेखन से किसी का पेट भरने वाला हो? गैस खत्म हो गयी हो तो क्या लेखन जादू बनकर गैस ला सकता है? लेखक अपनी रचना में अपने पात्र को हवा में उड़ा सकता है, लेकिन वह स्वयं धरती में आबद्ध रहता है। मैंने तीस साल पहले नरेश मेहता द्वारा लिखित 'यह पथ बंधु था' शीर्षक का उपन्यास पढ़ा था। इस उपन्यास का पात्र श्रीधर अपनी अवशता को अपने लेखन में भुनाता है। यही उसका पथ था, उसका बंधु था। लेखक के नाते मैं इस जज्बे को सलाम करता हूँ, लेकिन अपने पाँवों के नीचे की जमीन पर समस्याओं के जलजले को सरसराते देख कर सोचता भी हूँ लेखन जब मुझे निचुड़ ही ले तो मेरा जो पारिवारिक दायित्व है इसके लिए क्या बच पाएगा? फिर एक बार वही कह रहा हूँ मैं मॉरीशस की मिट्टी से अपना आकलन कर रहा हूँ। हिंदी लेखन से मैं अपना आधा पेट भी भर नहीं सकता। अब फेसबुक में हिंदी के लेखक खूब लिख रहे हैं उनकी पुस्तकों के चौथे पाँचवे संस्करण निकल रहे हैं। प्रकाशक उन्हें धड़ाधड़ चेक भेज रहे हैं। एक लेखक ने लिखा दो चार महीनों के बीच उसके कहानी संग्रह की बाईस हजारप्रतियाँ बिक गयीं। अब उसका वह कहानी संग्रह बारहवें संस्करण पर पहुँच गया है।

हिंदी लेखन की मेरी दुनिया इतनी खुशनसीब नहीं हो सकती। मैं अपने देश में चाहे हिंदी लेखन से जुड़ने पर पैसे की दृष्टि से अभिशप्त सा मानव होकर गरीब ही अधिक हुआ हूँ, लेकिन बदले में हिंदी से मैं इतना ही माँगता हूँ देवी हो तो मुझे इतनी शक्ति अवश्य देना कि और कुछ लिखकर तुम्हारे भंडार में श्रीवृद्धि कर सकूँ।

आपके प्रश्न के अंतिम भाग में है मैंने विपुल हिंदी साहित्य का सृजन किया है और इस कार्य में बहुत समय बिताया होगा। व्यस्तता के कारण परिवार में हुई नोक झोंक का किस्सा सुनाऊँ।

शुक्र है आपने किस्सा कहा है, मतलब एक किस्सा, दो तीन किस्से नहीं। इसे संयोग ही मानूँगा मेरे पास इस संदर्भ का एक ही किस्सा है। 1972 के दिनों का किस्सा है। मैं उन दिनों सरकारी स्कूल में हिंदी का टीचर हुआ करता था। सोमदत्त बखोरी जी की ओर से स्थापित मॉरीशस हिंदी परिषद की ओर से प्रकाशित होने वाली 'अनुराग' पत्रिका में मेरी दो कहानियाँ छप चुकी थीं। उन दिनों हम जो नौसीखिये लेखक हुआ करते थे हमारे लिए ले देकर एक यही पत्रिका थी जिस में हम अपनी कहानी या कविता छपवा सकते थे। हम में से किसी की रचना छप जाए वह तो बहुत बड़ा लेखक हो जाता था। शायद उन दिनों मेरा मानना हो चला था [मेरी वह मान्यता आज भी अविचल है] मैं तो बस कहानी लिखने के लिए पैदा हुआ हूँ। मेरे अंदर के लेखक के कहानीपन की जब यही शर्त थी तो किसी और विधा के लिए मेरे मन का पट पूरा खुलना तो क्या, वह पट खुलने के अंदाज से हल्की सी आवाज भी नहीं करता।

एक रोज मैंने स्कूल में अपनी कहानी के लिए कल्पना कर ली थी। तब तो वह कल्पना मानो मेरे माथे पर झंकार मचाते मुझसे कह रही थी उसे कहानी में तो यथाशीघ्र परिवर्तित करूँ। हाँ, कहानी तो मैं लिखता और वह भी पूरे दम खम के साथ। मानो लिखूँ तो 'गोदान' उपन्यास मुझसे कहे ऐ गुरु, वामन बन कर मुझे पार करो और मैं तुम्हें बारंबार नमन करता रहूँ।

आज मेरी बड़ी बेटी भारती बावन साल की हो गयी है। 1972 में वह चार साल की थी। मैं जब स्कूल से लौटा था मुझे देखते ही वह मेरा दुलार पाने के लिए मेरी ओर अपने नादान कदमों से दौड़ आयी थी। पापा उसे दुलार तो करता, लेकिन कहानी भी लिखता। मैंने उस वक्त दुलार में बहुत कटौती कर ली थी और उसे फुसला कर माँ के पास जाने के लिए कह दिया था। माँ पराठे पकाने जा रही थी। उसने मेरे हाव भाव से समझ लिया था मैं लिखने के लिए बैठने वाला हूँ। इसका मतलब हुआ न घर के किसी काम में मेरा ध्यान जाएगा और न मैं बच्ची को देखूँगा। बात यह थी लेखन का भूत अथवा देवता मेरे मन में समा जाने से अब मैं घर के कामों से बहुत जी चुराता था। पत्नी पहले से कुछ-कुछ कहती आ रही थी वह मुझे देख रही है और देख कर उसे लगता है अब मैं घर के प्रति वो न रहा जो हुआ करता था। उसने ऐसा भी कहा था कहानी का जोश मुझे जैसे घर से छीन रहा है। आज तक मैं पत्नी की वो बात भूला नहीं हूँ कहानी लेखन के मेरे अनुराग से स्वयं वह अनुराग रखती थी और कहती थी लिखते हो यह तो बढ़िया काम है। पर एक सीमा तो वह मानती और मैं यही नहीं मानता।

हाँ तो उस दिन हुआ यह था पत्नी ने पराठे पकाना शुरू कर दिया था और बिटिया भारती दुलार के मामले में मुझसे निराश होकर उसके पास चली गयी थी। पत्नी ने तेल और आटे से सने हाथों में बिटिया को उठाया था और उसे ला कर मेरी गोद में लगभग पटक कर कहा था लिखना बंद। यह तो बहुत बड़ा भूचाल था। मेरे हाथों कहानी चल पड़ी थी और यह मेरे लिए किसी तपस्या से कम नहीं था। पर मैंने समझौता कर लिया था। इतनी बुद्धि मुझे आ रही थी पराठे पक रहे हैं तो खाने के लिए तकाजा मैं ही करने वाला हूँ। मैंने धीरे से कहानी के लिखे-अलिखे सारे पन्नों को अलग सरका कर बिटिया को गोद में लिया था और आँगन में चला गया था। शाम की हवा बह रही थी। हमारा बंधा हुआ कुत्ता खुलने के लिए उछल रहा था। थोड़ी देर में हनुमान के चौतरे में चिराग जलाना पड़ता। आज यह मैं अपने हाथों से करता। कहानी तो मैं फिर लिख लेता। बस घर के अनुराग में दरार न आए।

सभी प्रश्न एक साथ

1. धुरंधर जी, आज आप हिंदी के प्रतिष्ठित साहित्यकार हैं। आप भारत में ही नहीं विश्व के अन्य देशों मेंभी बहुचर्चित हैं। कृपया हिंदी से अपने संबंधों के बारे, जीवन के तीन पड़ावोंके अंतर्गत बताइए;
   (a)—बचपन से बीस वर्ष तक
   (b)—21-35 वर्ष
   (c)—35 से अब तक की हिंदी-यात्रा

2. आपने कहा है कि आपकी मातृभाषा हिंदी नहीं है और आप भोजपुरी परिवेश में जन्मे और पले बड़े हैं। पारिवारिक परिस्पथितियों और विवशताओं के कारण आप फ्रेंच और अंग्रेजी की शिक्षा से वंचित रहे। पर वास्तविकता तो यह है कि मॉरीशस में फ्रेंच, अंग्रेजी, क्रियोल, भोजपुरी के वातावरण ने आपके हिंदी लेखन को किसी न किसी रूप में प्रभावित किया होगा और हो सकता है कि आपको समाज की बोधगम्यता में सहायक भूमिका निभाई होगी, और इस दृष्टि से बहुभाषी होना आपके लेखन के लिए मददगार होगा। कृपया विस्तार से बताइए।

3. हिंदी साहित्य लेखन की प्रेरणा आपको कहाँ से मिली?

4. आपको हिंदी साहित्य के किन साहित्यकारों ने सर्वाधिक प्रभावित किया और सृजन-कार्य के लिए प्रोत्साहित किया?

5. साहित्य समाज का दर्पण माना जाता है इसलिए वह सदैव मानव मन के नजदीक रहता है। भारतीय मजदूर गन्ने की खेती के सिलसिले में मॉरीशस पहुँचे थे और खून-पसीना बहाकर समर्पण के साथ अपने आकाओं को समृद्ध करते रहे। मॉरीशस की साहित्यिक परम्परा में किसानों के चित्रण के संदर्भ में आपके क्या विचार हैं?

6. मॉरीशस बहु संस्कृति संपन्न देश है, यहाँ फ्रांसीसी, चीनी, अफ्रीकी, अंग्रेज, भारतीय सांस्कृतिक परिवेश में विभिन्न धर्मावलम्बी निवास करते हैं। आपके साहित्य में इस बहु—सांस्कृतिक वैविध्य का प्रभाव कहाँ तक और कैसे समायोजित हुआ है।

7. धुरंधर जी आप हिंदी साहित्य के अध्येता हैं और नवीन ऊर्जा शक्ति से हिंदी साहित्य को समृद्ध कर रहे हैं। आज आपके पाठक विश्व के कोने कोने में हैं। आपकी सृजन-सेवा के लिए भारत के अनेक संस्थानों/ साहत्यिक-सांस्कृतिक संस्थाएं सम्मानित कर रही हैं। जब आप सम्मान के लिए भारत आते हैं तो आपकी भावनात्मक प्रतिक्रिया क्या होती, कृपया विस्तार से बताइए।

8. हिंदी साहित्य में महाकाव्यात्मक उपन्यास 'पथरीला सोना 'लिखने की प्रेरणा आपको कहाँ से मिली और अभी तक इसके छह खंड प्रकाशित हुए हैं। क्या भविष्य में इसके और खंड आने की संभावना है? इस उपन्यास के विषय-वस्तु व्यापक है, आपको इस सुगठित करने से संबंधित रोचक अनुभवों को साझा कीजिए।

9. आपनेअपने उपन्यास 'पथरीला सोना' में नारी पात्र धानी की उदात्ता का बड़ा ही व्यापक चित्रण किया है। धानी हताश-निराश नहीं होती, बल्कि वह अपना पूरा जीवन लगा कर नव निर्माण के लिए प्रतिबद्ध रहती है। लेखक के मन में ऐसे पात्र की रचना का उद्देश्य / सन्देश क्या है?

10. आपके उपन्यासों में विदेश से लौटे उच्च शिक्षित पात्रों के चरित्र जहाँ नैतिक भ्रष्टाचार में लिप्त हैं वहाँ देश की प्रगति में निष्क्रिय भूमिका में नजर आते है।'छोटी मछली बड़ी मछली' की विनोदा हो या 'चेहरों का आदमी' का रामफलवा, राउत आदि। तत्कालीन ऐसा क्या परिवेश था कि तथाकथित असभ्य से असभ्य बनते जा रहे हैं?

11. कृपया 'बनते बिगड़ते रिश्ते' उपन्यास के कथ्य की पकड़ और उसे गति देने की प्रक्रिया के बारे में जानकारी दीजिए।

12. स्वतंत्रता के बाद प्रकाशित आपके उपन्यासों में राजनैतिक मूल्यहीनता के विविध संदर्भों का उल्लेख मिलता है। क्या इस परिस्थिति ने आम

जनजीवन को अंग्रेजों की ही भांति प्रताड़ित होने पर विवश किया है?

13. आपने व्यंग्य विधा में भी कलम चलाई है और 'कलजुगी करम धरम, चेहरों के झमेले, पापी स्वर्ग, बंदे आगे भी देख, कपड़ा जब उतरता है' आदि व्यंग्य संग्रहों में समाज में व्याप्त विविध विद्रूपताओं को सामने लाने का प्रयास किया है। आपकी रचनाओं के पाठक भारत में अधिक हैं, क्या इस स्थिति में आप अपनी बात मॉरीशस समाज या उत्तरदायी व्यवस्था तक पहुँचाने में सफल हो सके है?

14. मॉरीशस हिंदी साहित्य में काव्य विधा समृद्ध है तभी तो डॉ भगवत शरण उपाध्याय कहते हैं—"मॉरीशस के प्रवासी कवियों में मातृ देश के प्रति घनी श्रद्धा प्रकट है।हिंदी और हिन्दुस्तान के सम्बन्ध में भी भावुक कविताओं का सृजन हुआ है, जिसकी ओर हिंदी प्रेमियों का ध्यान आकृष्ठ हुए बिना नहीं रह सकेगा।" आपने साहित्य की सभी विधाओं में लेखनी चलाई है पर क्या कारण है कि आप कविता विधा सेदूरी बनाए हुए हैं।

15. माना जाता है कि बाल साहित्य समाज के बालकों के चरित्र निर्माण में सहायक होता है साथ ही उनमें सृजन का बीजारोपण होता है। आपने महात्मा गाँधी संस्थान में कार्य करते हुए 'रिमझिम ' बाल पत्रिका की नींव रखी और सफल भी हुए। आपका रचनाकर्म बाल साहित्य के कितने करीब है और कुछ दूरी है तो इसका कारण क्या है?

16. धुरंधर जी आपने लंबी कथाओं का प्रणयन किया है, पर कुछ समय पूर्व मैंने आपकी लघुकथाओं के संग्रह दो खंडो में क्रय किए। मेरा मानना है कि अब तक तो आपने लगभग तीन हजार लघुकथाओं की रचना कर दी होगी और यह हिंदी साहित्य के लघुकथा लेखन में मिसाल होगी। आपका मन इस विधा के लेखन की ओर कैसे उन्मुख हुआ और लघुकथा लिखना कितना सरल है या कठिन?

17. मॉरीशस समाज में भारतीय गीत-संगीत का प्रभाव देखा जाता है। क्या आपके लेखन में भारतीय गीत संगीत का कोई प्रभाव है और किस स्तर तक? यह प्रश्न इसलिए कर रहा हूँ क्योंकि लगभग 170 साल पहले भारत से मॉरीशस/ त्रिनिदाद/ सूरीनाम/ गुयाना/ अफ्रीका आदि देशों में पहुँचे गिरमिटिया मजदूरों के पास उपनिवेशवादियों के कोड़ों की मार

सहने के लिए उनके साथ पहुँचे लोक-संगीत ने उन्हें आपने आप को गढ़ने की शक्ति दी। कालान्तर में आधुनिक तकनीकों के कारण भारतीय गीत-संगीत सभी देशों में अपनी पकड़ मजबूत की है।

18. आपने चर्चा के दौरान बताया कि आप मॉरीशस के टेलीविजन और रेडियो के लिए आपने बहुत से नाटकों का सृजन किया और उनका मंचन एवं प्रसारण सुनिश्चित किया है।आपके ये कार्यक्रम बहुत रोचक, प्रभावी और सराहे गए तभी तो लगातार दस वर्षों तक इनका प्रसारण हुआ इतने वर्षों के लिए प्रति सप्ताह एक नाटक लिखना कितना श्रमसाध्य रहा।
एवं
क्या कारण है कि आपके नाटक पाठकों को पढने के लिए उपलब्ध नहीं हैं। आपने तो इतने नाटक लिखे पर नाटकों को प्रकाशित न करने की क्या कारण है?

19. मॉरीशस में नाट्य साहित्य (सभी भाषाओं) की क्या स्थति है और नाटकों के मंचन के प्रति समाज की क्या प्रतिक्रिया है?

20. आपने संवाद के अंतर्गत बताया है कि आपको हिंदी साहित्य के बड़े-बड़े साहित्यकारों से मिलने का अवसर मिला है। क्या भविष्य में आपके संस्मरण हिंदी पाठकों को पढ़ने के लिए मिलेंगे।

21. जैसा सर्व विदित है कि मॉरीशस एवं अन्य देशों में भारतीय मजदूर गिरमिट प्रथा के अंतर्गत आए थे और विषम परिस्थितियों से संघर्ष करते हुए अपने जीवन का निर्वाह करते रहे। इसी कुली समुदाय की दूसरी और तीसरी पीढी मॉरीशस के सर्वोच्च्य पदों (प्रधानमंत्री /राष्ट्रपति) तक पहुँच गई है, क्या हिंदी भाषा ने इस मुकाम तक पहुँचाने में लोगों की मदद की है?

22. मॉरीशस में हिंदी के प्रसार-प्रसार में कौन-कौन सी संस्थाएं हिंदी के लिए समर्पित होकर कार्य कर रही हैं? और आप इनकी गतिविधियों से संतुष्ट हैं? मॉरीशस में हिंदी साहित्य को समृद्ध करने में किन-किन साहित्यकारों का ऋण स्वीकार करते हैं?

23. आपका कहना है कि मॉरीशस हिंदी साहित्य की तिकड़ी रामदेव धुरंधर, अभिमन्यु अनत और पूजानंद नेमा हिंदी के डिग्रीधारी नहीं रहे। क्या डिग्री

न होने का कोई अफसोस है? आज तो आप तीनों सर्वाधिक पढ़े जाने वाले प्रवासी हिंदी साहित्यकार के रूप में प्रतिष्ठित हैं, आपके साहित्य सृजन के संयोजन/सुगठन में डिग्री कहीं बाधक नहीं लगती।

24. कृपया अभिमन्यु अनत और पूजानंद नेमा जी के साथ साहित्यिक संबंधों के रोचक किस्से बताइए।

25. धुरंधर जी, भारत के हिंदी लेखकों तथा विदेशों में रहने वाले भारतवंशी लेखकों की परिस्थियों /जीवन शैली /भौतिक सुख-सुविधाओं /सांस्कृतिक मूल्यों /जीवन के तनावों और संघर्षों में पर्याप्त अंतर है।अत: दोनों प्रकार के हिंदी लेखकों का संवेदन /जीवन दृष्टि /और साहित्य को रचने की संकल्पना एक सामान नहीं हो सकती। इस पर आपके क्या विचार हैं।

26. आप लम्बे समय से साहित्य सेवा में रमे हैं। आपने पाया होगा कि हिंदी साहित्य को विविध खांचों में रखकर मूल्यांकन की परम्परा चल पडी है जैसे—नारी विमर्श, दलित विमर्श, प्रवासी साहित्य विमर्श, ग्रामीण विमर्श, आदिवासी विमर्श, आदि आदि, इस प्रकार के मूल्यांकन को आप कहाँ तक उचित मानते हैं?

27. धुरंधर जी, भारत से बाहर लिखे जा रहे हिंदी साहित्य का फलक दिनों—दिन विस्तृत होता जा रहा है। भारत से बाहर के हिंदी रचनाकारों की रचनाओं पर हिंदी आलोचकों का पर्याप्त ध्यान नही मिल पा रहा है, इस बारे में आपकी क्या प्रतिक्रिया है?

28. धुरंधर जी 'वसंत' पत्रिका में आपके संपादकीय लेखों में सांस्कृतिक विघटन, राजनीतिक भटकाव और स्वभाषा विमोह की चिंता पर केंद्रित हैं। 'विपरीत हवा का विरोध' शीर्षक में आपने देश में हिंदी रचनाकारों की सिमटते जाने पर चिंता व्यक्त की है। क्या यह समस्या वास्तव में तो विकट नहीं हो रही है?

29. लेखक को अपनी रचना की कल्पना और लेखन तक के सफ़र में बहुत समय देना पड़ता है।आपने विपुल हिंदी साहित्य का सृजन किया है और इस कार्य में बहुत समय बिताया होगा। क्या लेखन की व्यस्तता के कारण परिवार में हुई नोंक-झोंक का रोचक किस्सा बताइए।

रामदेव धुरंधर का रचना संसार

जन्म : 11 जून, 1946, मॉरीशस

उपन्यास : 1. चेहरों का आदमी, 2. छोटी मछली बड़ी मछली, 3. बनते विगड़ते-रिश्ते, 4. पथरीला सोना—छः खंडों में, 5. ढलते सूरज की रोशनी, 6. विराट गली के बासिंदे [व्यंग्य उपन्यास]

कहानी संग्रह : 1. विष-मंथन, 2. जन्म की एक भूल, 3. अंतर्मन, 4. अंतर्धारा, 5. रामदेव धुरंधर—संकलित कहानियाँ

व्यंग्य संग्रह : 1. कलजुगी करम धरम, 2. बंदे, आगे भी देख, 3. चेहरों के झमेले, 4. पापी स्वर्ग, 5. कपड़ा जब उतरता है [व्यंग्य संग्रह]

लघुकथा संग्रह : 1. चेहरे मेरे तुम्हारे, 2. यात्रा साथ-साथ, 3. एक धरती एक आकाश, 4. आते-जाते लोग, 5. मैं और मेरी लघुकथाएँ, संग्रह-1, 6. मैं और मेरी लघुकथाएँ, संग्रह-2

फेसबुक पेज पर नियमित नवीन लघुकथाएँ आ रही हैं।

क्षणिका संग्रह : 1. क्षणिका एक प्रयोग-411 क्षणिकाएँ, 2. छोटे-छोटे समंदर-524 क्षणिकाएँ, फेसबुक पेज पर नियमित नवीन क्षणिकाएं आ रही हैं।

अन्यान्य :

- 1973 से भारत में कहानियों के प्रकाशन का श्रीगणेश। पहली कहानी 'धर्मयुग' में छपी थी। [संपादक डाक्टर धर्मवीर भारती]
- भारत के अनेक कहानी संग्रहों में मेरी कहानियाँ संग्रहित हैं।
- आजकल, धर्मयुग, सारिका, नीहारिका, गगनांचल, प्रवासी संसार, ग्राम संस्कृति तथा अनेकानेक भारतीय पत्रिकाओं में मेरी 50 तक कहानियाँ प्रकाशित।
- मॉरीशस में साठ तक कहानियाँ प्रकाशित।
- मॉरीशस के इतिहास पर आधारित नाटक 'इतिहास का दर्द' एवं अन्य नाटक पूरे मॉरीशस में लगातार दो वर्षों तक मंचित हुए हैं।
- भारत और मॉरीशस में अकसर लेख प्रकाशित होते रहते हैं।
- स्थानीय रेडियो में [1990-2000] के बीच 200 स्वलिखित रेडियो नाटकों

का प्रसारण।

- स्थानीय रेडियो में हिंदी साहित्य पर आधारित कार्यक्रम के प्रस्तोता के रूप में विख्यात।
- 1976 से 2006 [अवकाश ग्रहण तक] महात्मा गांधी संस्थान में संपादक।

मुख्य सम्मान :

- सातवाँ विश्व हिंदी सम्मेलन सूरीनाम, 2003
- सृजन श्री सम्मान—अंतरराष्ट्रीय हिंदी सम्मेलन, 2012
- विश्व हिंदी रत्न—आधारशिला नैनिताल, 2012
- विश्व भाषा हिंदी सम्मान—विश्व हिंदी सचिवालय, 2013
- अंतरराष्ट्रीय वागेश्वरी सम्मान—मोरिशस दिल्ली [समंवित], 2013
- श्री हजारीप्रसाद द्विवेदी सम्मान—नैनिताल आधारशिला 2013
- विश्व भारती सम्मान—आधारशिला प्रकाशन भारत 2014
- प्रेमचंद सम्मान—हिंदी भवन न्यास—नैनिताल भारत 2015
- साहित्य शिरोमणि सम्मान—मॉरीशस भारत अंतरराष्ट्रीय संगोष्ठी, 2015
- हिंदी विदेश प्रसार सम्मान—उ. प्र.—हिंदी संस्थान लखनऊ—एक लाख रुपए– 2015
- विश्व नागरी रत्न सम्मान—देवरिया उ. प्र., 2017
- श्रीलाल शुक्ल इफको साहित्य सम्मान, जनवरी 2017 [ग्यारह लाख रुपए]
- वैश्विक हिंदी सम्मान मुम्बई, 2018
- हिंदी सम्मान-भोपाल, 2018
- परिकल्पना शीर्ष कथा सम्मान-11 हजार रुपए संलग्न, 2018
- आचार्य महावीर प्रसाद द्विवेदी युग प्रेरक सम्मान—रायबरेली, 2019

ईमेल : rdhoorundhur@gmail.com
पता : Ramdeo Dhoorundhur Caroline, Bel-Air Mauritius

धुरंधर जी से जुड़े चित्र

धुरंधर जी के परदादा जी जो 1858 में मॉरीशस आए

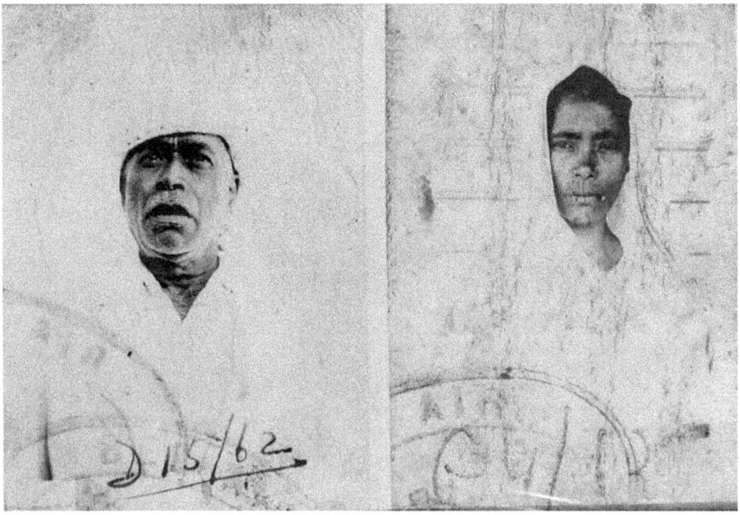

धुरंधर जी के माता-पिता

रामदेव धुरंधर जी और उनकी पत्नी

(नवंबर 2019 में रामदेव धुरंधर की भारत यात्रा के दौरान डॉ. दीपक एवं डॉ नूतन पाण्डेय ने अपने वसंत कुञ्ज, दिल्ली आवास पर मुलाक़ात का कार्यक्रम रखा, इसमें डॉ. अशोक मैत्रेय, डॉ शंकर लाल शर्मा 'क्षेत्र', डॉ.प्रेम जनमेजय, श्रीमती आशा जनमेजय, डॉ राजेन्द्र मिश्र, डॉ सुधाकर पाठक सुधिजन शामिल हुए)

(श्री रामकिशोर उपाध्याय जी से एक मुलाक़ात)

(डॉ. जयप्रकाश कर्दम, डॉ. विनोद बब्बर, धुरंधर जी, श्रीमती धुरंधर)

(रास्ट्रीय पुस्तक न्यास, वसंत कुंज, नई दिल्ली से खरीदारी के बाद धुरंधर जी के साथ
डॉ. दीपक और डॉ. नूतन पाण्डेय)

(दीपक पाण्डेय, रामदेव धुरंधर, डॉ. शंकरलाल शर्मा 'क्षेम', डॉ.नूतन पाण्डेय)

(रामदेव धुरंधर के साथ डॉ.नूतन पाण्डेय)

www.ingramcontent.com/pod-product-compliance
Lightning Source LLC
LaVergne TN
LVHW051021051026
849532LV00004BA/1306